큰 글
한국문학선집

김동인 단편소설선

논개의 환생

일러두기

1. 원전에는 '한자[한글]' 또는 '한글(한자)'의 형태로 혼재되어 있어 그대로 두었다. 다만 제목의 경우, 한자를 삭제하고 한글로 표기하고 이를 각주를 달아 한자를 알아볼 수 있도록 하였다.
2. 원전에서 알아볼 수 없는 글자는 '●'으로 표시하였다.
3. 이해를 돕기 위하여 편집자 주를 달았다.

목 차

가두___5

가신 어머님___27

개소문과 당 태종___55

거목이 넘어질 때___86

거지___177

결혼식___190

광공자___218

구두___256

김덕수___266

깨어진 물동이___292

논개의 환생___337

지은이: 김동인(金東仁, 1900~1951)___403

가두

5년 전 이맘때였다. 김장을 겨우 끝낸 뒤쯤이니까…….

우리 집에는 우리 가족이 사용하는 큰방과 건넌방 밖에, 비워둔 뜰아랫방이 하나 있다.

도대체 사글세를 주면 귀찮고 시끄럽고 집 더러워지는 위에 만약 불행히 술 먹는 사람이라도 들게 되면 그야말로 집안이 꼴이 되지 않을뿐더러 자라나는 아이들에게도 영향이 되겠는지라, 우리는 빈방이 있을지라도 사글세를 놓지를 않았다. 한 달에 단 몇 원과 바꿀 수 없는 무형적 손해가 많기 때문에…….

그랬는데 그해따라 웬 까닭인지 아내도 사글세를 놓아볼 생각이 났었고, 나도 또한 그다지 깊이 생각하지 않고 그것을 승낙을 한 것이었다.

집주릅은 연방 사글세 후보자를 데려왔다. 그러나 그 후보자들이 방을 이렇다 저렇다 평하기 전에 도리어 우리 쪽에서 후보자의 인물 선택을 엄히 하여 들게 되는 사람이 쉽사리 나서지 않았다. 가족이 많으니 안 되었다, 애들이 여럿이 달렸으니 안 되었다. 사람이 보기에 더럽게 생겼으니 안 되었다, 술을 먹는다니 안 되었다, 다변(多辯)할 듯이 생겼으니 안 되었다…… 별의별 구실을 다 잡아가지고 그것을 마치 방을 세를 놓으려 한다는 것보다 안 놓기 위한 선택과 비슷하였다.

그 어떤 날, 또 한 후보자가 왔다. 후보자의 선택이며 응대는 일체로 아내에게 맡겼는지라 아내가 또 나갔다.

이번에 온 후보자라는 것은, 십육칠 세쯤 난 처녀단 혼자였다. 뉘와 함께 왔는가 하였더니, 함께 온 사람이 없었다.

나는 마음에 퀘스천마크를 붙이고 유리창으로 내다보았다.

검정 세루 치마에 초콜릿빛 구두를 신은 것으로 보아서는 학생 같았다. 그러나 머리가 너무도 길었다. 대체 지금의 여학생은 단발을 하거나 그렇지 않으면 머리끝 단 한 치라도 자르는 법이다. 난 대로 내버려 두는 사람은 전혀 없다. 그렇거늘 이 처녀는 머리에 가위가 닿아본 일이 분명히 없었다.

얼굴은(입이 약간 넓었으나) 중쯤은 되는 편이었다. 키는 후리후리 컸다.

목소리는 가늘고 작고 느릿느릿하였다.

도대체 정체를 알 수가 없었다. 학생인가 하면 그렇지도 않았다. 학생에게는 분명히 학생의 티가 있어서, 첫눈으로 학생이라 알아볼 수 있는 법이다.

점원인가 하면 점원도 아니었다. 다른 점은 그만두고라도 어느 점원이 지금 시대에 있어서 머리를 단 한 치라도 자르지 않고 그냥 기르는 자가 있으랴.

그 얼굴은 아직 성(性)을 모르는 여인이었다. 체격도 이성을 맛보지 못한 여인이었다.

십육칠 세로 이성을 모르는 여인…… 그러매 카페 여급으로도 볼 수가 없었다. 나카이로도 볼 수가 없었다. 기생의 알[卵]로도 볼 수가 없었다.

말하자면 무엇이라 판단을 내릴 수 없는 종류의 여인이었다.

아내는 '혼자 있겠는가, 동거자가 있느냐' 물어보고 자기 혼자만이라는 대답을 들은 뒤에, 나한테로 들어왔다. 둘지 안 둘지를 결정하고자…….

우리는 협의한 결과, 방문객(더욱이 남자 방문객)이 적어야 할 것, 저녁 후에는 대문을 걸으니까 밤 출입이 없어야 할 것, 떠들지 말아야 할 것, 깨끗하여야 할 것…… 등등의 조건을 내어 그 승낙을 받은 뒤에 두기로 하였다.

두고 보매 매우 순진한 여성이었다.

차차 그 정체도 알았다.

그의 본집은 애오개 어디 있다 한다.

부모도 있었다. 그러나 기괴한 부모였다.

어머니는 홀어머니였다. 아버지는 홀어머니의 훗남편이었다. 그런지라 전혀 혈족적 관계는 없었다.

이러한 부모 아닌 부모 아래서 길러나다가 금년 봄

에 누구의 소개로 마산 어떤 카페에 여급으로 갔다.

거기서 어떤 젊은이를 알게 되었다. 어느 부잣집 소실의 아들이었다. 그 소년은 이 처녀(이름은 우정자라 한다)에게 연애를 하자 청하였다. 이런 사회에서의 연애라 하는 것은 물론 성적 교섭을 뜻함이다.

정자는 성격이 비교적 견실하였다.

그 위에 그의 생장이 생장이니만치, '자기 보호'의 비술을 체득한 사람이었다. 남의 말은 절대로 그대로 믿어서는 안 된다는 점을 체득한 사람이었다. 게다가 아직 연애가 무엇인지 알 만한 나이에 도달하지 못하였다.

그는 그 소년(청년이라는 편이 옳겠지)에게 연애 연기를 청하였다. 약혼을 하고 그 뒤 결혼을 하고 그 뒤에 비로소 연애(육적 교섭)를 하자고 연기를 하였다.

그 청년은 그 근처에서는 비교적 이름난 전형적 방탕아였던 모양이었다.

부잣집 아들. 더욱이 소실의 아들이니만치 버릇없이 길러났고, 돈에 부자유가 없이 놀아나니만치 '금전의 위력'이라는 것을 알았고, 그의 놀아난 무대가 비교적 작은 무대 마산●였더니만치 기고만장을 지나서 기고백만장은 되었을 것이고……. 이런 성격의 사람으로서 그가 놀아나는 무대인 마산의 매녀(賣女)라는 매녀는 하나도 빼놓지 않고 집어세어오던 그가, 여기서 뜻밖에, 한 개 암초에 걸린 것이었다. 그 위에 그가 아직껏 교섭 있는 여인들은 모두 이런 사회의 여인이라 따라서 비처녀였는데 지금 교섭하는 자는 진정한 처녀였다.

자기 손에 걸려든 진정한 처녀…… 이 점에 이 방탕아의 호기심이 부쩍 돗수가 높아지지 않을 리가 없었다.

교섭은 진행되었다.

그럼 결혼하자. 결혼하는 이상에야 구태여 이 시골 마산에서 하랴. 서울 올라가 있거라. 생활비는 내가 달라는 대로 보내주마. 그리고 얼마 뒤 자기도 서울 올라가서 성대한 결혼식을 거행하자. 이리하여 정자는 상경하여…… 상경하여서도 자기 집으로 가지 않고 사글셋방을 얻노라는 것이 우리 집에 들게 된 것이다.

아직 성에는 눈 못 뜨고, 연애라는 것도 모르는 소녀였다.

따라서 사내가 상경하는 것도 기다리는 듯싶지 않았다. 그러나 편지는 무척이도 기다렸다. 편지에는 가와세(爲替[위체])가 있을 것이니까……

그다지 나다니는 일도 없었고 찾아오는 사람도 없었다. 몇 번 그의 아버지(?)가 돈을 달래러 찾아온 뿐이었다.

아내는 가끔 그 방에 건너가서 말동무로 몇 시간씩을 보냈다. 카페의 여급으로 얼마 있었다 하지만 그런 티가 조금도 보이지 않았는지라, 나도 아내가 건너가 노는 것을 마음 놓고 버려두었다.

우리 집에 있는 동안 아내의 의견으로 머리를 틀게 하였다. 머리를 틀고 수수하게 세루 치마를 입은 꼴은 영락없는 학생이었다. 머리를 길게 땋아늘이고 다니면 정체 모를 계집으로서 우리 집 대문으로 출입하는 것이 체면상에도 관계되었다.

사람됨이 그만치 조용하고 천스럽지 않고 침중하니만치 아내도 퍽 귀엽게 여겨, 간혹 저녁때 미처 그가 못 들어오면 그 방에 불도 때어주며, 들어올지라도 춥지 않도록 해주고, 내가 없을 때에는 우리 방에 불러들여 놀고 하였다. 나를 퍽 무서워하여, 내가 집에 있는 동안은 웃음소리 한 번 크게 못내고 중문 출입에도 문 여닫는 소리도 안 나게 조심조심히 지냈다.

겨울…… 음력 연말이 되어, 사내 되는 사람이 상경하였다.

나는 퍽 호기심을 갖고 인제 전개될 장면을 관찰하려 하였다.

정자는 사내를 위하여 저녁을 짓고 스키야키를 만들고 하였다. 그 태도를 나는 관찰한 것이었다.

그 태도는, 반가운 사람을 맞아서 대접한다기보다, 반가워해야 할 사람을 맞아서 반가워해야 할 의무를 가지고 대접하는 것이 분명하였다. 마음에 없는 역한 일을 하는 것이 아니었다. 그렇다고 또한 진심으로 반가워하는 것도 아니었다. 그러나 또한 반가워하는 듯하기는 하였다.

이러한 저녁이 끝난 뒤 밤이 이르렀다. 이 밤이야말로, 나는 커다란 호기심으로 보려는 바였다.

초저녁에는 소곤소곤 이야기를 하고 있었다. 간간 들리는 눈치로, 그새 지낸 이야기들을 서로 주고받는 모양이었다. 이러는 동안 밤도 차차 깊어서 자정이 가까웠다. 우리 집안 식구들은 모두 잠이 들었다. 그러나 나는 불면증이 있어서 약을 쓰지를 않으면 못 드는 사람으로서, 이 밤은 부러 최면약을 안 먹었는지라 잠에 들지 못하였다.

나는 비록 아직 안 자고 있다 하나, 보통 상식으로 보아서 시간이 잠잘 때요, 사면이 고요하게 되었으니까, 그들은 물론 안방에서는 다 잠든 줄 알았을 것이다.

차차 사내는 그것을 조르는 것이 분명하였다. 여인은 그것을 거절하는 것이 분명하였다.

간간 위협하는 듯한 소리도 들렸다. 완력을 쓰려는지 때때로 쿠덩쿠덩하는 소리도 들렸다. 그러나 넓지 않은 뜰을 건너서 큰방이 있는지라, 위협도 크게 못하고 완력도 마음껏 못하는 모양이었다. 거기 대하여 여인은 끝끝내 거절하는 것이 분명하였다.

이러하기를 두세 시간…… 그 뒤에는 그 방에서도 고요해졌다.

그 방이 고요해진 때로 비롯하여 겨울의 긴 밤이 밝기까지, 짧지 않은 동안을 나는 생각하였다. 이 고요해진 것은 성공을 뜻함일까, 실패를 뜻함일까……고.

그러나 날이 밝자 알았다. 실패한 것이었다.

날이 밝기가 무섭게 사내는 외투를 입고 모자를 쓰고 뛰쳐나왔다. 여인은 따라 나오면서, 못 가리라고 말린다. 그러나, 그러나 안방에서들 모두 아직 자고 있는지라 힘 있게 붙들지도 못하고 종내 사내를 놓아 버렸다.

그 날 낮, 여인은 종일 방에서 나오지 않았다. 내 아내는 꽤 좀 건너가보고 싶은 모양이었고, 나도 건너보내보고 싶었지만, 가보기도 이상하여서 그냥 버려두었다. 우리 집에 있는 동안 아직껏 유행가를 입 밖에 내어본 적이 없는 그가, 이날은 작은 소리로 진

일을 부르고 있었다. 그러나 그것은 마음이 기뻐서 부르는 것이 아니라, 언짢아서 부르는 것이었다.

사내는 진일을 오지 않았다.

이날은 바람이 몹시 불어서, 대문이 좀 있다가는 찌그럭하고 또 좀 있다가는 찌그럭하고 하였다.

그 대문 소리가 날 때마다 아랫방에서 나는 유행가 소리가 뚝 끊어지고 하는 것을 보니, 마음으로는 사내가 오기를 얼마나 기다리고 있는지 알 수 있다.

사내는 밤에도 안 왔다. 진일을 굶고 저녁에 불도 안 때므로 내 아내가 불을 때어주었지만 내다보지도 않고, 점심 들여보낸 것도 밤까지도 안 먹고 그냥 두었다.

사내는 어디로 갔는지 종내 오지 않았다.

이튿날 날이 밝자, 여인은 집을 뛰쳐나갔다.

어디서 어떻게 붙들었는지, 종내 사내를 붙들어가지고, 오후 서너 시쯤 집으로 왔다.

작은 소리로나마 언쟁이 시작되었다. 작은 소리로 하는 언쟁이라 들을 수는 없지만, 간간 들리는 말을 종합해보건데, 사내는 어제 모 카페에서 놀고 무슨 '코'라는 여급을 데리고 종로 모 여관에서 자고 오늘 밤도 또 그렇게 할 것이고 수일간을 그렇게 지내다가 결혼식을 거행할 것이고, 결혼식을 거행한 뒤에는 서울에다가 문화주택을 하나 장만하고 함께 살 터이고…… 이리하여 연애결혼 생활이 시작될 것이라 하는 것이다.

거기 대하여 여인은, 그럼 자기와의 약속은 어떻게 하겠느냐고 항의를 제출하였다.

사내의 답변은…… 대체 너는 나를 사랑하지 않으니 약속은 무효라, 사랑하지 않는 증거로는 그젯밤의 지낸 일이 가장 똑똑하다는 것이었다. 즉 구체적으로 말하자면, 육체를 제공하는 것이 연애의 증거이고, 사랑 없는 결혼은 무의미한 일이니, 어찌 너와 결혼을 하겠느냐 하는 것이었다.

이러한 언쟁이 잠시 계속된 뒤에 사내는 또 연애하는 여자를 찾아가야겠다고 일어서려는 모양이었다. 그러나 내심은 이편 방에 있는 나로서도 번히 알 수가 있었다. 여인이 붙들기를 기대하고 일어서려는 것이었다.

　그 밤, 소위 사내의 말하는 바 연애는 성취가 되었다.
　생각해보면 여러 가지 이해하지 못할 일이 많다.
　첫째로, 카페에 단 몇 달 동안이라도 있었던 여인이
그렇듯 성이라는 것에 대한 지식이 없는 것도 좀 상
식 이상의 일이다.
　둘째로, 그러한 부모 아래서 자라난 그가 어떻게
대체 '정조는 지켜야 할 것이라. 함부로 내던져서는
안 되는 것이라'는 관념을 갖게 되었는가.
　그 여인이 그 사내와 결혼을 하겠다는 생각을 갖게
된 것은 결코 사랑에서 나온 것이 아니었다. 아직 사
랑이라든가 그런 문제를 이해할 만한 능력은 분명히
부족하였다. 그가 그 사내를 붙든 유일의 이유는, 생
활 문제 해결이었다. 그의 자라난 환경이 환경이니만
치 '자활책을 강구하여야겠다'는 관념은 비교적 일찍
부터 들어 있었다. 그리고 '여인이 자활하기 위해서
는 생활이 안정된 그 지아비를 얻는 것이 가장 경편
하고 안전한 방식'이라는 판단이 그의 마음에 박혀

있었던 것이었다. 이 때문에 부잣집 아들을 하나 골라낸 것이었다.

이러한 사회의 여인들의 보통 가지는 관념이란 것은, '만나는 저녁은 부부요 이튿날 아침은 남남끼리라', '이 사내에게서 5월 저 사내에게서 7월, 내일 일은 생각할 바가 아니라', 이러한 종류의 것으로서, 말하자면 '자기'라 하는 한 개의 아내가 있고, '연애'라는 수레를 타고 그 '아내'를 통과하는 부지기수의 남편이 있다. 법률상으로든 도덕상으로든 습관상으로든 남편은 아내를 부양할 의무가 있는 것이니, '자기'라는 아내를 부양할 의무를 가진 남편의 부양으로 자기는 생활을 유지해나갈 것이다……

이만한 것이다.

그런데 이 여인이 가진 관념은 그와 달랐다.

'연애'는 '부처'라는 뜻이다. 자기가 아내가 되려면, 즉 자기가 연애를 하려면 그 상대자가 한사람(단 한 사람)이 있어야 한다. 그 남편은 자기를 늙도록 거느려주어야 하고 자기 한 사람을 거느려야 한다. 말하자면 조선의 전통적 부처관 혹은 결혼관이었다.

이러한 한 개의 여인과 이날 밤 여기서 성적 교섭을 결행한 사내라는 사람은 또한 가장 전형적인 방탕아였다.

자기와 성적 교섭이 있는 여인의 수효를 자랑하며, 가령 여행을 간다 하면 하차하는 지방 혹은 숙박하는 지방에는 반드시 한 계집과의 교섭을 남겨 놓아야 하지 그렇지 못하면 불명예로 생각하며, 한 계집과 여러 날을 두고 좋게 지낸다는 것을 유치하다 보며……. 이러한 이 사내가 이 여인에게 대해서는 좀 관심이 컸다 하는 그 이유는 이 여인이 아직 처녀라 하는 점이었다.

그가 지금껏 통과해온 여인사를 돌아보면, 모두 돈으로 살 수 있는 종류의 여인이었더니만치 진정한 처녀가 없었다. 그런데 여기, 저기 조금 사술(詐術)을 희롱하고 약간 돈을 쓰면 꺾을 수 있는 처녀가 그의 앞에 나타난 것이었다. 왼편에 앉은 여인에게 추파를 던져 보아서 곧 응낙이 안 되면 즉시로 오른편에 앉은 여인에게로 추파를 옮길 만한 융통성을 가진 그가, 부러 마산에서 서울까지 쫓아다니며 야단한 그 유일의 이유가 처녀라 하는 점에 있었다.

이날 밤 그는 이 처녀를 드디어 꺾었다.

날이 밝았다.

집주인이 집주인이니만치 사내도 좀 쑥스러운 모양이었다. 좀체 얼굴을 보이지 않았다.

여인은 부끄러워 죽겠는 모양이었다. 조반을 지으러 부득이 나왔다. 그러나 얼굴은 이쪽으로 돌려본 일이 없었다. 그 뒤에도 부득이 뜰에 나올 일이 있으면 외투를 입고, 에리를 세워 얼굴을 감추고, 그러고도 부족하여 꼭 저쪽으로 얼굴을 향하고 다니는 것이었다.

이러기를 사오 일…… 우리도 그가 너무 부끄러워하므로 할 수 있는껏 못 본 체 모르는 체하고 있었다.

그러는 동안에도 나는 내심 늘 생각하고 있었다. 장차 어떻게 전개되려는 가고.

여인은 인제는 정조까지 제공하였는지라 저 사람은 자기의 남편이거니 든든히 믿고 있는 모양이었지만, 물론 그러한 경사스러운 결과는 안 생겨날 것으로, 그때 이 여인의 실망과 비통이 어뗘할까. 실망과 비통이라는 무형(無形) 상태가 어떠한 유형(有形)상태로 나타날까? 자살? 발광? 적어도 수 일간 울고 부르짖고…… 소란스러운 비극이 생겨날 것이다.

그 점을 생각하면 근심스럽고 민망하였다. 아늑하고 평화로워 낙원과 같던 우리 집에 그런 소란이 생겨나면 귀찮기도 하였다.

사오 일 뒤, 사내는 오래간만에 외출하였다. 밤이 깊어서야 돌아왔다. 술에 잔뜩 취한 모양이었다.

사내가 돌아오기까지 여인은 꽤 초조히 기다리는 것이 분명하였다. 아내는 좀 건너가서 이야기라도 해 보고 싶은 모양이나, 사내가 언제 돌아올지 알 수 없고 그 위에 여인이 너무도 부끄러워하여 건너가지 않았다.

밤새도록 옥신각신 다투는 소리가 들렸다.

이튿날 오후에 사내가 또 외출을 하는데 이번은 여인도 함께 나갔다.

그러나 밤 8시쯤 여인이 혼자서 돌아왔다. 화신백화점에서 사내를 잃었다하는 것이었다.

밤 시가 12 지나도 사내는 안 돌아왔다. 1시……

2시⋯⋯ 사내는 그냥 안 돌아왔다.

여인은 드디어 참지 못하여, 소리를 감추어가지고 몰래 집을 나갔다.

날이 밝도록 사내도 여인도 안 들어왔다.

드디어 비극은 개막이 되었다.

저녁때가 거진[1] 되어서, 여인은 어디서 사내를 잡았는지 종내 잡아가지고 돌아왔다.

싸움은 시작되었다.

싸움이라 하나, 여인 혼자의 싸움이었다. 사내는 코웃음만 치고 있었다.

어서 결혼을 하자 하면 사내의 대답은 일전에 하지 않았느냐 하는 것이었다.

결혼을 하였으면 마산으로 부모님께 뵈러 가자하면 사내의 대답은 부모가 받을 듯싶으냐 하는 것이었다.

그럼 서울의 살림을 하자 하면 '그렇게 할 만한 큰 돈이 시하에 있는 몸으로 있을 듯싶으냐' 하는 것이

---

1) 거의

었다.

셋방 살림이라도 좋다.

그것도 안 되면, 몇 해 기다리라면 기다리기라도 하겠다.

싸움에서 시작하여 타협 조건으로 마지막에는 애원으로…… 차차 숙어들어 가는 여인에 대하여 사내는 시종일관 냉담한 코웃음으로 대하였다.

그 날 밤 사내는 자기 가방을 가지고 우리 집을 나가서 종로 어떤 여관으로 갔다.

사내는 그 뒤 며칠을 여관에 묵으면서 카페 여급 몇 명과 결혼을 몇 번 더 하고 마산으로 내려갔다.

그동안 여인은 방에 꾹 박혀서 나오지 않았다. 끼니도 전혀 짓지 않으므로 내 아내가 민망하여 끼니를 들여보내주고 하지만, (간간 몇 술씩 먹는 때도 있기는 하였지만) 전혀 굶는 모양이었다.

사오 일이 지났다.

오래간만에 그 방에서 무엇이 부시럭부시럭 데걱데걱 하는 소리가 한참 나더니, 아내를 찾는다.

아내가 내려가보니, 오늘 집을 나가겠노라고 방세를 셈 치르는 것이었다.

벌써 짐은 죄 정리되어 있었다.

어디로 나가느냐. 나가서 어떻게 할 작정이냐. 이렇게 묻는 데 대하여, 자기 본집(그의 의붓어머니와 의붓어머니의 훗남편이 사는 집)으로 가며, 장차 어떻게 지내리라고는 아직 아무 복안도 없다는 것이었다.

나는 생각하였다. 만약 내 누이나 내 딸이 이런 딱한 일을 당하였다 하면 그는 자살을 하거나 발광을 하거나 할 것이었다.

만약 전형적 카페 여급이 이런 일을 당하였다 하면 다시 인사상담소(人事相談所)를 찾아가서 다른 취직처를 구할 것이었다.

혹은 경찰로 달려가서 호소한 종류의 여인도 있을 것이었다.

혹은 끝끝내 사내에게 매달려서 하다못해 몇백 원의 돈이라도 따내고야 말 종류의 여인도 있을 것이었다.

그도 이도 다 버리고, (자기와는 호적부 이외에는

아무 관계도 없는) 부모의 집으로 돌아가며, 그 돌아간다는 것이 얻어먹기를 위함이 아니요 단지 생활 방침을 새로 세우기까지 집세 안 내고 있을 장소를 택한 것이라는 점을 생각할 때에, 일종의 여장부를 본 듯한 느낌을 받았다.

'여인'이라는 점과 '미모'라는 점이 생활의 커다란 무기가 된다는 점을 아직 이해하지 못하리만치 단순하면서도 또한 사람의 살림살이라는 것이 얼마나 어렵고 고달픈지는 넉넉히 아는 그가, 자기의 생활을 재출발함에 있어서 아무 복안도 가지지 못하고도 또한 아무 공포도 없이 감연히 나서려 하는 것은 내게는 적지 않은 경이였다.

사람이란 생장한 환경에 따라서는 '생활'이라는 데 대하여 이렇듯 대담 혹은 무관심하게 되는 것인가.

이미 이성을 안 그인지라, 장차 얼마 지나지 않아서 자기의 생활의 거대한 두 가지 무기(여인이라는 점과 미모라는 점)를 알게야 되겠지. 그때까지 그는 자기 입에 무엇으로써 풀칠을 해가려나.

짐꾼을 불러서 많지 않은 짐을 지워 앞세우고 우리

집을 나가는 그의 뒷모양을 나는 유리창을 건너 내다보며 위와 같은 생각을 하고 있었다.

(부언: 사실소설(事實小說)이라 하면 흔히 사실 그대로 일점의 가감도 없는 듯이 생각한다. 이 소설도 얼거리는 비슷한 사실이 있지만, 내용은 사실과 전혀 다르다. 오해하지 마시기를 바란다.)

가신 어머님

　나의 집안이 서울로 이사를 한 것은 지금으로부터 만 6년 전이다.

　그 전해 가을부터 심한 신경쇠약에 불면증을 겸하여 고생하던 나는 가족을 평양에 남겨두고 혼자서 서울로 올라와서 치료를 하고 있었다. 나의 가족이라는 것은 나의 아내와 아들 하나와 딸 둘(아들과 큰딸은 전처의 소생이다)이었다. 그 가족들을 평양에 남겨두었는데, 그들 위에는 늙은 어머님이 계셨고, 아직 시집가지 않은 누이동생이 하나 있었다.

　지금껏 평양 있을 동안의 생활방식이라는 것은 어머님의 약간의 토지에서 수입되는 나락과, 미약한 나의 원고료 수입에 의지하여 지탱해왔다. 그러던 것이 내가 서울로 올라와서 병치료를 하고 있게 되매 나의 원고료 수입이 치료비에도 도리어 부족이 될 형편이라 일이 딱하게 되었다.

생각하고 생각한 끝에 맏형을 찾아갔다. 그리고 맏형께 내가 서울에서 치료를 하는 동안 어머님을 비롯하여 내 가족들의 생활을 돌보아주기를 부탁하였다.

그해, 진실로 적적한 과세를 하였다. 잠 못 드는 긴 밤을 외로운 여사에서 새우고…… 흥분되는 일과 음식 등을 의사에게 금지당하였는지라, 이웃집 곁방 등에서 술 먹고 윷 놀고 화투하고 좋아하고 야단들 하는 신구세(新舊歲) 교환 절기를 나는 자리에 누워서 눈이 꺼벅꺼벅 밤을 새우고 하였다.

길고 지리한 밤을 새운 뒤에 들창에 훤히 새벽 동이 트면 그렇게 기쁜 일이 다시 없었다. 인젠 낮이로다. 나다닐 수도 있고 사람의 얼굴을 볼 수도 있고 이야기할 수도 있는 낮이로다. 길고 지루하던 밤도 이제는 갔구나.

낮이 차차 기울어오면 인제 장차 이를 밤이 진실로 무서웠다. 이 길고 지리한 밤을 또한 천장을 바라보며 새울 생각을 하면 괴롭기 짝이 없었다. 의사는 늘 잠 못 자는 것을 걱정 말라고 권고를 한다. 에디슨은 하루에 네 시간씩밖에 안 잤다. 누구는 몇 시간씩밖에 안잤다. 고금의 온갖 예를 들어가면서 '잠이라는 것은 한낱 습관에 지나지 못하지 자지 않을지라도 괜찮다'는 설명을 가하여 안심을 주려 한다. 그러나 과거 30년간을 하루에 여덟 시간 이상을 잔 경력을 가지고 있는 이 까다로운 인생은 의사의 그런 말을 귓등으로도 듣지 않았다.

불면증이란 것은 괴상한 것으로서, 밤에는 정신이 똑똑한 대신 낮에는 늘 머리가 몽롱하다. 그러나 과거 30년간을 일은 낮에 하고 밤에는 잠을 잘 것이라는 습관을 가지고 있는 나는, 머리가 몽롱한 낮에 원고를 쓰고 머리가 똑똑해진 밤에는 오지 않는 졸음을 오라고 청을 하고 있다.

불면증은 체험해본 사람이 아니고는 그 고통의 100분의 1도 상상을 못한다.

K박사의 지도하에 불면증 치료 3개월, 불면증은

인제는 웬만치 완화가 되었다. 자며 깨며…… 숙수는 못하나마 과한 고통은 면하리만치 되었다.

이렇게 되매 나는 나의 가족을 서울로 불러올려서 서울에서 살기로 계획을 정하였다.

원고료 생활을 하려면 서울에서 살림하는 것이 편리하다. 표면으로는 이러하였다. 그러나 이면으로는 델리케이트한 문제가 나의 가슴 깊이 있는 것이었다.

본시 우리는 3형제로서 내가 가운데요, 3형제의 아래로 막내로 누이가 하나 있었다.

내가 열일곱 살 적에 아버님이 세상을 떠나셨다. 3형제에게는 각각 적당히 분재(分財)해주셨다. 그러나 누이의 몫은 없었다.

맏형은 장발하였는지라 따로이 살고, 나와 나의 동생과 누이를 어머님이 거느리고 사셨다. 그러는 동안 어머님이 재산을 관할하시며 재산 수입에서 생활비에 충당하고 남는 것으로 약간의 토지를 마련하였다. 물론 그것을 마련한 당시의 어머님의 심산으로서는 그것을 딸에게 주려 하였음일 것이다.

그 뒤에 우리 형제는 방탕을 하였다. 홀짝 다 없이

하였다. 이렇게 되매 어머님의 마음은 다시 변하셨다. 어머님은 몇 자려 중에 나를 가장 사랑하셨다. 내가 한 푼 없이 파산을 하매 어머님은 그 약간의 토지를 나에게 주시려고 본시의 예정을 돌이켰다. 그리고 그 토지에 걸리는 입비(세비, 수리조합비, 기타 관할비) 등등을 내게 부담을 시키시고, 감독 등등도 내게 늘 명하셨다. 본시 입이 무거우신 이라, 그 땅을 장차 뉘게 주신다는 말씀은 입밖에 낸 일이 없으나, 암시는 충분히 하시고 하였다. 언젠가 변변찮은 일로 딸과 다투신 때 같은 때에는 등기와 도장을 내게 맡기시고 집을 나가신다고 까지 한 일이 있었다

그러나 나는 그 땅을 원하지 않았다. 아버님께 풍부히 물려받았던 재산을 탕진한 몸으로서 무슨 염치에 그것을 곁눈질이라도 하랴. 그것이 거대한 재산으로서 욕심날 만한 거액이면 모르지만 그것을 가지고도 '생활을 위한 원고'를 쓰지 않고는 먹지 못할 이상에는 그만 것을 가져 무엇하랴.

이러한 생각을 가지고 있었다.

누이도 그때 스물을 지난 처녀로서 재산이란 것이

무엇인지 넉넉히 눈치를 알 처지였다. 누이의 심경도 내게는 번히 들여다보였다. 그 땅이란 본시 자기에게 올 것이었는데, 오빠가 방탕을 하여 재산을 탕진한 탓에 빼앗기는구나…… 이러한 눈치가 늘 역연히 보였다.

어렸을 적부터 내가 매우 사랑해왔고 자기도 나를 퍽 따라서, 어떠한 고집을 부리다가라도 내 말이 떨어지면 즉시로 승복하리만치 나를 따르던 누이인데, 이 눈치를 알자부터 차차 내게 반항을 하며 공연히 앙심을 품는 것이 분명하였다.

집안에는 늘 암운이 떠돌고 있었다. 어머님이 단 한 번이라도 정면으로 '그 땅은 장차 너 가져라' 하시면 나는 단박에 거절하여 이 암운도 흩어지겠지만 말씀 안 내는 일을 먼저 내가 거절한다면 도리어 그 반대편으로 보이기가 쉬운 일이라, 먼저 거절할 수도 없고 하여 단지 이 집안에 떠도는 암운에 홀로 혀를 차고 있었다.

그러다가 이번 기회에 내 처자만 서울로 이사를 하게 하여 자연 간단히 내 뜻을 나타내기로 한 것이었다.

과연 아내가 서울로 이사 오라는 내 편지를 받고 그 뜻을 어머님께 여쭈매 곁에 있던 누이가.

"옳다, 그 땅도 이젠 내 것이로다."

고 농담조로 말하더라고, 대체 그 땅이란 어찌된 땅이냐고 아내는 서울 이사 온 뒤에 내게 물은 일이 있었다.

내 가족이 서울로 이사 오면 평양의 어머님과 누이는 어머님의 땅의 수입과 누이의 모 유치원 보모로서의 월급으로 여유 있게 지낼 수가 있는 것이었다.

그러나 어머님은 내 이 행동을 매우 좋지 않게 보신 모양이었다.

첫째로는 가장 사랑하시던 아들을 슬하에 그냥 두고 싶으셨던 것이었다. 그랬는데 그 아들이 자기의 처자만 서울로 끌고갔다는 점이 매우 불쾌하셨다.

둘째로는, 제아무리 서울로 이사를 간댔자 벌어먹지 못할 것으로 보셨다.

몇 달간 공연히 고생들만 하다가 도로 모두 울레줄레 평양으로 내려올 것으로 믿으셨다.

그런 위에 어머님 소유의 땅 가운데 하나는 평양부 발전에 따라서 가까운 장래에 적지 않은 금액의 것이 다시 회복하시리란 마음이 있었더니만치, 내가 내 처자만 데리고 서울로 간다는 것을 싫어하셨다.

　　어차피 서울 가서 자리를 못 잡고 도로 내려오리라고 굳게 믿으셨더니만치 이삿짐이 진실로 박하였다.

　　아내가 자기의 친정에서 해가지고 온 물건 밖에 낡은 것(원래가 대갓집이었더니만치 다른 것은 그만두고 유기그릇만 하여도 큰 뒤주로 몇 뒤주가 되었다 이라고는 내 전실) 아내의 것조차 안 주시고, 단지 빅터 유성기와 레코드와 싱거 재봉틀 하나뿐으로서, 좌우간 이사 온 날 저녁밥 담아 먹을 그릇조차 없어 사다가 담아 먹었다면 짐작이 갈 것이다.

　　그러나 내 계획이란, 어머님의 예상하신 바와 딴판이었다.

　　좌우간 무턱하고 집을 한 채 월부로 사기로 하였다. 집도 그만하면 정 부끄러운 집도 아니었다. 그리고 여기서 차차 내 생활이 자리가 잡히는 동안 누이동생도 출가를 하게 되겠고 출가를 하게 되면 어머님의 땅도 누이에게 완전히 건너가게 될 것이고, 그때쯤이면 내 생활도 자리가 잡혀서 어머님을 모셔다가 안온한 여생을 보내시게 하겠다…… 내 생각은 이러하였다.

사실 나는 어머님과 마주 앉을 적마다 죄송하였다. 부귀를 겸전한 가운데서 나셔서 자라셔서 청년 중년 다 부귀 중에 지내신 어머님을 나의 과도한 방탕 때문에 늙마에 고생하시게 하는 것이 늘 죄송하였다. 언제 어서 생활의 안정을 얻어서 어머님을 다시 평안히 지내시게 할까. 얼마…… 남은 수(壽)도 그리 많지 못하실 어머님…… 어머님 생전에 다시 근심 없는 살림을 회복하여야겠다. 이것이 나의 제일 초조되는 바요 근심되는 바였다.

그런데 어머님의 생각은 또한 그와 반대였다. 저것(즉 나)이 넉넉한 데서 나서 자라서 지금 재정에 물려 쩔쩔매며 돌아가는 것이 도리어 민망하신 모양이었다. 이 중년의 아들을 간간 어린애들 몰래 즐겨하는 과일 같은 것을 사다주시는 것을 받을 때마다 도리어 칵 울고 싶었다.

10년 미만에 10여 만 원의 재산과 그 재산에서 나는 수입까지 탕진하였으며 상당히 질탕히 놀았다. 그런지라 어떠한 고난을 겪을지라도 자작지얼로 원망할 곳이 없을뿐더러 '과거에 그만큼 놀았으면……' 하는 단념까지 생기는 나이려니와, 어머님이야 무슨 탓으로 늙마에 저렇듯 마음과 몸의 고생을 하실까.

　　늘 이 죄 많은 아들을 민망히 보시고 맛나는 음식이라도 생기면 당신은 안 잡숫고 반드시 아들에게 주시며, 부족한 주머니를 털어서 아들의 입을 즐겁게 하시며, 사람 된 의무로서 가족의 의식을 구하기 위하여 하는 당연한 노력을 애처롭게 보시는 그 어머님께 대하여 나는 황송히 생각하지 않을 수가 없었다.

　　서울로 이사를 와서 월부로 정갈한 집을 한 채 산 뒤에, 우리 가족의 생활은 그야말로 '긴장'한 마디로 끝이 날 종류의 것이었다. 집을 한 채 사느라고 어머님께 편지를 하였더니 어머님에게서는 그러면 여름방학 때 딸과 함께 서울로 놀러오시마 하셨다.

　　우리의 산 집은 아주 새 집이었다. 이 새 집을 사람 사는 집같이 꾸미려면 상당히 손이 걸린다.

나는 시계와 같이 잠시도 쉴 없이 원고를 쓰고 아내는 끊임없이 항아리 나부랭이며 찬장, 그릇 등속을 사들이며…… 어머님이 서울 오시겠다는 여름방학이 불과 석 달, 그동안에 집을 사람 사람 사는 집처럼 꾸미느라고 전력을 다하였다.

　그 여름 약속에 의지하여 상경하실 때에 어머님은 몸소 가지고 올 수 있는 최대 한도의 짐을 가지고 오셨다. 그러나 일껏 가지고 와서 보매, 그런 것들은 벌써 다 구비되어 있는 것이었다.

　"쓸데없는 것을 가지구 왔구나."

　아아, 이 한마디가 얼마나 나를 기쁘게 하였을까. 어머님도 또한 헛노력이 된 것을 도리어 기뻐하시는 것이었다.

　그해 가을 어머님은 사위맞이를 하셨다.

　딸이 스물을 썩 넘도록 정당한 배우자를 맞지 못하여 근심하시던 그 근심도 인제는 없어졌다.

　아들들도 맏아들은 평양 실업계의 거두로 뒤를 근심할 바 없고, 둘째 아들도 서울로 올라가서 차차 살림이 펴는 모양이요, 셋째 아들도 생활은 이렁저렁 해나가는 모양이요, 단 한 가지 남았던 '딸의 처치'도 되었으매 전혀 전전해 등에 비기면 노후도 펴나가는 모양이었다.

이러한 가운데서 나는 어서 이 집의 매수를 끝낸 뒤에 어머님을 모셔오고자 잉크와 종이를 연하여 소비하고 있었다.

서울 이사 온 지 3년째 되는 봄이었다.

그 봄 나는 조선 원고료 생활자에게는 좀 거액이라 할 만한 600원이라는 돈을 횡액으로 잃어버렸다. 집값의 최후 잔액을 치르려던 돈이었다. 그것을 잃었는지라, 다시 반 년간 더 지내지 않으면 집값을 완제할 수가 없게 되었다.

그와 전후하여 평양 누이가 맏아들을 낳았다는 회보…… 또 그와 전후하여 놀라운 소식이 뛰어들었다.

어머님이 중풍으로 위험하다 하는 것이었다. 그러나 이 소식이 전보가 아니라 편지로 온 것을 보매 위급하지는 않은 모양이었다. 그때 마침 쓰던 원고가 있어서 양일간 더 써야 끝이 나겠으므로 그것을 빨리 마감하고 내려가보려 하였는데, 뒤이어 염려 없이 되었다는 기별과 의사의 말이 '춘추 칠순에 가까운 분으로 그런 위험한 병에서 이렇듯 속히 회복되는 것은 희귀한 일이라' 하더라는 말까지 있었다.

그래서 어머님의 병환에는 푹 안심하고 있었는데, 얼마 지나지 않아서 중풍 재발이라는 통지가 역시 전보가 아니요 편지로 왔다. 뒤에 상세한 전말을 알아보니 이러하였다.

누이는 그때 해산 직후의 산모라 신경이 엔간히 날카롭게 된 사람이었다.

그런 터라 어떤 날 식모가 좀 마음에 거슬리는 일을 하였다고 당장에 내쫓았다. 내쫓았으면 즉시로 대신을 구하여 들였어야 할 것인데 경향을 물론하고 문제거리인 식모난 때문에 미리 식모를 구하지 못하였다.

어머님이 부엌에 나서지 않을 수가 없게 되었다. 40년, 50년 전 며느리 시절에 부엌에 나서 보신 뿐 부엌에 서투르신 어머님이었다.

게다가 중풍에 넘어지셨다가 겨우 지금은 지팡이

짚고 변소 출입이나 하게 된 병인이었다. 그 위에 산모에게는 하루에 칠팔 회를 국을 끓여주어야 할 것이었다.

"아궁이 앞에서 불을 때노라면 자꾸 아궁이로 끌려 들어가는 것 같두나."

이것이 뒷날 어머님의 회상담이었다.

나뭇단을 부엌에 끌어들이고 수도(대문 안에 있어서 부엌에서 꽤 멀다)에서 물을 길어들이고 하루에 칠팔 회를 부엌에 나서야 하니, 칠순 노체에 병환이 없을지라도 견디지 못할 것이었다. 병환 재발된 것이 당연한 일이었다.

그러나 어머님의 체력은 경탄을 지나쳐서 경악할 만하였다. 중풍이란 대체 초발에도 난병이거니와 재발이면 생명을 보장할 수 없고, 어떻게 생명이 유지된다 할지라도 전신불수…… 적어도 반신불수는 될 것이었다.

그러나 어머님의 경악할 만한 체력은 그 모든 과정을 모두 건너뛰어 일삭쯤 뒤에는 다시 약간의 부축만 있으면 변소 출입은 가능하도록 되었다. 잘 요양만

하시면 이 병환에서는 온전히 벗어나서 천수를 다할 수 있다고 의사도 드디어 항복을 하였다.

그러나 성격이나 언행이나 온갖 방면이 돌변하였다.

여장부라 하여도 좋을 만치 강한 성격의 소유자이시던 어머님이 심약한 분으로 변하셨다. 식모에게 물 한 그릇 떠오라는 일이 있어도 명하지를 못하고 탄원하는 형식으로 하신다. 그리고 온갖 일에 나무람이 많고 눈물을 자주 흘리시고 음식을 잡숫는 데에도 귀찮으면 수저 다 내버리고 그냥 손으로 집어 잡숫는 등 전연 다른 분같이 되었다.

"금년에는 서울을 못 오시겠구나."

금년 여름에 집에 오시기로 되어 있더니만치 매우 섭섭하였다.

아이들이나 평양으로 보내서 병석의 할머님을 귀찮고 기쁘시게 하리라 하였다.

그 여름 이 신문 저 잡지 할 것 없이 모두 돌아가면서 원고료 전차를 하여 집값의 최후 잔액을 갚았다.

인제는 이 집은 완전히 내 것으로 되었다.

인제부터는 이 전차한 문채(文債)를 갚기까지는 생활을 극도로 절약을 하여야 하게 되었다.

나는 손꼽아 기다렸다. 생활을 극도 절약에서 통상 시대로 옮기자면 이삼 개월은 걸려야 할 것이다.

그동안에는 어머님의 건강도 썩 회복될 것이다.

그사이 집값으로 뽑혀 나가던 돈이 인제는 떠오르게 되었으며, 어머님을 모셔다가 어머님 보양비로 그것을 전환시키면 될 것이다. 이삼 개월만 더 참자. 호강은 못하시나마 곤궁이야 면하게 해드릴 수 있겠지.

그 어떤 날 평양 누이에게서 편지가 왔다.

'내일 밤 경성 도착하는 차로 어머님을 모시고 상경합니다.'

이런 뜻의 편지였다.

반갑기는 반가웠으나 너무도 의외의 일이라 깜짝 놀랐다.

변소 출입까지도 부축하는 사람이 없이는 못하시던 어머님의 서울까지 어떻게 오시며 무엇하러 오시나. 좀 더 안정하여야 할 것이어늘……

게다가 또한 당황하였다.

어머님께는 생활이 곤란하다는 점을 절대로 보이기 싫었다. 그런데 지금 (될 수 있는) 최대 한도의 원고료 전차를 하였는지라 자그마한 잡지 몇 개에서 들어오는 약소한 금전으로 생활을 극도로 절약하여 지내려는 이 판에 어머님이 올라오시면 큰 탈이다. 곤핍을 안보이자니 불가능한 일이요 보이면 또한 더욱이나 병중이신 마음에 얼마나 걱정스러우시랴.

그 저녁 정거장에서 어머님을 뵈니 펑펑 눈물만 쏟아지려 하였다. 재작년 상경 때에는 그렇게 원기 좋게 기차에서 내리시던 어머님이 이번은 다른 사람 다 내리기를 기다려서 마지막에야, 그것도 우리 부처와 누이의 부처 네 사람의 부축을 받으시고야 내리셨다. 택시에 오르기까지 시간이 30여 분이 걸렸다.

상경하신 이유는 간단하고 평범하였다. 나의 매부 되는 사람의 본집은 전라남도 완도였다. 취처 이래 아들까지 낳은 아직껏 본집에 가본 일이 없었다. 유치원 방학을 이용하여 처음으로 아들과 며느리가 시부모를 뵈러 가는 길이었다. 어머님을 빈집에 혼자

둘 수가 없어서 서울까지 모시고 온 것이었다.

내외는 이튿날 저녁 완도로 향하여 떠났다.

딸과 사위가 완도를 다녀올 동안의 약 1주일간 어머님은 장 눈물이었다.

그의 어린 손주들이 무슨 심부름으로 밖에 나갈지라도 애처로워 눈물이었다. 내가 무슨 볼일이 있어서 종로 방면으로 가서 서너 시간만 걸려도 눈물이었다.

또한 성격이 놀랍게도 변하였다.

참외 수박 같은 것을 사다드리면 당신이 값을 내시겠다 한다. 경제에 좀 몰리는 관계상 진짓상 같은 데 반찬이 어머님께서는 좀 후하고 애들에게는 좀 박하면 또한 눈물이었다. 뜰아랫방은 쓰지 않던 방이고 건넌방(아이들이 거처하는)에는 빈대가 많고 하여 큰방을 비워드리고 우리는 대청에서 잤더니 밤새도록 당신이 대청으로 나갈 터이니 우리들을 들어오라고 하시다 못하여 이튿날은 저녁이 끝나자마자 그 부자유한 몸으로 당신 이부자리를 어느 틈에 내다가 대청에 펴놓으신다. 변소에라도 가실 적에 부축해드리려면 미안해하는 기색이 분명하였다.

그 어느날, 갑자기 당신 주머니에서 돈 5원을 꺼내주시며 한약으로 지금 당신 병환에 맞는 약을 지어다 달라신다. 이것은 과연 나의 실책이었다.

평양에서 올라오실 때에도 아무 약도 없기에 이 병환은 그저 안정 일로밖에는 없나보다 쯤으로 여겨두었던 것이었다. 병환 중에 계신 어머님께 약 채근을 받는다는 것은 자식 된 도리에 희한한 일일 것이다. 나는 어머님이 내신 5원을 도로 드리고 한방 의사를 알 만한 친구들을 찾아다니며 수소문하여 박모 씨를 알아내어 톡톡히 비싼 약을 지어왔다.

그 약을 잡수어보았지만 어지럼증만 더하지 차도가 없다고 하시면서도 달여드리는 것이라 잡숫기는 잡수었으나 평양 내려가서는 다시 안 잡수신 모양이었다.

이 병 저 병 겹치는 중에 또 조그마한 부스럼 하나가 목 뒤에 생겼다. 가렵다고 긁으시더니 그것이 저녁에는 벌겋게 되었다. 그래서 고약을 붙여드렸으나 가렵다고 연방 떼버리고 그냥 긁으시는 바람에 이튿날은 더 범위가 넓어지며 뜬뜬하게 되었다.

그러나 고약만 잘 붙이면 도로 삭을 종류의 것이라. 이튿날은 나의 아들을 할머니 뒤에 지키게 하여 떼버리면 다시 붙여드리고 떼버리면 또다시 붙여드리고…… 이러한 역할을 하게 하였다.

부스럼이 난 지 사흘 만에 완도 갔던 내외가 왔다. 와서 그 밤을 우리 집에서 지내고 이튿날은 어머님을 모시고 평양으로 내려갔다.

일행이 평양으로 내려간 뒤에 나도 무슨 볼일이 있어서 삼사 일간 어디 갔었다.

돌아와보매 아직 이른 새벽임에도 불구하고 대문이 열려 있고 집안에는 아이들만이 있고 아내는 나를 찾으러 어젯밤 나갔다가 밤 깊어 돌아오고 방금 또 나갔다는 것이었다. 그리고 나 없는 동안에 평양에서 편지 한 장과 전보 두 장이 와 있었다.

먼저 전보부터 보았다. 첫 전보는 그저께 친 것으로 어머님을 대수술을 하니 즉시 오라는 것이요 둘째 전보는 어제 친 것으로 왜 안 오느냐, 위독하다는 것이었다.

편지는 '평양 내려와서 목 뒤의 종처를 수술하셨다

는데 수술한 자리가 성가시고 붕대를 풀고 심지를 뽑고 하여 잘못하다가는 큰 탈이 생길 듯싶다'는 뜻이었다.

정신이 아득하였다. 어찌할 바를 몰랐다. 무슨 일을 어떻게 하여야 할지 순서를 따질 수가 없었다. 가치 시간표를 보니 7시 반에 떠나는 북행이 있었다. 기차는 있기는 하고 아직 5시 반에 지나지 못하니 시간은 넉넉하다.

주머니에는 꼭 기차삯뿐 점심 사먹을 돈도 없었다. 좌우간 정거장으로 나간다고 아이들한테 말해두고 '포수클로랄'이라는 강렬한 최면제 한 병을 갖고 그 달음으로 정거장으로 나갔다. 먼저 정거장에 나간다 한들 기차가 먼저 가줄 리 없건만.

마치 우리 안의 사자와 같이 정거장에서도 잠시를 앉지도 못하였다. 다른 때 기차를 탈 때에는 생각해 보지도 않던 일 ― 지금 이 정거장 안에서 기차를 타려고 기다리는 무리 중에 친척의 위독 혹은 사망 전보를 받고 황황히 달려가려니. 태반이 그런 사람이 아닐까.

기차 안에서는 강렬한 최면제를 먹고 차장에게 평양에서 깨워주기를 부탁하고 내내 자면서 갔다. 깨면 마음이 지향할 바를 몰라서…….

평양에서 내려서 병원으로 달려가보매 아직 떠나지 않았다.

후두부의 가죽을 죄 뜯어내고 지금 저 붕대 아래는 두개골이 노출되어 있다 한다. 머리와 목 전체를 붕대로 싼 거대한 육체가 답답한 듯이 한 초도 쉬지 않고 오른편으로 왼편으로 몸을 뒤채는 것이었다.

저렇듯 뒤채는 것이 되려 피곤하시지 않을까. 그러나 피곤을 모르시는 모양이었다. 잠든 때 이외에는 저렇듯 몸을 한 초도 쉬지 않고 이쪽으로 저쪽으로 뒤채신다 한다. 침대에서 떨어지기를 방지하기 위하여 침대의 한쪽은 담벽에 붙여놓고 이쪽으로는 침대 하나를 더 놓았다.

나는 내가 온 것을 알리기 위하여 어머님의 눈이 향하기 가장 편한 쪽에 가 서서 어머님을 찾았다. 어머님은 나를 보셨다. 그러나 그것은 마치 맞은 편에 무엇이 보이니 그냥 눈을 그리로 붓고 있는 따름이었다. 표정에 아무 움직임도 없었다.

그로부터 10여 일, 나는 죽음과 고투하시는 어머님을 지켰다. 불면증이라는 특수한 신체 조직을 가지고 있는 나는 병인을 지키기에는 가장 적당한 사람이었다. 한번은 며칠째 되는 날인지, 하도 보기에 민망하였던지 누이가 자기 남편과 한밤을 지킬 터이니 집에 가서 하루 편히 자라고 한다. 그래서 밤들어 누이의 집에 가서 한밤을 자고 이튿날 새벽에 병원으로 가서 누이 내외를 돌려보냈더니 내가 평양으로 내려온 지 여러 날 만에 처음으로 듣는 어머님의 의사 표시가 있었다.

즉 나더러 밤을 지켜달라는 것이었다. 목이 말라서 물을 달라 해도 모르고 자고, 서늘해 무엇을 쓰고 싶으나 아무리 불러도 깨지를 않아 하룻밤을 매우 곤란히 지내셨다는 것이었다. 그 뒤로부터 밤을 남에게 맡겨보지를 않았다.

밤에는 자는 것이 당연하다. 아무리 정성이 있단들 생리적으로 오는 졸음을 어이하랴. 나 같은 불구자가 아닌 이상에는 거의 불가능한 일이다.

나는 이 반드시 다시 일어나지 못하실 어머님을 지키면서, 여기서 때때로 '인생'이라는 것의 전면을 보곤 하였다.

일찍이 효도를 해보지 못한 나는 여기서 이 침대에서 다시 생명 있는 신체로는 내리실 길이 없는 어머님께 나의 최초요 최후의 효도를 하였다. 그러면서 아아, 이것을 어머님이 알아주실까. 이런 쓸데없는 기대를 해보고 하였다. 그럴 때마다 직후로 몰려나오는 생각은 다른 것이 아니라 '아신다 하면 무얼 하느냐' 하는 것이었다.

이것이 인생이었다.

아시면 무얼 하느냐. 아시면 도리어 이전 평상시와 같이 민망히 생각하실지도 모른다. 그렇지 않고 기쁘다 생각하시면 무얼 하느냐. 무엇이니 무엇이니 하여도 최후에 남는 것은 역시 '죽음'이라는 것이다. 어머님이 최후의 봉양을 기꺼이 생각하셔서 지부 에 가서서 나를 부귀하게 해주시리라고 이 간병을 하는 것이 아니었다. 어머님 자신에게 대하여서는 아무 통양 도 없는 바였다. 하루저녁에 얼마씩이라는 돈만 주면 나보다 손익고 나보다 더 충실히 간병할 전문 간병자가 얼마든 있지 않은가.

이 나의 간병이란 것을 정확히 숫자적으로 해석하자면, 첫째로는 전문 간병인보다 서투른지라 손이 도리어 어머님을 불편하게 하였을는지도 알 수 없는 일이요, 둘째로는 일껏 회복되어가던 나의 건강을 다시 꺾어놓은 데 지나지 못하고, 셋째로는 형으로 하여금 전문 간병인을 두었더라면 지불했어야 할 수당금을 경제하게 하였으며, 넷째로는 전문 간병인의 돈벌이 방해를 한 것…… 이런 것 등등에 지나지 못한다.

다만 내 마음이 행하고 싶은 일을 행한 따름으로서, 어머님이 청한 바도 아니요 희망한 바도 아니었다.

이 계통 병원의 불친절하고 무지한 것은 조선에서 다 아는 바다.

당시의 어머님의 몸에는 여러 가지의 병이 한꺼번에 밀려 있었다. 제일 급한 것이 이번 수술한 후두부 봉창이요, 그다음으로 급한 것이 중풍이요, 그 다음으로 중한 것이 당뇨병이었다.

당뇨병에 쓰는 인슐린이라는 주사약은 보통 건강체의 사람에게도 주사를 놓고는 즉시 포도당으로 중화를 시키지 않으면 심장마비가 일기 쉽다. 다른 중한 병을 겸한 환자에게는 좀체 놓기 힘든 약이다.

그럼에도 불구하고 이 병원에서는 어머님의 몸에 당뇨병이 있는 것을 발견해 가지고 인슐린 주사를 놓았다.

그러나 어머님의 놀라운 체력은 이 제1회의 인슐린까지 이겨서, 일단 사선을 넘어섰다가 다시 소생하셨다. 그러나 이튿날(내가 엄중히 감시하고 있었는데도 불구하고) 또 인슐린 주사를 놓았다. 그리고 숟가락으로 입에 따라 넣어드리는 포도당액의 마지막 숟갈을 채 못 삼키시고 마지막 숨을 쉬셨다.

한때는 이 무지한 치료 방식에 대하여 친척들 사이에 말썽도 많았으나, 그것 역시 지나고 보면 우스운 일이었다.

혹은 그 때문에 이삼 일간 더 생명이 단축이 되셨는지는 모른다. 그러나 만약 어머님이 이삼 일간 더 살아 계셨다 하면 무엇 할까. 이삼 일간 더 사셨다면 이삼 일간 더 고통을 겪으실 뿐이었다.

양미간을 늘 커다랗게 찌푸리고 계시던 어머님에게 최후의 호흡과 함께 그 주름살이 없어졌다. 어머님이 고통을 호소할 때마다, 나는 당직 의사를 불러서 모르핀 주사를 놓게 하였다. 모르핀 주사가 혹은 몸에 해로울지는 모르나, 어차피 이 침상에서 다시 산 사람으로 내리시지 못할 이상에는 단 몇 시간이라도 고통을 모르고 지내시면 그 이상 더한 일이 어디 있으랴.

어머님 떠나신 지 만 3년 반…… 지금은 아마 뼈밖에는 남아 있는 것이 없겠지. 그때 수일간 더 살아 계셨거나 말았거나, 오늘에는 그것은 문젯거리도 되지 않는다.

단지 내 마음에 그냥 죄송히 남아 있는 생각은 부귀 중에서 생장하시고 늙으신 어머님을 늘그마에 내 탓으로 수년간 빈곤을 맛보시게 하였고, 그러고도 이 못난 아들을 도리어 생각하시고 측은히 여기시던 어머님께 푹 안심을 드리기 전에 어머님을 잃은 점이다. 효도를 드려야 한다는 의무감에서 나온 바도 아니요 효성이 없으면 미물과 같다는 위협 때문에 생긴 마음도 아니다.

안심을 하신 뒤에 세상을 떠나셨다 하여도 역시 마찬가지요 더욱 불안을 느끼시면서 떠나셨다 하여도 또한 마찬가지로서 일단 떠난 뒤에는 그저 다 '허무'로 끝막음할 것이니 나의 '생각'은 어머님이 살아 계신 때거나 떠나신 뒤거나 단지 내 욕심 채우기를 위함이지, 어머님을 위함이 아니다.

어머님을 땅에 묻은 뒤에 나는 다시 무덤을 찾아본 일이 없었다. 살아 계신 어머니이니 내가 범한 죄를 씻고자 성심성의 안심을 드리고자 한 것이지, 떠나신 뒤에 빈 무덤을 찾아 무엇하랴.

불효한 자식이라고 세상이 욕을 할지라도, 그 칭호를 잠잠히 받을밖에는 도리가 없다.

개소문과 당 태종[2]

　도성 안은 평시와 조금도 다른 데가 없었다.

　어제도 그제도, 작년도 재작년도 그러하였던 것과 마찬가지로, 장사아치는 가게에 앉아서 손님을 기다리고, 노인들은 한가스러이 길거리를 거닐고, 장인바치는 여전히 이마에 핏대를 세워가지고, 마치를 두르며― 솔개는 하늘을 날고 쥐는 땅을 기고….

　"이럴까?"

　신라(新羅) 사람 구문사(仇文司)는 자기의 예기, 또한 천하의 통례(通例)와 딴판인 이 고구려 서울(평양)의 오늘의 광경에, 의외의 얼굴을 하지 않을 수가 없

---

2) 蓋蘇文과 唐太宗

었다.

오늘은 당사(唐使)가 이 서울에 돌아온다. 더구나 이번의 당사는 보통 다른 때(자기네 나라인 신라 등지에도 오는) 그런 따위의 낮은 관원이 아니요, 당나라에서도 천자[唐太宗[당태종]]의 신임 두터운 높은 관원—사농승상(司農丞相) 현장(玄奬)이다. 더구나 천자의 내사(齎賜) 친서를 받들고 온다. 자기네 본국인 신라(뿐 아니라 천하 어느 나라이든)에서는 이런 높은 관원은커녕 얕은 관원일지라도, 명색이 '칙사' 혹은 '상사'라 붙는 이상에는 미리부터 그 맞이 준비에 떠들썩하며, 위아래를 통하여 무슨 명절이나 맞는 듯이 야단법석한다.

그런데 이 고구려 서울은, 보통날과 조금도 다른 데가 없다. 너무 평온하므로, 미심질로, 오늘 사실 황사가 오기는 하는가고 다른 사람에게 물어보았더니, 오기는 틀림없이 온다 한다.

일찍 신라에 있을 때부터 들은 말이 있기는 있다. 고구려는 자기네 나라의 실력을 믿는지라, 다른 나라들 같이, 중원의 대국만을 천하 유일의 나라, 다른 나라는 죄 번병국(藩屛國)으로 여기지 않고, 자기네의 고구려도, 당나라와 대등의 국가라는 점을 스스로 믿고, 이전의 수(隋)나라 지금의 당(唐) 나라를 모두 동등국으로 친다고.

듣기는 들었지만 그 말을 그대로 믿을 수 없었던 구문사는 여기서 비로소 그 증거를 보았다.

'우물 안의 개구리.'

'하룻강아지 범 무서운 줄 모른다.'

두세 가지의 속담말이 지금의 이 고구려의 태도를 보매 저절로 생각났다.

연하여 수나라의 대군을 잔멸시켜, 나중에는 수나라라는 국가까지 무너뜨려 놓았고, 또한 그 뒤를 이은 명나라의 십만 이십만의 대군도 연하여 잔멸시켜 은연히 동방의 강대국을 형성하고 있기는 하다 하지만, 우역(禹域)의 화종(華種)이 못되고 동방 오랑캐[東夷[동이]]의 하나로서, 참람되이 대성인(大聖人)의 친사(親使)를 맞음에 이렇듯 무례하랴.

이런 오랑캐 나라는 어서 없이해 버려야 할 것이다.

본국 대장군 김유신의 밀령을 받고, 염탐으로 고구

려에 잠입해 있는 구문사였다.

신라는 고래로 고구려에게 많은 멸시와 천대를 받았다. 그 원수의 고구려에게 일 봉(一棒)을 가해 보고 싶었다. 그러나 수나라 당나라도 어린애 다루듯 다루는 강대국 고구려를, 약소국인 신라로서는 어찌할 도리가 없었다.

그래서 연해 수나라 당나라에 호소해서 원수를 갚아달라고 애걸하였다. 그러나 수, 당은, 여러 차례 고구려에게 큰코를 다친 일이 있느니만치, 신라의 애걸에, (대국의 체면상 내 나라 힘이 모자란달 수도 없어서) '고구려는 예교(禮敎)를 알고 또한 번업(藩業)을 잘 지키니, 칠 필요가 없다. 너희네끼리 의좋게 지내거라'고 피해 버렸다.

그러나 신라로서는 분해서 견딜 수가 없었다. 당나라의 피하는 까닭도 짐작한다. 그러나 아무리 고구려가 강대하다 할지라도, 황군(당군)의 강성으로써 북방을 치고, 당군과 신라의 연합으로써 남쪽을 쳐서, 남과 북에서 협공을 하면, 당하기 어려울 것이다. 그 방략으로써 당나라를 꾀었다.

그러는 일방, 염탐을 고구려에 들여보내서, 고구려가 상국을 업수이 여기는 태도 등을 연해 당나라에 보고해서, 당나라로 하여금, 겁보다도 증오심을 앞서게 하여, 당나라를 충동하고….

　　그런 필요 때문에 고구려에 와 있는 구문사였다. 첩보 재료를 더 속히 더 많이 얻기 위하여, 고구려의 자그마한 벼슬까지, 얻어 하고 있었다. 벼슬의 지위는 얕으나[3]마 긴하기는[4] 여간 긴한 자리가 아니었다.

　　이 나라의 권세를 한 손에 잡고 있는 막리지(莫離支)[5] 연개소문(淵蓋蘇文)의 사록사(私錄事)였다. 그러매 지위는 얕으나[6] 구문사의 염탐 용무에는 꽤 긴한 자리였다.

×

　　당사(唐使)는 그 날 낮이 기울어서 입성하였다. 지금껏 삼백 리, 오백 리의 길맞이의 경험만 가지고 있는 당사 현장은, 이 쓸쓸한 여도(麗都)에 적지 않게

---

3) 낮으나
4) 긴요하기는
5) 막리지는 병부상서(兵部尙書)에 해당하는 벼슬
6) 낮으나

불쾌하고 불만한 모양이었다. 그의 받은 중화(中華)적 교양과 예의가 있는지라, 그 불만을 표면에까지 나타내어 야료를 하든가 하는 일은 없었지만, 내색은 분명히 불쾌하였다. 많은 수원들에게도 말도 없이, 어디가 숙소 혹은 객관인지 물어보는 일도 없이, 턱으로 전방(前方)을 가리켜서, 수레를 정처 없는 전방으로 내어몰았다.

아무리 고구려라 할지라도 사신의 묵을 객관과 사신을 맞아 대접할 접사관은 준비되어 있었다. 다만 맞을 사람을 맞으러 마주 나가지 않고, 사신이 스스로 객관을 찾아오기를 기다리고 있는 것이었다.

그러나 그런 것을 알지 못하는 당사의 일행은, 불쾌한 마음을 품고 묵묵히 이십만 호의 대도시를 전방으로 전방으로 내몰았다.

사신 일행이 지나가는 소민(小民)의 인도로 객관을 찾아든 것은, 밤도 초저녁은 지나서였다.

"그저 앞으로 앞으로 가시기에, 혹은 먼저 만나야 할 가까운 분이라도 계신가 했지요."

조롱인지 진정인지 모를 이런 영접사를 들으면서.

때는 고구려 보장왕(寶藏王) 삼년, 당나라 태종 정관(貞觀) 십팔 년 사월—그 해 정월에 고구려에서 당나라에 사신을 보냈던 데 대한 답례를 겸한 당사였다.

구문사는, 이 당사가 객관에 드는 전후의 태도를 보고, 절실히 느낀 바가 있었다. 자기네 신라에서는 당사라도 오면 위로는 임금을 비롯하여 노소대신이 그야말로 종과 같이 시종들고[7] 부족한 데나 없는가고 전전긍긍하는데—그러는 데도 불구하고 당사는, 매사에 트집을 잡고 예절이 어떠니 격식이 어떠니 말썽을 부리는데, 여기서는 이 푸대접에도 일언반구의 불평이 없이, 도로혀[8] 사신측이 전전긍긍하는 것이었다.

×

당사는 사흘간을 객관에 무위히 묵어 있지 않을 수가 없었다. 이 나라 임금은 몸이 좀 편찮아 사신 접견을 못하겠고, 막리지 연개소문이 만나볼 터인데, 좀

------

7) 시중들고
8) 다시

바쁜 일이 있어서 사흘을 기다리라는 것이었다.

그 사흘간을 당사 일행은 이 나라의 문물제도를 시찰하였다.

무비(武備)는 더 말할 것도 없고 문화 방면의 찬란한 발달에는 눈을 크게 할밖에는 도리가 없었다.

중국은 아무리 인류의 꼭두머리요 우주의 주인이요 문화의 근원지라고 자긍하지만, 십년 백년마다 나라이 없어지고 새로 생기고, 혁명과 역성위주(易姓爲主)의 '국가놀이' 때에 문화가 계통적으로 순조로운 발달을 할 수가 없었다. 자라던 문화는 꺾이고 다시 —새 것이 생기고, 그것이 또 자라다가는 중도에 꺾이고—잡연한 문화 '간색(見本[견본])장'인 느낌이 있을 뿐이다.

거기 반하여 이 나라는, 한 나라로 계속된 지 이미 칠백 년, 북방 부여의 웅대한 대자연에서 비롯하여, 현재 평양의 그림같이 아름다운 자연을 배경으로, 명군치하(名君治下)의 안온한 국가생활 칠백 년은 이 나라 만성(萬姓)의 문화적 소질을 자유로이 마음껏 배양해 주어 석각에, 건축에, 그림에, 장식에, 또는 방적에, 칠기에, 철공, 목공에—온갖 방면에 궁하여 찬란한 문화와 능란한 솜씨를 자랑하고 있다.

견식이 넓고 건실한 현장은 이 점을 알아보고 내심 혀를 둘렀다.

각 방면으로 장차 '당문화(唐文化)'란 것을 이룩하여야 할 처지에 있는 현장은, 이 기성의 고구려 문화를 찬찬히 시찰하고 속으로 배운 바가 많았다.

×

사흘 뒤에야 만나겠다던 막리지는 이틀 뒤에 갑자기 사신을 불렀다. 틈이 생겼으니 날짜를 다가 만나자는 것이었다.

현장은 수원 두 명을 데리고 이 나라 조방에 들어갔다.

본시 이 나라 사람의 체격이 큼직하여, 보통 민가도 큼직큼직하거니와, 조방은 유달리 높고 넓어서, 왜소한 체격의 주인인 현장은 먼저 이 방에 위압되었다.

인도하는 대로 큼직한 의자에 몸을 잠갔다.

좀 뒤에 저편에서 지끈지끈 하는 소리가 들렸다. 사신을 응대하던 이 나라 관원들의 태도가 긴장되었다.

이리로 통하는 문이 열렸다. 그 문으로는─.

태산이 이리로 움직여 온다. 그 견고한 마루판장이 지끈지끈하며, 한 태산만한 인물이 배행 두 명을 데리고 온다.

일견 연개소문으로 알았다. 소문에 듣던 바 검(劒) 다섯 자루를 차고, 고래 눈을 절반만치 닫고 이리로 이동해 오는 인물이야말로, 동이(東夷)의 나라에 태어나서도 영웅 소문은 천하에 높은 막리지 연개소문에 틀림이 없을 것이다.

현장은 자기도 모르게 벌떡 일어났다. 신하가 천자를 맞듯, 길이 네 번 절하였다. 그 위풍에 압도되어 자기도 모르는 틈에 절한 것이었다.

개소문은 손을 들었다. 절을 그만두라는 뜻으로 두어 번 손을 저었다. 그리고 가볍게 머리를 끄덕이며 사신의 맞은편 의자에 가서 걸터앉았다. 앉으면서 사신도 앉으라는 뜻으로 두어 번 탁자를 두드렸다.

그러나 위풍에 압도된 현장은 앉지도 못하고 손을 공손히 읍하고 서 있었다.

개소문은 눈을 감았다. 감고 비로소 말하였다―.

"만리 원로를― 동방 상춘차는 아니시겠지."

"네이. 우리 천자께오서 고구려 나랏님 전에 내새서(賚璽書)가 있읍니다.….."

"어디."

손을 편다. 천자의 칙서를, 더구나 나랏님께 보낸다는 글월을 달라고 손을 펴는 막리지에게 현장은 공손히 그 글월을 바쳤다.

개소문은 그 글을 받아 탁자 위에 놓았다.

"내용을 사신은 짐작하시오? 무슨 사연인지…. (잠깐 눈을 조금 떴다가 다시 감는다.) 좌우간 앉으시오."

현장은 그래도 앉지 못하였다.

"네이. 그 내용은―."

"그래서."

"내용은 다른 것이 아니라― 저 신라는 나라를(연해 말을 더듬었다.)― 상국에 바치고― 조공(朝貢)을… 성실히 하옵고… 그런데 백제―는―."

본시 '귀국과 백제는' 이래야 될 것이지만, 그 날은

나오지 못했다.

"―조공도 게을리 하(옵)고― 또 귀국과 아울러…
신라를… 너무 그….."

문득 이상한 소리가 났다. 눈을 몰래 치뜨고 개소문
을 보니, 깜박 잠든 듯, 약하게 코고는 소리가 난다.

현장은 말을 계속하지 못하고 잠시 기다렸다.

꽤 기다렸다. 그러나 개소문의 코고는 소리는 차차
본격화해 간다.

현장은 부러 소리나게 한번 움직였다. 발에서는 쿵
하는 소리도 났다.

개소문은 눈을 번쩍 떴다.

"응? 응? 그래서."

결국 너무 위압된 현장은, 어서 회견을 끝내고 싶기
만 하였다. 개소문은 들었건 못 들었건 간에, 자기의
할 말만 끝내었다―.

"그래서… 할 수만 있사오면 신라에 대한 노염을
푸…시고 정벌을 좀 늦구어….."

태종의 분부는 '너희 고구려가 그냥 신라를 시달리
면 짐(朕)이 명년에 군사를 일으켜 너희를 벌하리

라…'는 뜻을 고구려에 전하라는 것이었다. 그러나 그런 말은 현장의 입에서 못 나왔다.

말을 다 들은 개소문은 눈을 뜨고, 손쳐서 막하를 불렀다.

"오늘 아침 남방에서 돌아온 유 장군을 좀 불러라.

막리지의 부름으로 유 장군은 달려왔다.

"유 장군, 오늘 아침 내게 한 보고를 여기, 다시 한 번 뇌이게."

"네이. 계림(鷄林)의 두 성은 완전히 공략했읍고, 우리 충용군은 기호의세(騎虎之勢[기호지세])로 그냥 남진(南進)하는 중이옵니다."

"수고했네, 물러가게. ―사신도 듣다시피 우리나라는 지금 계림의 참람된 죄를 벌하는 중이어. 그러나 이웃나라 천자의 간청도 있고 하니, 내 우리 나랏님께 여쭈어 반사(反師)하도록 하리다. 사신도 아시겠지만 중도(中途) 반사라는 건 패배(敗北)나 일반이야. 적병도 이겼노라고 하지, 고구려가 당황(唐皇)의 간청으로 반사했다고 하겠소? 마는, 내 맡아서 하리다."

막리지의 이 순순한 말에 현장은 좀 용기를 얻었다. 좀 주저하고는 의자에 몸을 잠갔다.

"막리지. 우리 천자의 소청은, 이번에 한한 것이 아니라, 장래도 계림을—."

개소문은 그의 커다란 머리를 천천히 저었다.

"그건 못 들을 소청— 계림과 우리와의 오랜 원혐이 있으니, 즉 예전 수적(隨賊) 입구(入寇)할 때, 북방에 수적을 잔멸시키느라고 남방을 돌볼 겨를이 없을 때, 나적(羅賊)이 남방에서 우리 땅 오백 리를 훔쳤어. 그 행위도 벌하려니와, 우리 잃은 땅도 도로 찾아야겠으니, 장차까지는 약속치 못하겠소."

"그게야 기왕지사가 아니오니까. 기왕지사를 말하자면 요동의 제성(遼東諸城[요동제성])은 모두 본시는 중국 군현이었던 게 지금 귀국 당이 됐읍지만, 중국은 아무 말도 안 합니다."

개소문은 눈을 한번 들어 현장을 보고는 다시 곧 감았다. 무슨 위협미를 띤 눈이 아니었건만, 현장은 몸을 소스라쳐 다시 일어섰다.

"무슨 당찮은 소리— 요동도 본시는 부여의 땅, 한

때 중국에게 도적맞았던 것을 도로 찾은 것이지—."

현장은 꽤 주저하고서, 그의 마지막 말을 빨리 하여 버렸다—.

"그러면 우리 폐하는 정려(征麗)의 사를 일으키실 것이외다."

"그러면 당황(唐皇)도 수의 양제같이 말고기(馬肉[마육])를 자시고 정강 말(腿馬[퇴마])을 타고 분환(奔還) 귀국하시게 될 게요.—자. 만리 길 잘 가시오."

개소문은 그의 커다란 몸집을 일으켜서, 이 자리를 떠났다. 그러나 들어가려던 발길을 다시 돌이켰다.

"사신. 한데, 당군이 정도(征道)에 오르면 군량은 대개 어떻게 하오?"

"글쎄옵니다. 각자가 아마 자기의 한 달 식량은 몸에 지니고 오리다."

"글세. 그러면 마음놓이오. 우리나라는 작금 흉년이 계속돼서, 만성(萬姓)이 먹을 게 걱정인데— 요행 당인(唐人)이— 백만으로 잡고— 한 사람 닷 되씩 지니고 온다면— 오백만 되 오십만 석— 매명 많이씩 지니라고— 이 나라는 흉년으로 양곡이 부족하니 많이씩 지니고 오도록 부탁해 두오." 하고는 안으로 들어갔다.

×

현장은 황황히 귀국하였다.

곧 당 태종께 복명하였다. 무론 복명함에는 자기의 비겁하고 치사한 행위를 감추기 위해서 더욱 고구려를 과장하여 나쁘게 복명하였다.

태종은 개소문에게 격노하였다.

무론 개소문이 당나라에 순종하고 공순하리라고는 생각지 않았다. 과거에도 개소문의 마음을 사려는 뜻으로 궁복(弓服)이며 명마, 금전 등을 여러 번 개소문에게 하사(下賜)하였었건만, 그 매번을 개소문은 한 마디의 사례도 없을뿐더러, 천자의 하사품을, 초개같이 여기고 하인배에게 주어 버리고 하였는지라, 현장의 복명이 반가울 만한 것이 없으리라고는 생각하였지만, 이번의 현장이 천자의 사신으로 그 푸대접도 푸대접이려니와, 태종의 분부를 일일이 조롱하는 태도로 묵살해 버리니, 노염이 클밖에 없었다.

곧 천하에 조(詔)를 내렸다.

"고구려 막리지 연개소문은 자기의 임금을 시(弑)하고 대신(大臣)을 없이 하고 백성을 학대하는 외에, 또 지금 짐(朕)의 조(詔)를 거역하니 이를 토벌하노라."

그리고 칠월 경부터 착착 고구려 정벌의 준비를 시작하였다.

×

그 구월에 연개소문은 태종께 백금(白金)을 약간 보내며, 사람 오십 명을 함께 보내어 숙위(宿衛)로 써달라고 간청하였다.

취직운동의 뇌물이었다. 그러나 실질에 있어서는 한낱 조롱이었다.

태종은 장안의 부로(父老)들을 불렀다.

역시 같은 말(요동은 본시 중국 땅이었던 점, 고구려 막리지는 제 임금을 시하고 백성을 괴롭게 하는 흉적이니 징벌한다 운운)로써 부로들을 달래고 그 자손들을 나라에 바치기를 요망하였다.

이런 때에 있어서는 늘 같은 일이 거듭되지만, 부로들은 역시 이 싸움에 반대하였다. 일찌기[9] 고구려 정벌군이 참패하지 않은 적이 없었고, 그런 때마다 본시 몇백만이라는 큰 무리로 떠났다가, 살아 돌아온 자 겨우 몇천 명뿐이라는 역사만 가지고 있는지라, 이 명목 모호한 전쟁에 자식을 내보내기가 싫은 것이었다.

그러나 태종의 결심은 굳었다. 그 동짓달, 태종은 낙양(洛陽)에 이르러, 거기서, 수 양제를 따라 고구려 정벌을 갔던 일이 있는 정 모(鄭某)라는 사람을 행재소로 불러서, 의견을 들어 보았다.

역시 반대였다. "요동은 길이 멀어 양곡 운반도 힘들고, 또 동이가 잘 지켜서 속히 이기기 힘드옵니다" 하는 것이었다. 거기 대하여,

"수 때와 지금을 비할 배 아니니, 두고 하회를 보라."고 장담하였다. 각 장수들을 명하여 각도(各道)로 나누어 요동에서 모이도록 분부해서 대군을 떠나보냈다.

또 조(詔)를 내렸다. 역시 이전의 것과 대동소이한 중에, '이전 수 양제는 백성을 학대하고 고구려 왕

---

9) 일찍이

은 백성을 사랑했으니, 사란(思亂)의 군사로 안화(安和)의 무리를 치려니 어찌 실패치 않으랴' 하고, 이번은 꼭 이길 것이라 하여 이길 연유를 다섯 가지를 들었다.

신라, 백제, 거란(契丹) 등에도 명하여 군사를 내고 합세하게 하였다.

그 해도 지나고 이듬해 사월, 태종은 정주(定州)에서 또 천하를 불렀다.

'예전 수씨는 네 번 동정(東征)해서 많은 중국 자제를 요동의 황야에 잃었다. 짐은 지금 그 자제의 원수를 갚을 겸 고구려 임금 잃은 백성의 설원도 해주려고 정도에 오르는 것이다.' 하여, 부로들의 마음을 위로하고, 그리고는 몸소 융복(戎服)을 입고 칼을 차고, 말께 올라 통수의 길을 떠났다.

×

고구려 정벌의 당나라의 대군은 몇백 리의 요동 평원을 사진으로 날이 흐리게 하면서 동으로 이동하였다.

이상한 일이었다. 과거에 수나라도 쓴 경험을 하였

거니와, 당의 태종도 적지 않게 쓴 경험을 한 고구려 효용의 군사가, 이번에는 웬일인지 도무지 맥을 못 쓰고, 당군 이르는 곳마다 고구려의 성은 함락되고 영토는 유린되는 것이었다.

"이 봐라. 짐의 위력을."

태종의 의기는 높았다.

연전연승, 승승장구하여, 당군은 동진하였다. 당군이 점령하는 곳마다, 땅 이름을 고구려식에서 당식으로 고쳐서, 개모성(蓋牟城)은 개주(蓋州), 백암성(白巖城)은 암주, 등으로 연해 고치면서 나아갔다.

이리하여 당군은 안시성(安市城)에서 사십 리 되는 곳까지 이르렀다.

거기서 태종은 수백 기를 데리고 부근의 산천 형세를 관망하고자 좀 높은 언덕에 올라 살펴보았다.

즉, 전면에 무슨 새까만 줄이, 그 기럭지10)가 사십 리쯤 되는 것이 아물거리는 것이었다.

"야, 저 세까만11) 저게 뭐냐?"

---

10) 길이
11) 새까만. 기본형: 새까맣다

"네이. 고구려와 말갈의 연합군의 장사진(長蛇陣)이올시다."

"무얼! 저 사십 리가 넘는 줄이 모두 모두 군사란 말이냐."

"네이."

태종은 망연히 바라보았다. 얼굴의 근육이 자연 굳어졌다.

"내 오산(誤算)이었던가. 너무 고구려가 만만히 지더니, 그거 예까지 나를 유인하려는 술책이 아니었을까?"

×

막리지 연개소문.

당나라와의 전쟁이 벌어지자, 그는, 막료들을 데리고 서울을 떠나서, 요동에 들었다. 그러나 친병, 친솔병은 하나도 없이 막료들과만 지냈다.

술만 먹었다. 그리고는 잠만 잤다.

변방에서는 연해 패보(敗報)만 이르렀다. 어느 성이 함락됐다. 어느 주가 빼앗겼다. 연해 들어오는 패보에 아무 대책도 세우지 않고, 여전히 술만 불렀다.

막료들은 마음이 여간 초조하지 않았다. 막리지가 망령이 났나. 어쩌면 이 연한 패보에도 눈썹도 안 움직이고 술만 자시고 있는가.

"막리지. ×× 성이 또 함락됐답니다."

"어? 응, 응,(잠에서 깬다) 으ㅡㅁ. ×× 성내에는 좋은 꽃동산이 있더니, 모두 군사에게 밟혔겠군. 아까워라."

"막리지. 이러다가는 결국은 어떻게 됩니까. 나라이 망합니까?"

"에끼! 그런 못된 소리두 하나. 전쟁은 내가 이겼다. 가련한 이세민(李世民: 당 태종) 씨, 정강말 타구 장안에 돌아가시겠지."

그리고는 하품, 기지개.

"△△주도 빼앗겼읍니다."

"응? 응? 그래? 전쟁은 내가 이겼다."

지고도 이겼다고 호어하는 막리지ㅡ.

드디어 요양성도 있을 수 없어서 피해 나왔다.

전쟁에 쫓겨서 동으로 동으로 옮겼다.

고급 막료 몇 사람만이 막리지의 분부로 어디 수삼

일찍 다녀오고 하는 뿐, 보통 막료들은 영문을 전혀 알 수가 없었다.

전쟁은 해를 거듭하기 이년, 그동안 고구려 측에서 한 일은, 그저 쫓기는 것뿐이었다. 좀 지켜보다가는 성내의 양식들을 죄 옮기던가 불사르고 성을 비우고는 쫓겼다.

당병은 성을 빼앗고 그냥 더 동진을 하면 쫓겨 숨어 있던 무리들이 이 구석 저 구석서 나와서 당군의 뒤를 엄습하고, 교란하고, 양곡 등을 빼앗고는 숨어 버린다. 막리지는 아무 방략도 강구하지 않고, 쫓기는 우리 군사, 항복하는 우리 성의 보고를 듣고는 그저 술만 부르는 것이었다.

어떤 견고한 성 같은 데서는, 좀 버티어 보려고 그럴 만한 꾀를 안출해서 막리지께 아뢰면 막리지는 여전히 잘 듣지도 않고, 코를 골고 마는 것이었다.

이리하여 쫓기기를 안시성까지 이르렀다.

백여 리 밖에까지 당의 대군이 이르렀다. 다른 데서 면 당군이 백 리쯤 되는 곳까지 이르면 또 다른 곳으로 피하던 막리지였지만 이 안시성에는 일부러 찾아들어갔다.

안시성 성주 양만춘(楊萬春)은 신을 거꾸로 신으며 뛰쳐나와 맞았다.

"막리지, 대적을 치시기에 얼마나 노심하십니까?"

"내야 술이나 먹고 구경이나 하는 사람이거니와, 성주는 고성 지키기에 얼마나 애쓰시오."

아문(衙門)에 들었다.

"이 성내에는 양식은 넉넉하시오?"

"삼 년 지킬 것은 있읍니다."

"우물은?"

"깊은 우물이 웬만한 시내에 지지 않을 만한 게 수십 군데옵니다."

"궁시(弓矢)는?"

"넉넉하옵니다."

"내 한동안 여기 있겠소이다. 오래간만에 양공(楊公)의 명궁(名弓)솜씨를 좀 봅시다."

이리하여 막리지의 일행은 안시성 안에 잠겨버렸다. 요동에도 가을이 찾아왔다.

×

당군 측에서는 이 안시성을 먼저 치랴, 건안(建安)을 먼저 치랴 하다가 안시를 먼저 치기로 하였다.

그러나 안시는, 성주 양만춘이 굳게 지키는 위에 막리지 개소문이 들어 있느니만치 사기도 크게 떨쳐 그리 쉽게 낙성될 까닭이 없었다.

아직껏 치면 치는 곳마다 항복하는 곳만 겪어오던 당군은, 여기서 뜻밖의 굳은 저항을 받았다. 더구나 당의 태종은, 여기서 그 새 그림자를 감추었던 '고구려 혼'의 면영을 발견하고, 내심 몸서리쳤다. 그럴 까닭이 없는데 너무도 쉽게 함락되고 하더니, 여기서는 딱 버틴 그 저항력에 벌써 '고구려 혼'의 면영을 발견하고, 왜 그런지 공포까지 느꼈다.

높고 견고한 안시의 성은, 밖에서 아무리 활로 쏘아도 용처가 없이 헛되이 살만 허비하는 뿐이었다.

당군은 여기 인력으로, 한 개 산을 쌓기로 하였다. 안시성 내를 넉넉히 굽어볼 만한 높은 산을 쌓고, 거기서 성내를 정찰하고 공격하기 위하여.

연(延)인원 오십만이라는 많은 힘을 들여서 안시성

보다 높은 산을 하나 쌓아 올렸다.

×

"저게— 당황(唐皇)이 아니오니까?"

성내에서는 막리지 개소문과 성주 만춘이 대작을 하다가 만춘이 깜짝 놀라며 말한다.

그것을 따라 보니, 그 축산 위에는 태종이 몇 명 시신을 데리고 올라서 성내의 상황을 바라보는 것이었다.

개소문은 만춘을 보았다.

"성주의 명궁(名弓)의 솜씨—대궁(大弓) 말고, 소궁(小弓)을 한 번."

빙긋 웃었다.

만춘은 알아들었다. 소궁을 꺼내어 들었다.

만춘의 손이 한번 움직일 때에, 만춘의 손에 있던 작은 살은, 태종을 향하여 날아갔다.

"왼편 눈을 겨누었는데요."

라는 말과 같은 순간에, 태종의 손이, 벼락같이 당신의 왼편 눈으로 올라갔다. 들리지는 않지만, 부르짖음을 내는 모양, 그러면서 앞으로 쓰러졌다.

"솜씨 여전하시구려."

개소문은 미소하며 만춘을 보았다.

"그물코는 잡아 죄셨겠지요?"

"그럼. 당적(唐賊) 전멸이지."

당군은 이 여름부터 차차 양곡이 뒤몰리게 되었다. 아직껏 점령한 곳마다 모두 고구려군이 불사르고 뛰었는지라, 본국의 조[粟]를 운반해 왔었는데, 차차 고구려 땅 깊이 들어오자 그것이 힘들어 갔다.

이런 양식난의 위협을 받으면서, 그래도, 연전연승하는 재미에 그냥 따라오느라는 것이, 이곳(안시)까지 이른 것이었다.

여기서 아직껏 그런 일이 없이 뛰기만 위주하던 고구려가 딱 버티고 맞섰다.

싸움은 지구전이 되었다.

그런데 여기서 사십 리쯤 밖에는, 고구려와 말갈의 병사가 사십 리의 장사진을 치고 있다. 그 장사진은 그저 그곳에 움직임 없이 서 있을 뿐이었다.

모두 무시무시하였다.

양식난의 위협은, 나날이 가중되고, 안시성은 견고

하여 움직일 수 없고,

사십 리 밖에는 무시무시한 것이 복재해 있고— 게다가 가을은 고비를 넘어 차차 겨울이 되어 간다.

여러 가지 이런 점 등으로, 태종은 이 안시성이나 어떻게 처치하고는 그만 회군해 버릴까 하는 생각도 적지 않게 품게 되었다. 굳이 반대하고 고집하여 일으켰던 전쟁이거니, 여기서 스스로 물러간다는 것은 좀 안 되기는 하였지만, 그러나 이번의 싸움에서는 전과 달라 번번이 이기기만 하였다. 인제 회군한다고 패전은 아니다. 패전이 아니요 그냥 승전을 계속해 오다가 회군하면 그래도 참패 분환보다는 좀 나았다.

제일 양곡과 엄동의 위협 때문에, 태종의 마음이 적지 않게 동요될 때에, 안시 성주 양만춘의 쏜 살 한 대가 태종의 왼쪽 눈에 박힌 것이었다.

살은 깊이 박히지 않아, 곧 뽑아 버려서, 한 눈을 잃은 뿐 뒷탈은 없지만, 이날 밤 태종은 장령들을 모아 가지고, 회군할 일을 의논하였다.

누구나 겨울의 위협과 식량의 위협을 받던 위에, 여기서 비로소 그새껏 그림자를 감추었던 고구려

혼의 면영에 접한 장령들은 태종의 의견에 곧 승복하였다.

　도망치는 것 같지 않게 순서 있게 회군할 절차나 방략도 대개 의논하였다.

　다음날 밤, 당군의 일부는 야음을 타서 안시성을 떠났다.

　태종은 그 제일차 회군부대에 섞이어 도망의 길에 나섰다.

×

　그러나 그 밤에 무서운 일이 생기고, 무서운 일이 전개되었다. 사십 리 기럭지[12]를 뻗치고 있던 고구려와 말갈의 연합군이, 사진을 날리며 이 도피하는 당군에게 엄살해 온 것이었다.

　당군은 포위되었다. 그물 안에 들었다. 놀랍고 무서운 일은 전개되었다.

　몇백 만인지 모르는 많은 사람이 안시성 근교에서 죽이며 죽이우며, 무서운 참극은 전개되었다.

---

12) 길이

이 근처 일대는 시산혈해로 화하였다.

×

당군은 거진[13] 전멸하였다. 어떻게 해서 이 살육의 곳에서는 빠져나온 자도, 곳곳이 지키는 고구려의 유격군에게 붙들리어, 본국 당나라까지 돌아간 자는 겨우 수천 명에 지나지 못하였다.

하늘이 내신 사람인 태종―. 간신히 목숨은 유지하여 그야말로 말도 못 타고 정강말로 귀국하였다. 말은 잡아먹은 것이었다. 시장하여.

"아아, 위징(魏徵)이 있었다면 짐을 이 지경에는 안 빠지게 할 걸."

태종은 길이 탄식하였다.

이듬해 오월에 고구려에서는 긴 글월이 태종께 왔다. 고구려 왕 보장과, 막리지 연개소문이, 당 태종께 사죄하는 글월이었다. 싸움에 이기어서 죄송합니다…고.

이와 같은 편에, 미녀 둘을 태종께 바쳤다.

---

13) 거의

'색이라는 것은 사람이 중히 여기는 것이지만, 이 계집들의 친척의 상심할 일을 생각해서 짐은 받지 못하겠다.' 하여 미녀들은 도로 각각 제집으로 돌려보냈지만, 이 거듭되는 조롱에 태종은 이를 갈았다.

(『조광』, 1944.5)

거룩이 넘어질 때[14]

ː 起因[기인]

"안 됩니다. 몸을 숨기세요. 이곳을 피하세요. 복중(腹中)의 왕자를 탄생하고 기를 귀중한 임무를 생각하세요."

낙엽진 수풀―한 발을 내어 짚을 때마다 무릎까지 낙엽에 축축 빠지는 험준한 산길을 숨어서 피해 도망하기 사흘. 인제는 근력도 다 빠지고 한 걸음을 더 옮길 수 없도록 피곤한 관주(貫珠)는 덜컥 하니 몸을 어떤 나무그루 아래 내어던지고 쓰러져 버렸다.

만년종사를 꿈꾸던 백제도 이제는 망하였다.

이것이 꿈이랴 생시랴.

---

14) 틘木이 넘어질 때

온조(溫祚)대왕이 나라를 세운 지 근 칠백 년, 이 반도에 고구려와 신라와 함께 솥발같이 벌려 서서 서로 세력을 다투고 힘을 다투던 한 개 커다란 나라가 하루아침에 소멸하여 버린다는 것은 너무도 놀라운 일이었다.

이웃 나라 신라가 자기 혼자의 힘으로는 도저히 백제와 겨룰 수가 없으므로 비열하게도 당나라 군사까지 청하여 들여서 이 백제를 공격할 때에—처음 한동안은 용케 당하기는 하였지만 원체 군사의 수효가 대상부동이라 드디어 의자왕(義慈王)은 태자와 함께 서울을 피해서 북비(北鄙)로 도망하였다.

왕이 이미 몽진한 도성으로 밀물같이 밀려들어오는 신라와 당나라의 연합군들의 난폭한 행동에 왕궁의 궁녀들은 모두 욕을 면하고자 대왕포(大王浦) 벼랑 위로 달려올라가서 아래 흐르는 사자수(泗泚水)에 몸을 던져서 욕을 면하였다.

관주도 궁녀의 한 사람으로서 동료 궁녀들과 같은 행동을 취하려 하였다.

함께 대왕포 바위 위에까지 달려올라갔다.

그러나 이 총망한 가운데서도 그의 동료 한 사람이 관주를 발견하고 달려와서 관주를 피신하게 한 것이었다.

"복중의 왕자를 생각하세요. 상감께서 일이 그릇되어 불행한 일을 당하시면 그 뒷일도 생각해 주세요."

그때 관주의 뱃속에는 다섯 달 된 용종(龍種)이 들어 있었다. 아드님이 될 지 따님이 될지는 알 바이[15] 없지만 만약 이 백제라는 나라 위에 천우(天祐)가 벼락같이 떨어지지 않는 한에서는 왕과 태자와 각 왕자는 반드시 불행한 최후를 보실 것이다. 지금의 형세로는 무슨 기적적 천우가 떨어지지 않으면 이 불행은 반드시 각오하지 않을 수 없다.

만약 그렇게 된다면 이후 이 칠백 년의 거룩한 사직을 위하여 칼을 들고 일어서서 신라와 당나라에 원수를 갚을 사람은 지금 관주의 복중에 숨어 있는 용종(龍種) 하나밖에는 없다.

본 바 보고 또 들은 바 신라 장군 김유신은 백제의

---

15) 바가

서울로 들어오면서 제일 먼저 왕족이란 왕족은 모두 잡아내어 죽이지 않았는가. 어떻게 되었는지는 알 수 없지만 짐작컨대 백제의 왕족은 아마 씨도 없이 잔멸시켰으리라. 그렇다면 지금 남아 있는 것은 오직 관주의 복중에 들어 있는 한 개 고깃덩이 밖에는, 백제 종실을 위하여 칼을 뽑아들고 나설 권리와 의무를 가진 사람은 없을 것이다.

"보중하세요. 몸을 피하세요. 따르는 군사가 급하외다."

이리하여 관주는 물로 향하여 몸을 던지려던 발을 돌이켜서, 창황히 숲속으로 숨어 버렸다.

많은 동료들이 바위 위에서 통곡을 하며 몸을 던질 때 관주의 마음은 우겨내는 듯하였다. 그러나 복중의 왕종을 생각하고 강잉히 그곳을 떠나서 차차 깊은 숲으로 몸을 감추어 버렸다.

옷을 바꾸어 입고 몸을 숨겨서 산길을 배회하기 사흘— 그의 나약하고 연연한 몸은 자기가 짊어진 중대한 임무만 아니면 도저히 겪어 내지 못할 쓰라린 고초를 맛보면서, 오로지 복중의 귀한 씨를 생각하여 피하고 피하여, 서울서 백여 리가 넘는 지금의 삼림 까지 도달한 것이었다.

수라장의 왕도를 도망하여 많은 동료들이 수중 원 귀가 되는 것을 눈앞에 보고 그 길로 이곳까지 피해 온 관주는 저녁이 기울기까지 실없이 넘어져 있었다. 그 근처에 떨어져 있는 과일들로 겨우 요기는 하였 다. 그러나 태중 오 개월의 무거운 몸에 넘치는 피곤 은 삭일 바이 없었다.

날이 기운 뒤에 관주는 겨우 몸을 일으켜서 마을로 내려왔다.

거기서 그가 안 바 그것은 이미 각오는 하였던 바이 지만 놀라운 소식이었다.

북비로 몸을 피하였던 왕과 태자도 드디어 당병의 손에 붙들리었다는 것이었다. 왕과 태자와 대신들 팔 십여 명과 백성 일만 삼천 인이 당나라 군사에게 잡 히어서 지금 당나라로 길을 떠났다 하는 것이었다.

무론 잡힐 것이다. 그리고 잡히기만 하면 그 생명은 부지되지 못할지니, 왕가와 먼 친척이 되는 사람까지 모두 죽여 버린 김유신의 방침을 보아서 지금 당나라에 잡혀가는 왕의 일행은, 그 마지막 길을 백제 땅에서 밟는 것이라 보지 않을 수 없었다.

꿈틀!

뱃속에서 움직이는 한 개 고깃덩이. 비록 그것이 한 개의 고깃덩이에 지나지 못하나 그 고깃덩이는 또한 칠백 년 백제 왕자의 유일의 봉사손이요, 백제 시조 온조대왕의 유일의 직손인 것을 생각할 때에, 관주는 그 왕손을 배고 있는 자기의 몸의 커다란 책무를 새삼스러이 느끼지 않을 수 없었다.

꿈틀꿈틀!

피곤한 모체(母體)의 속에서도 기운차게 움직이는 이 고깃덩이의 장래의 활약을 위하여, 그리고 그 어린 몸이 장차 칼을 뽑아들고 신라와 당나라에게 대하여 크게는 나라의 원수요 작게는 일가의 원수를 갚는 장거를 도모케 하기 위해서, 결코 허수로이 하지 못할 자기의 몸이다.

"하느님 맙시사."

젊은 꼴꾼으로 옷을 차린 관주는 가련하신 왕의 운명과 자기의 중대한 책무 때문에 몸을 와들와들

떨었다.

그로부터 수일 후 당나라 군사에게 호위된 백제왕이며 태자 왕자 대신 백성들이 어떤 촌락을 지나갈 때에, 그 촌락 뒤 어떤 나무 아래 엎드려서 통곡을 하는 한 초동이 있었다.

무론 왕의 최후의 길을 우러러보고자 여기까지 왔을 것이다. 그러나 위의당당하게 뽐내며 지나가는 당병의 최후의 한 사람이 다 지나갈 때까지도, 종내 초부는 머리조차 들어 보지 못하였다.

거기서 포구까지 가는 동안 이 초부는 십 리쯤 뒤떨어진 먼 발로 끝끝내 당병의 일행을 좇아갔다. 밤에는 왕이 수금되어 있는 집 근처에서 배회하며 틈을 엿보고 하였다. 엄중한 당병의 감시의 눈에 숨어서 왕께 뵈올 수는 도저히 없는 바지만 행여 하는 요행심으로 배회하는 것이었다.

왕이 당병에게 끄을리어 배에 오르기까지 왕을 뵈올 기회를 얻지 못하였다.

왕을 태운 배가 멀리 한바다로 떠나가서 보이지 않

게 되기까지 초부는 해변에 망연히 서 있었다. 그의 두 눈에서는 눈물이 비 오듯 하였다.

이 초부는 무론 변복한 관주였다.

거기서 왕께 먼 발로나마 하직을 한 뒤에는, 관주의 자취도 이 세상에서 사라져 없어져 버렸다.

왕이 당나라 서울서 비참한 최후를 마치고, 백제라 하는 나라는 소멸되어 버리고, 이리하여 세월은 흐르고 또 흘러서 이백 년이라는 세월이 흘러갔다.

백제는 완전히 망하였다.

후일 백제 회복을 위해서 칼을 들고 나설 만한 왕족까지도 모두 잔멸시켜 버렸는지라, 백제라 하는 것은 한 개 역사상의 과거의 일로 무시하여 버려도 좋을 만치 되었다.

이백여 년이라는 세월이 흘렀다.

그 짧지 않은 날짜가 흐르는 동안 무론 사람사람의 일신상의 변동도 이루 셀 수가 없다. 그 위에 국체(國體)상의 변동도 놀랄 만하다.

신라는 당나라의 힘을 빌어서 백제를 없이한 뒤에

거기 자미를 보고 후일 당나라가 고구려와 싸우는 기회를 보아 가지고 고구려까지 없이하여 버렸다.

대륙에서 동해바다로 늘어져 있는 반도(半島)에 솥 발같이 나란히 하여 각축을 하던 세 국가 가운데 둘은 신라에게 망한 바 되고 신라 하나이 둥그렇게 남았다.

백제를 없이한 지 팔 년 뒤에 고구려조차 없이하여 버린 신라는 인제는 이 반도의 유일의 국가였다.

이리하여 표면으로는 반도 유일의 국가—이면으로는 당나라의 제재를 받는 한 개 비열한 국가—이러한 표리가 다른 국가 생활을 계속하기 이백 수십 년, 사실에 있어서 백제와 고구려를 집어삼킨 데는 아무 그럴 만한 근터리가 없었다. 단지 당나라가 도와주려니 집어삼킨 것이지 그 이상 아무 원인이며 이유가 없었다. 그랬는지라 집어삼키기는 삼키었지만 그 나라의 강토들은 아낌없이 내어버렸다.

집어삼킨 뒤 한동안은 그래도 명색이나마 지방관들을 파견하고 경질하고 하여서 그래도 자기네 땅인 듯한 느낌도 없지 않았지만 그 긴장의 몇 해가 지난 뒤에는, 그 강토는 다시 돌보지도 않았다.

백제의 옛 강역은 그래도 좀 거리가 가까왔더니만치 얼마만치 돌보는 흉내나마 내었지만 고구려의 구역(舊域)은 완전히 주인 없는 땅으로 되어 버렸다.

이러한 이백 년간에 옛날 김유신이 백제를 삼키고 뒤이어 고구려를 삼킬 때는 그래도 뒷일을 근심하여 장차 조국을 위하여 칼을 뽑아들고 나설 만한 지위를 가진 사람은 종자까지 없이하여 버렸으나 명장 한 번 저승으로 간 뒤에는 다시는 그런 먼 후의 일까지 생각하려는 사람이 없었다.

자주 변경을 침노하던 무서운 고구려와 백제가 인제는 없어졌는지라 마음 놓고 팔다리 길게 뻗치고 살 수가 있게 되었느니만치 지금 남은 것은 안일과 권태의 꿈뿐이었다.

먼저 궁중이 난잡하여 가고 뒤따라 백성들도 난잡한 꿈에 빠지기 시작하여 고구려와 백제가 망한 지 이백여 년이 지나서는 신라라 하는 일개 국가는 난정과 음일로 싸인 한 개 더러운 인간 단체로 화하여 버렸다.

이러는 동안 이백여 년 전 대왕포 바위 위에서 몸을 물로 던지려다가 독심을 품고 발을 돌이켜서 종적을 감추어 버린 당년의 의자왕의 총희 관주와 그의 뱃속에 들어 있던 백제 왕족의 유일의 씨인 한 개 고깃덩이는 어떻게 되었나?

무론 그 새 흐른 세월은 덧없이도 벌써 이백여 년이니 대가 바뀌고 손이 갈리기도 벌써 여러 번씩일 것이다.

그러나 그 초지(初志)뿐은 지금껏 후손들이 계승하고 있는지, 혹은 하도 긴 세월이라 인제는 선량한 한 개의 시민으로 변하여 버렸는지?

세월은 여전히 흐른다. 그 흐르는 세월 아래는 별의별 것이 다 감추여16) 있나니 내가 이러한 서두 아래서 적어 내려가려는 한 개 기구한 운명의 구인의 이야기도 그 이백 년이라는 세월이 눈감아 줄 동안에 생장하고 계승된 한 개 가련한 이야기다.

자— 그러면 인제부터 나는 나의 이야기를 독자 여

---

16) 감추어

러분 앞에 펴놓자.

장차 어떤 것이 나오려는지?

황성단[17)

세월은 흐르고 흘러서 백제 망한 지 이백 수십 년이라는 날짜가 흘러갔다.

양주 가은현(陽州 加恩縣) 한가한 농촌에 가을빛이 완연히 이르러서 천하는 장차 올 겨울을 맞이하려고 고요한 가운데도 분망한 어떤 날 밤이었다.

나지막한 산이 병풍같이 북쪽으로 둘리운 이 근방 일대는 아늑한 꿈속에 벌써 들었고 좀 성급한 닭들은 홰를 치려고 우리 속에서 준비를 할 때—시각은 정히 자시(子時)였다.

번쩍!

하늘에서 한 개의 불덩이가 튀었다. 그 다음 순간은

---

17) 皇星壇

와지끈 하는 요란한 소리와 함께 온 천하가 화광(火光)으로 충일되고 땅이 뒤집힐 듯이 흔들리고 잠시 동안은 땅이 그냥 흔들리었다.

이런 뒤에는 다시 온 세상은 고요한 가을밤에 잠겨 버렸다.

세상은 다시 고요하게 되었다. 그러나 이 소란통에 잠에서 깨인 사람들은 무슨 일인지 몰라서 눈을 크게 하고 숨도 크게 못 쉬고 모두들 와들와들 떨면서 서로 얼굴만 바라보았다.

이러한 가운데서 어떤 집에서 문이 열리고 그 문으로는 노인 한 사람이 나왔다. 백 살이 넘었으면 넘었지 결코 덜하지는 않았을 노인이었다. 그러나 아직도 기골이 장대하고 허리가 곧은 노인이었다.

노인은 뜰에 내렸다. 내려서 잠시 사방을 휘둘러 본 뒤에 뒷짐을 지고 천천히 발을 옮겨서 제 집을 나섰다.

이 동리를 보호하는 듯이 병풍같이 둘리어 있는 산(알메라 하는 산이다)으로 노인은 곁눈질도 않고 일직선으로 갔다.

별빛과 달빛이 명랑한 가을밤이었다. 이 비교적 어둡지 않은 하늘 아래서 노인이 발견한 것은?

그 근처 일대에 무성하였던 마른 잡초들이 불타서 재가 되어 버린 것이었다. 노인은 노인답지 않은 활기 있는 걸음으로 성큼성큼 언덕길로 올라갔다.

그가 한참을 올라가다가 발을 멈춘 곳—.

"으—아."

발을 멈추는 동시에 노인의 입에서는 환희성이 저절로 터져나왔다. 그의 늙은 두 눈에서는 눈물이 비오듯 하였다.

"창천이여 이백여 년이로소이다. 이백여 년이로소이다."

마치 미친 사람같이 혼자서 중얼거리는 노인.

그 노인의 앞에는 사면 두 간 넓이쯤 되는 커다란 바위가 하나 있었다. 천연암(天然岩)이지만 천연암답지 않게 꼭 네모반듯한 바위로서 어떤 까닭인지는 모르지만 그 바위를 이 근방 일대에서는 황성단(皇星壇)이라 불러 왔다. 언제부터 그런 칭호로 불리었는지는 모르나 지금 백 살이 넘은 이 노인이 어렸을 때도 역시 황성단이라 한 것을 보면 꽤 오래 전부터 이렇게 불리어 온 모양이었다.

그 바위의 정남(正南)향에 한 개의 구멍이 뚫렸다. 아까의 괴변 때에 뚫린 구멍으로서 말하자면 하늘에서 별이 하나 그곳에 떨어진 것이었다. 좀 더 적절히 말하자면 황성이 떨어진 것이었다.

아까 천하에 충일되었던 화광은 별이 떨어질 때에 생긴 빛이었다. 아까의 지동(地動)도 별이 떨어지느라고 생겼던 것이었다. 마른 풀이며 곁나무가 모두 탄 것도 별의 열기 때문이었다.

별이 황성단 앞에 떨어졌다.

다시 고요한 잠에 잠긴 가을의 밤하늘 아래서 흘리고 또 흘리는 노인의 눈물과— 또한 기쁨과 흥분과 환희에서 나오는 눈물이었다.

마을에서는 들려오는 닭의 소리. 하늘을 찢는 개의 한소리.

"창천이여. 창천이여."

노인의 읍열성과 아울러서 고요한 가을 밤의 대지로 퍼져나간다.

노인이 황성단 앞에서 너무도 기뻐서 울고 있을 동안 이 노인의 집에서는 인생의 가장 엄숙한 사건 하나이 진행되고 있었다.

　　이 집 주인 아자개(阿慈介)의 안해가 방금 해산을 하려고 앓고 있었다.

　　저녁부터 산기가 보이던 것이 차차 그 진통의 돗수가 잦아 오고 이 밤 안으로는 분명히 해산을 할 모양이었다.

　　아자개의 집안은 이 근처에 가장 큰 호농(豪農)이었다. 하인배며 어멈, 할멈이 그즈런히 있었다.

　　그러나 이 인생의 가장 엄숙하고 중대한 사건인 해산에도 하인배는 안방에 얼씬도 못하게 하고 몸이 무겁다고 신음하는 산모와 그의 그 지아비 아자개만이 있을 뿐이었다.

　　"어떻소?"

　　꽤 날이 선선한 가을임에도 불구하고 이마에 땀을 뚝뚝 흘리며 고민하는 안해[18]를 보고 아자개는 이렇

18) 아내

게 물어보았다.

안해는 눈을 들었다. 몸이 아프기보다 마음이 더 아픈 모이었다. 공포의 그림자조차 그의 얼굴에 넘치어 있었다.

"이번은 온….."

"글쎄."

또 계속되는 무거운 침묵….

최후의 진통이 있기는 밤이 깊어서 축시도 지난 때였다. 이 최후의 진통과 함께 무섭게 몸을 떨면서 손발에 힘을 준 때에 산모의 몸에서는 한 개의 새로운 생명이 우렁찬 울음소리를 치며 떨어져 나왔다.

마지막 힘까지 다 들여서 대사를 치른 뒤에 기운 없이 산모가 덜썩 엎으러 질 때에 와락 달려든 것은 그의 남편 아자개였다.

아자개는 넘어진 제 안해를 보지 않았다. 와락 달려들면서 방금 세상에 떨어져서 몸이 새파랗게 되어 떨며 우는 갓난애를 움켜 쳐들었다. 쳐들면서 무엇보다도 먼저 아이의 샅을 들여다보았다.

갓난애의 샅을 보아서 거기 달려야 할 것이 척 늘어

져 있는 것을 본 뒤에 다시 갓난애의 얼굴을 들여다볼 동안 침울하던 아자개의 얼굴에도 차차 차차 음침한 기운이 사라지고 그 밑으로부터 명랑한 미소가 떠오르기 시작하였다.

"여보! 여보!"

"….."

"여보."

"….."

기운이 없이 넘어진 안해에게서는 대답이 나오지 않았다. 그러나 아자개는 그것을 탓하지 않았다. 안해가 대답을 하였는지 안하였는지조차 의식하지 못하였다.

"사내놈이오. 얼굴도 준수는 허군."

갓난애의 얼굴은 준수하다기보다 오히려 험상궂은 얼굴이었다. 입을 쩍쩍 벌리며 우렁차게 우는 갓난애의 얼굴은 마치 십만 대군을 호령하는 대장군과 같았다.

이때에 이 방을 향하여 오는 누구의 발소리가 들렸다. 그 발소리의 주인은 댓돌 위까지 덥썩 올라섰다.

“몸을 풀었느냐?”

“한아버님이셔요?”

“오, 몸은 풀었느냐?”

“네이.”

“무에냐?”

“황장손(皇長孫)이올시다.”

“오 사내냐? 준수하냐?”

“준수하기에 장손이 아니옵니까?”

“그러리라. 알메에 황성(皇星)이 내렸더라.”

“네?”

“아까 소란한 소리가 황성단에 별 내리는 소리다.”

“네?”

하마터면 아기를 떨어뜨릴 뻔하였다. 멀거니 뜬 눈으로 잠시 허공을 쳐다보던 아자개는 아기를 그 자리에 눕히고 그 앞에 무릎을 꿇었다.

“아기마마 아기마마, 이 징조가 과연 맞소리까?”

자기의 갓난 아기의 앞에 꿇어 엎드린 아자개의 눈에서는 하염없이 하염없이 눈물이 흘렀다.

가을밤이 고스란히 깊어 가는 가운데서…

아자개의 집안의 내력을 이 가은현 일대는커녕 온 세상에서 아는 사람이 없었다.

이 근처의 호농(豪農)이었다. 하인이며 작인들도 그 집에 많이 드나들었지만 그 집 내력은 아는 사람이 없었다.

단지 누구든 아자개의 집안과 대하게 되면 저절로 어깨가 늘어지고 머리가 수그러졌다. 그만치 어딘지 모를 위엄이 있었다.

아자개뿐 아니라 아자개의 아버지 한아버지[19) 대대로 남으로 하여금 머리를 숙이게 하는 위엄이 있었다. 그렇다고 위엄성을 부린다든가 한 것도 아니건만.

그 근처에 전하는 말에 의지하건대 아자개의 칠대조 되는 사람이 하늘에서 강탄하였다 하는 것이었다. 본시 천상의 선녀(仙女)로서 어떤 천관과 눈이 맞아서 잉태하게 되매 상제가 세상에 내치셔서 이 인간 세상에서 한 집안을 창립하였다 하는 것이었다.

또 일설에는, 어떤 부자집 딸이 이름 모를 어떤 미

---

19) 할아버지

소년과 사괴어[20] 잉태하게 되매 엄격한 아버지가 죽이려는 것을 그의 어머니가 몰래 돈을 많이 주어 도망시켜서 이곳에 와서 한 집안을 창설하였다 하는 것이었다.

여하간 아자개의 집안은 지금으로부터 이백여 년 전 한 개 꽃다운 젊은 여인으로 시조되어 일곱 대를 내려와서 오늘날의 아자개의 대까지 되었다는 것만은 사실인 모양이었다.

일곱 대를 한곳에서 살았으면 그 후손도 상당히 많이 퍼졌을 것이다. 그런데도 이 집안은 대대로 딸도 없는 외아들로 내려왔다. 한 번도 딸을 낳아본 일이 없고 외아들 이외의 다른 아들을 낳은 일이 없다. 더우기 기괴한 일은 그 집의 마누라가 배가 불러서 만삭이 되었다가도 언제 어떻게 되었는지 해산한 기색은 없고 아기도 보이지 않고 그냥 배가 도로 작아지고 하였다. 그리고 그 근방의 호농으로서 많은 하인이 있지만 주인 안해가 몸을 풀 때는 하인은 그 근처

---

20) 사귀어

에는 얼씬을 하지 못하게 하고 꼭 남편 되는 당주(當主)가 해산 간호를 하고 하였다.

대대로 외아들이라 하나 단순한 외아들이 아니었다. 아들이 두셋씩 될 때도 있기는 하였다. 그러나 이상한 일은 아들이 두셋씩 되다가라도 아들들이 장가들 때가 가까와 오면 그 몇 명 아들 중에 가장 준수하고 건장한 한 아들만 남고 다른 아들은 어디로 없어지는지 없어져 버리고 마는 것이었다.

거기 대하여 그 새 몇 대를 물어본 사람도 많지만 확실한 대답을 들은 사람은 하나도 없없다.

아자개의 대 적에도 아자개에게는 이 년 맏이 되는 형이 있었다. 아자개는 사람이 무거운 데 반하여 형은 좀 경한 편이었다.

아자개의 형은 어떤 날 어찌어찌하다가 동리 애들과 싸움을 하였다. 그때에 좀 경한 이 소년은 열김에 다른 소년들을 욕하느라고,

"이 자식들 우리는 너희 천인배와는 근본이 다르다."
이고 고함질렀다.

이 말이 떨어지자마자 아자개의 아버지가 집에서

버선발로 뛰쳐나왔다.

아버지가 뛰쳐나오기 때문에 얼굴이 창백하게 되는 소년을 아버지는 두 말 없이 마치 닭을 채는 수리와 같이 움켜잡고 도로 집으로 들어갔다.

그 이후 형 되는 소년은 이 세상에서 종적이 사라져 없어져 버렸다. 그리고 아자개가 형을 대신하여 이 집안의 봉사손으로 되었다.

이리하여 이 집안의 주인이 된 아자개는 안해를 맞고 아버지의 뒤를 이어서 집안을 맡았지만 불행히 사십이 지나도록 자식을 보지 못하였다. 그러다가 이날 난 이 아이야말로 이 집안의 유일의 봉사손이요 이백 년 이래 일곱 대째 한 개 아리따운 여인을 선조로 한 이 가문의 다만 한 사람의 혈손이었다.

알메 황성단에 별이 내리는 것과 때를 같이하여 이 세상에 튀어져 나온 한 아이—아자개의 가문의 단 한 사람인 이 귀여운 아기는 흐르는 세월과 함께 무력무력 자랐다. 갓났을[21] 때부터 벌써 기골이 장대하던

---

21) 갓 태어났을

그 아이는 하루가 가고 이틀이 갈수록 보기 놀랍게 건강하여 가고 얼굴 체격 등이 모두 갓난애답지 않게 굵어 갔다.

그 겨울도 훌쩍 지나고 벌판에 뿌리는 봄비 한 소나기로서 천하에 봄이 이르렀다. 이때는 난 지 반 년 조금 남짓한 이 아이가 마치 체격으로는 두 돌을 지난 아이와 같았다. 그러나 체격은 장대하나 다른 방면으로는 더디기 짝이 없었다. 아직 뒤지도 못하였다. 평생 가야 우는 일은 없었지만 그렇다고 웃는 일도 없었다. 어린애답지 않은 침울한 얼굴로 눈을 꺼벅꺼벅 하고 있을 뿐이었다.

그 어떤 봄날 아자개의 집안은 통틀어 나서 벌에 나갔다. 금년 농사를 준비하기 위해서였다.

남편은 밭귀에 서서 하인배들을 지휘하고 그의 안해는 메켠 아래 앉아서 갓난애를 어르고 있었다.

봄날 포근한 햇볕 아래서 갓난애를 젖을 먹이고 있을 동안 산모 특유의 피곤함으로서[22] 견디지 못하도

---

22) 피곤함으로써

록 졸음이 왔다.

굽어보매 어린애는 먹던 젖을 놓고 고요히 잠이 들었다. 어머니는 이것을 본 뒤에 조심스러이 애를 무릎에서 내려서 곱게 자라나는 잔디밭 위에 눕혔다. 그리고 자기도 그냥 앉은 채로 곤한 잠에 빠졌다.

곤한 잠에 빠진 동안 그는 꿈결같이 아기의 울음소리를 한 번 들었다. 듣고 본능적으로 손을 저어서 아기를 두드려 주면서 그냥 잠을 계속하였다.

한참 동안을 앉은잠을 잤다. 그러다가 무엇이 선뜻하는 바람에 깜짝 놀래어 깨었다. 깨어서 눈을 번떡 뜨다가 그는 기절하게 놀랐다.

"아! 아!"

날카롭고도 짧은 부르짖음이 그의 입에서 나왔다.

한 마리의 호랑이가 와 있는 것이었다. 와서 있을 뿐 아니라 엉거주춤하고 앉아서 아기에게 제 젖을 빨리고 있는 것이었다. 무심한 갓난애는 호랑이의 젖을 빨면서 싱글벙글하는 것이었다.

눈이 아득하였다. 온 천하가 캄캄하였다. 어찌할 바를 몰랐다.

"아아아아!"

좌우간 정신없이 기괴한 비명성을 내며 일어서려 하는 그때에 호랑이는 그 커다란 머리를 돌려서 한 번 아기어머니를 본 뒤 천천히 일어서서 인제는 자기의 임무를 다하였다는 듯이 꼬리를 끄을며 뒷수풀로 들어가 버렸다.

호랑이의 젖을 빼앗긴 아기가 눈을 크게 뜨고 다시 젖을 찾을 동안 한참은 아기어머니는 너무도 가슴이 서늘하게 몸이 떨려서 어쩔 줄을 몰랐다.

그 날 밤 아기어머니는 낮에 겪은 놀라운 사건을 제 시한아버니[23]와 남편에게 말하였다. 그러매 그 두 사람은 한결같이 '말을 절대로 소문내지 말라' 하고 기다랗게 한숨을 쉬었다.

그러나 이 소문은 드디어 동리에 퍼졌다. 시한아버니와 남편에게서 함구령은 들었지만 제 아이를 자랑하고 싶은 아기어머니의 욕심으로 어떻게 한 번 발설한 것이 하도 기괴한 일이라 삽시간에 동리

---

23) 시할아버지

에 퍼졌다.

이 소문이 동리에 퍼진 것을 안 날 저녁 아자개와 그의 한아버니는 사랑에서 문을 굳이 닫고 무슨 중대한 의논을 하였다.

그 이튿날부터 아기어머니는 이 세상에서 종적이 사라져 버렸다.

간간 동리 늙은이들이 아기어머니가 어디 갔느냐고 물으면 언제든,

"친정 나들이 갔소이다."
하고는 뒤를 흐려 버리고 하였다.

그러나 나들이 갔던 사람은 영 다시 돌아오지 않았다.

이 소년은 일곱 살 난 때에 스스로 자기의 이름을 고쳤다. 이 아무개라고 지금껏 아자개의 집안이 써 내려오던 성씨를 벗어 버리고 스스로 성을 견(甄)이라 정하고 이름을 훤(萱)이라 하였다.

지금 그의 가문에 생존하여 있는 단 두 사람인 증조부와 아버지도 말리지 않았다.

"성명을 고치겠읍니다."

이고 말할 때에 순순히 승낙하였다. 그리고 고치려는 까닭을 물으매 소년은,

"평범한 성명을 쓰지 않겠읍니다."

할 뿐이었다.

소년 견훤 (甄萱)은 이 아늑한 가은현 일대의 한 경이적 존재였다.

어렸을 때에 호랑이가 젖을 먹였다는 소문도 전지 전지하여 모두들 외었다.

여섯 살 때에 벌써 멧도야지[24]를 주먹으로 때려 죽여서 부로(父老)들을 놀라게 하였다.

이 소년 견훤의 신변에는 기괴한 일이 연방 생겼다.

소년은 늘 혼자 돌아다녔다. 이런 시절의 소년들은 대개 동무를 사괴어[25] 가지고 함께 노는 것이어늘 견훤은 동무를 사괴고자 아니하였다. 음침한 얼굴을 하고 늘 혼자 돌아다녔다. 그런데 때때로 봉황이며 두루미가 날아내려와서는 혹은 소년의 머리 위를 돌

---

24) 멧돼지
25) 사귀어

고 돌아다니고 혹은 소년의 어깨에 내려앉아서 길게 소리를 외치고 하였다. 그리고 이런 철없는 시절의 소년은 그 짐승들을 잡아서 장난할 것인데 견훤은 그러지 않았다. 그것들이 와서 노는 것을 관심도 하지 않았다. 다만 침울한 얼굴로 홀로 이 산골짜기 묏등성을 왔다갔다하는 것이었다.

그는 아버지에게서 활과 살과 검을 받았다. 그러나 소년은 그것을 연습하는 기색이 없었다.

하루는 아버지 되는 아자개가 소년이 혼자서 우두머니[26] 바윗등성에 앉아 있는 것을 보고 가까이 가서 물었다.

"너 활을 연습하느냐?"

소년은 대답치 않았다. 웬만한 일에는 소년은 입을 열지 않았다. 소년은 대답 대신으로 거기 놓아두었던 활을 들었다. 들어서는 거기다 살을 먹였다. 살을 먹이고 하늘을 우러러볼 때에 요행히 하늘에는 한 쌍의 기러기가 날아가고 있었다.

---

26) 우두커니

소년은 기러기를 향하여 살을 놓았다. 다음 순간 한 마리의 기러기는 한 번 하늘을 핑 돈 뒤에 펄럭펄럭 하며 땅으로 떨어졌다.

자기의 아들의 놀라운 궁술에 입을 딱 벌린 아버지에게 향하여 소년은 잠시 아무 표정도 없는 눈을 던지고 있다가 활을 휙 하니 내버렸다.

아버지 아자개도 눈이 퀭하여 자기 아들을 굽어볼 뿐이었다.

웬만치 배워서도 달하기 힘든 궁술의 오체까지 견훤 소년은 달한 것이었다.

궁술뿐 아니라 검술에도 언제 연습하였는지 놀랄 만한 역량을 가지고 있었다.

그러나 소년은 누구한테도 자랑하지 않았다. 소년의 입은 마치 봉쇄당한 듯이 웬만한 일에는 열려 보지를 않았다. 꾹 입을 다물고 음침한 얼굴로 한없이 한없이 저편을 내다보는 소년의 양은 어떻게 보면 한 칠십이 넘는 늙은이 같았다.

이 음침한 소년 견훤은 스스로 고독을 취하며 고독한 가운데서 한없이 한없이 무슨 생각을 하며 아늑한

이 동네에서 고이 자라났다.

이 소년이 무엇을 꿈꾸는지 무엇을 생각하는지는 아는 사람이 없었다. 그의 아버지도 아들이 너무도 침울하므로 아들을 도리어 저퍼하였다. 소년이 무슨 일을 하든 아버지는 말하지 않았다. 자기의 할아버지와 얼굴을 서로 마주 보고는 만족히 웃고 할 뿐이었다. 이 소년의 하는 일거일동이 모두 아버지 아자개에게는 만족하게 보일 뿐이었다.

"황성은 내렸건만…."

혼자서 입 속으로 중얼거리고 하는 아버지였다.

여덟 살 나는 해에 견훤 소년은 살인을 하였다.

무슨 큰 원혐이 있어서 사람을 죽인 것이 아니었다. 동리 소년들은 견훤을 '지렁이'라 별명을 지었다. 견훤이라는 그의 이름이 얼른 발음하자면 '지렁이'와 비슷하므로 지렁이라 별명을 지은 것이었다. 그러나 어느 소년이고 견훤을 면대하여 놀려 대지는 못하였다. 자기네끼리 놀면서 그런 소리를 하다가라도 견훤이 멀리서 보이기만 하면 모두가 겁을 내고 하였다.

그러면서도 그중에 입이 못된 소년들은 더 흉악스러운 말까지 지어내어서 서로 수근거리고는 웃어 대고 하였다.

—옛날 어느 부자집에 외딸이 있었구나. 그 외딸이 나이가 바야흐로 방년이 되매 밤마다 웬 미소년이 이 처녀를 찾아다녔구나. 그러니깐 제 아무리 겉으로는 처녀지만 속살이 굴러먹은 이상에 아이를 왜 안 배겠느냐. 배가 차차 불러 오기 시작했구나.

—그것도 두석 달은 감출 수도 있지만 만삭이 된 뒤에야 어찌 감추겠느냐. 그만 부모에게 들켜서 하릴없이 자초지종을 다 말했구나. 그러니까 부모는 그 미소년이 누구인지 알아보려구 제 딸에게 바늘에 기다란 실을 꿰어서 오늘 미소년이 다녀갈 때에 그의 옷자락에 걸어서 소년이 어딧 사람인지 알아보려구 했구나. 부모의 명령으로 이 난봉 처녀는 제 비밀서방이 밤에 다녀갈 때에 옷자락에 바늘을 꿰어 놓았구나. 이튿날 그 실바람을 쫓아가니까 북쪽 담 밑에까지 그 실이 연달렸구 거기를 들치니까 지렁이가 한 마리 바늘에 허리가 꿰어서 죽어 있었구

나—.

—난봉 처녀는 만삭이 돼서 아들을 낳았는데 지렁이 아들 역시 지렁이, 지렁이 아들 지녀니 견훤이 하하하하.

이런 소리를 하면서 웃어 대고 하였다.

그러다가 어떤 날 한창 이러고 떠들다가 그만 견훤에게 들켰다.

본시 웬만하여서는 입을 열지 않는 견훤은 이 말을 듣고도 음침한 얼굴로 소년들의 맞은편에 가서 딱 버티고 설 뿐이었다.

그러나 죄가 있는 소년들은 질겁을 하였다. 질겁을 하여 모두 도망치려 하였다.

견훤은 한 번 뛰었다. 도망치려던 첫 소년이 잡혔다. 잡힌 소년은 어떻게 된 셈인지 한 번 하늘 높이 공중걸이를 친 다음에는 기다랗게 땅에 자빠져 버렸다. 둘째 소년, 셋째 소년, 모두 같은 운명 아래 기다랗게 넘어졌다.

소년 넷이 가지런히 나가 넘어졌다. 굽어보매 벌써 숨이 끊어진 모양이었다.

잠시 죽은 소년들을 굽어보다가 견훤은,

"외람된 자식들!"

한 마디 휙 내어던지고는 먼지를 한 번 툭툭 털고 거기서 발을 떼었다.

그 날 견훤이 동네 소년 넷을 둘러메치어 죽였다는 소문이 굉장히 났다.

그러나 아자개의 집에 그 일에 대하여 찾아오는 사람은 없었다. 그 죽은 소년들의 부모들도 입맛만 쩍쩍 다실 뿐 아자개의 집을 찾아가지를 못하였다.

아자개의 집안은 그 근방 일대에서 일종의 외포의 염을 받아오고 접근치 못할 위엄을 가지고 있었더니만치 서로 저희끼리 수근거릴 뿐이었다.

그 날 저녁도 꽤 늦어서야 견훤은 제 집에 돌아왔다. 아들을 기다리고 있던 아버지가,

"너 오늘 아이들 넷을 죽였느냐?"

이고 물을 때에 견훤은,

"외람된 소리를 하기에 벌했읍니다."

이고 대답하였다.

"외람된 소리란 무슨 소리냐?"

"어머님을 욕합디다."

"음—."

아자개도 머리를 끄덕끄덕 하였다. 더 묻지 않았다.

견훤의 증조할아버지는 견훤이 열한 살 되는 해 이른 봄에 저 세상으로 갔다.

임종의 자리에서 사랑하는 증손자를 앞에 불러 앉힌 이 노인은 말을 잘 듣지 않는 몸을 겨우 일으켜서 묵연히 손자의 앞에 한참 동안을 무릎을 꿇고 입 속으로 무엇이라 숭얼숭얼 하다가 앉은 채로 저 세상으로 갔다.

이제는 이 너른 우주에 아자개의 혈속이라고는 아자개와 그의 어린 아들 밖에는 남은 자가 없었다.

사위는 이렇듯 끊임없이 변하여 가지만 견훤 소년의 기거 동작에는 추호도 변동이 없었다. 늘 음침한 얼굴로 그 근처의 산야를 편답하는 것이었다. 소년다운 명랑한 빛과 활기가 없는 대신에 차차 날카로와 가는 눈을 폭 내려뜨고 양손을 젓는 듯 마는 듯 하며 묵묵히 산과 벌을 돌아다니는 것이었다.

남국 정취를 풍부히 띤 이 근방에서 소년은 과연

무엇을 보고 무엇을 맡고 무엇을 듣는가, 아무도 그 것을 아는 자가 없었다. 소년 자신도 몰랐다. 소년이 다른 아이 몇을 때려죽인 뒤부터는 그 근처에서는 어떤 아이를 무론하고 견훤과는 일체로 교제를 하지 않았는지라 저절로 외톨이로 난 견훤 소년은 뜻없이 산야를 편답하면서 그의 호기를 기르는 것이었다. 아 버지 아자개가 아들을 위하여 사 준 한 마리 준마에 높이 올라앉아서 묵묵히 산야를 돌아다니다가 때때 로 눈을 들어서 사면을 휘살필 때에는 소년의 눈에서 는 난란한 빛이 흐르고 하였다. 무슨 까닭인지는 스 스로도 몰랐지만 가슴이 꾹 메며,

'천하가 왜 이다지도 좁다라냐?'

하는 느낌이 무럭무럭 일어나고 하였다.

동네 아이들이 자기와 짝하여 주지 않는 것을 견훤 은 탓하지 않았다. 변변치도 않은 장난들을 하면서 마치 천하라도 얻은 듯이 기뻐 날뛰는 다른 아이들을 볼 때는 가련히 여기는 생각조차 일어나고 하였다.

이리하여 음침하고 고독을 즐겨하는 이 소년의 나 이도 어느덧 열다섯 살이 되었다.

소년기에서 청년기에 들어서는 귀중한 시기였다. 그 어느 날 소년은 예에 의지하여, 혼자서 말을 타고 이리저리 편답을 하고 있다가 알메 황성단에 자기 아버지가 우두머니 앉아서 자기를 향하여 손짓을 하고 있는 것을 보고 고삐를 그리로 돌려서 황성단 앞으로 갔다.

따뜻한 봄날이었다. 풀밭에 돋아나는 잔디는 빛을 자랑하고 이름 모를 꽃들이 여기저기 봄을 찬미하는 온화한 봄날이었다.

"어디 갔었느냐?"

"여기저기 돌아다녔읍니다."

"응 거기 와서 앉아라."

소년을 앞에 불러 앉힌 아자개, 한참을 아무 말도 없이 앉아 있다가 갑자기 입을 열었다.

"야."

"네?"

"너 여기가 어디인지 아느냐?"

"알메 황성단이올시다."

"아니 이 근처 말이다."

"상주 가은현이올시다."

"어느 나라의 땅이냐 말이다?"

"신라 땅이올시다."

아비의 눈이 번쩍 하였다. 번쩍 하였다가 다시 눈을 고요히 닫았다.

한참 침묵이 흘렀다. 그 침묵 위에 다시 연 아자개의 입.

"너 백제가 무엇인지 아느냐?"

"백제? 백제란 무엇이오니까?"

"오 모르리라. 가르쳐 주지 않았으니 알 까닭이 없으리라. 거기 앉아서 아비의 하는 말을 명심해 들어라. 백제라는 것은 나라의 이름. —여기는 백제의 낡은 강토—우리 집안은 백제의 유민—그 그 그—."

좀 주저하다가,

"왕손이로다."

한 뒤에 창황히 사면을 둘러보았다.

황성단 앞에 자기의 아들을 불러 앉히고 다스한 봄볕 아래서 아자개가 풀어낸 이야기는 대략 이런 것이었다.

이 반도의 정기를 한몸에 지니고 멀리 북쪽에서 흘러내려오던 장백산이 한 군데 맺힌 곳─거기는 지금부터 천 년 전에 부여(扶餘)라는 나라이[27) 있었다.

그 부여라는 나라의 금와왕(金蛙王) 때에 왕이 신하들과 사냥을 나갔다가 웬 한 기이한 여인을 만났다.

여인은 그때 태중이었다. 여인의 말을 믿자면 그 여인은 하백(河伯)의 딸로서 어느 날 자칭 천신(天神)의 아들이라는 사람과 사랑을 속삭였다. 이 때문에 잉태를 하고 잉태하기 때문에 자기 부모에게 쫓겨났다는 것이었다.

왕은 이 여인을 대궐로 데려다 두었다. 이윽고 여인이 만삭이 되어 한 아이를 낳았는데 사람됨이 장자(長者)답고 골격이 준수하였다.

이 아이가 고주몽(高朱蒙)이었다. 주몽은 자라면 자랄수록 사람됨이 훌륭하여 가고 장자다와[28) 갔다.

---

27) 나라가
28) 장자다워

장백산 논 벌판에서 말을 달리며 때때로는 산에 올라서 멀리서 남쪽으로 뻗은 무변 산야를 바라보면서는 그의 웅심(雄心)을 기르고 있었다.

드디어 이 눈치를 왕이 채었다. 그래서 주몽을 도모하려 하였다.

그 기미를 안 주몽은 즉시로 동부여나라를 탈출하였다.

"사내 어디를 가면 입국성지(立國成志) 못하랴. 구태여 남이 일찌기 얻은 작은 땅에서 남의 의심의 눈을 받지 말고 하늘이 내게 주신 땅으로 가자."

이리하여 동부여를 탈출한 주몽은 신하 세 사람을 데리고 멀리 서쪽 비류강까지 이르러서 거기 한 개의 나라를 세우고 스스로 임군이 되었다.

이리하여 고구려라는 나라가 창건되었다. 고구려 임군에게는 세 아들이 있었다.

맏아들 유리(琉璃)는 일찌기 주몽 임군이 동부여에 있을 때 낳은 아들이었다.

둘째 아들 비류(沸流)와 셋째 아들 온조(溫祚)는 고구려국을 창건한 뒤에 낳은 왕자였다.

잠저(潛邸)시대에 낳은 맏아들과 왕이 된 뒤에 낳은 작은 아들—만약 이 뒤 주몽 임군[29]이 승하하면 맏아들이 왕통을 이을 것이냐 왕자가 왕통을 이을 것이냐.

이 까다로운 문제에 직면하여 맏아들 유리는 동생에게 왕통을 사양하고 비류와 온조는 형에게 사양하고 서로 사양하다가 끝이 없으므로 비류와 온조는 의논하고 몰래 고구려국을 도망하였다. 이 고구려국은 이복형님인 유리에게 잇게 하고 자기네들은 이곳을 피해서 그 주인 없는 땅을 얻어 다시 새로운 나라를 창건하려는 커다란 우애와 야망으로써. 이리하여 고국을 탈출한 비류와 온조는 후에 제각기 한 나라씩을 세웠다가 비류는 자기 나라를 들어서 동생 온조에 내어맡겨서 온조 한 사람이 왕이 되었다. 북쪽에는 이복형 유리가 고구려의 임군이요 남쪽에는 온조가 새나라 백제의 왕, 그의 아버지 주몽— 변하여 동명성제의 끼친 유업은 북쪽에 고구려, 남쪽에 백제, 이

---

29) 임금

러한 두 개의 국가라는 열매가 맺어진 것이다.

어머니는 다르나마 한 아버지에게서 생겨 난 두 개 국가—서로 화목히 지내고 서로 돕고 서로 의지하고 고이고이 지냈다.

이리하여 두 나라이 창건된 지 수년 후에 반도의 동남쪽에 또 한 개의 국가가 생겨났다. 박혁거세라는 사람이 건국한 신라(新羅)였다.

반도에 세 개의 나라가 생겼다. 고구려와 백제는 골육지간이었다. 신라는 타인이었다.

자연히 고구려와 백제는 친하였다. 신라는 늘 외톨이였다.

이리하여 칠팔백 년이라는 세월이 흘렀다.

칠팔백 년이라는 세월이 흘러가는 동안 외교상, 혹은 군사상 고구려와 백제의 새에도 때때로 분규가 없는 바는 아니었다. 자기네끼리의 분규는 있을지라도 만약 외국과 대항하는 경우에는 혈족으로서 단결하여 힘을 아울러 외국을 치는 것이었다. 더우기[30]

---

30) 더욱이

북쪽 무사의 기질을 가지고 있는 고구려는 나라이 기름지고 백성이 용맹스러워서 외국이 감히 덤비어 들지를 못하였다.

수나라 양제, 당나라 태종, 중원에 일어선 커다란 국가의 임군들이 동남쪽의 세 나라(고구려, 백제, 신라)를 삼켜 보고자 백만 대군을 일으켜 가지고 왔던 일도 한두 번이 아니었다. 그러나 왔다가 돌아갈 때는 십만 대군은 겨우 수백 명으로 줄고 장수 꺾이고 자기네의 강토까지 도로혀[31] 얼마씩 **빼앗기고** 하였다.

고구려는 이 반도의 북쪽에 웅거하여 남쪽의 두 나라를 보호하는 웃동생의 구실을 하였다. 중원 군사들이 고구려를 치려다 실패만 하고 이번은 남쪽으로 백제를 치러 보내면 고구려는 역시 백제를 도와서 외국 군사가 이 땅에 발을 올려놓을 기회를 주지를 않았다.

이러한 귀중한 보호벽(保護壁)임에도 불구하고 신

---

31) 다시

라는 고구려를 미워하였다. 신라가 백제를 치고자 하
여도 고구려 때문에 움쩍할 수가 없었다. 고구려를
친다는 것은 염두에도 내지 못할 일이었다. 때때로
계교를 내어서 백제에게 향하여,

"함께 고구려 정벌하자."

고 하여도 보았지만 백제에서는,

"고구려가 망하는 날이면 백제와 신라도 그냥 붙어
나지 못한다."

하여 대척도 안했다.

신라 태종왕 때에 신라는 드디어 최후의 수단을 썼
다. 당나라의 힘을 빌기로 한 것이었다.

"우리 신라는 당신네 당나라의 한 번방(藩邦)이 될
터이니 그 대신 고구려를 처벌하여 주십쇼."

하고 나라를 들어서 당나라에 바친 것이었다.

그러나 당나라는 역시 고구려를 처벌하기를 꺼리
었다. 그 새 수없이 맛본 쓴 경험 때문에 고구려 처벌
은 과연 끔찍하였다. 그래서 신라를 타일러서

고구려 처벌의 생각을 잠시 보류하게 하도록 하였다.

"지금 백제 왕실이 바야흐로 어지럽고 더우기32)

백제는 너의 나라 대야성을 빼앗은 원수지간이니 백
제부터 정벌하자."

사리는 그럴듯하나 사실에 있어서는 고구려는 인
젠 진저리가 난 것이었다.

이리하여 신라와 당나라의 연합군은 고구려를 피
하여 수로(水路)로 백제로 들어서서 고구려에서 손
쓸 겨를이 없이 백제를 때려부쉈다. 그리고 고구려
의 구원병이 이르기 전에 당나라 군사는 백제왕과
왕족을 잡아 가지고 황황히 제 나라로 도망하여 돌
아갔다.

백제는 이리하여 망하였다. 그러나 신라는 아직 불
만족이었다. 고구려를 꼭 없이하고 싶었다.

당나라 역시 마찬가지였다. 신라를 번방이라 정하
였으나 그 북쪽에 고구려가 웅거해 있는 동안은 신라
를 마음대로 부릴 수가 없었다.

이 신라와 당나라의 의사가 서로 합하여 재차 이번
은 고구려 정벌의 군사를 일으켰다.

---

32) 더욱이

인제는 백제라는 나라이 없어졌으므로 나당(羅唐) 군이 연합하면 고구려를 남북에서 끼고 칠 수가 있었다. 더우기 그때는 불행히도 고구려에서는 천합소문의 아들 형제 중에 분규가 있어서 국력이 얼마간 해이된 때였다.

나당 연합군은 이 기회에 고구려를 징벌하였다. 남북으로 적군을 맞은 위에 형제지간의 분쟁으로 국력이 쇠퇴하였던 고구려는 만추의 원을 품고 그만 망하였다.

신라는 세 나라를 통일하였다. 통일한 은혜를 갚기 위하여 당나라를 상국으로 섬기고 스스로 신국(臣國) 행세를 달게 받았다.

백제가 망하고 뒤따라 고구려가 망하여 이 반도에는 신라 한 나라이 겨우 남아서 나라를 다스리기 이백 년, 북쪽에서 보호하던 고구려가 이미 없고 서쪽에서 경쟁하던 백제 또한 없는지라 신라는 차차 쇠약하고 어지러워 갔다.

고구려를 삼키기는 삼켰지만 고구려의 구역(舊域)을 지킬 만한 실력이 없었다. 백제를 삼키기는 삼켰지만 백제의 구역까지 돌볼 힘이 없었다.

커다란 고구려의 구역은 지금은 한낱 군웅(群雄)의 난무장이 되고 백제의 구역은 치자(治者) 없는 땅이 되었다.

그것뿐 아니라 신라 자체의 내치도 지금 극도로 어지러워서 스스로 자기의 나라를 다스릴 힘까지 없게 되었다.

이러한 이야기를 대략 자기 아들 견훤에게 들려준 아자개는 잠시 말을 멈추었다가 다시 천천히 입을 열었다.

"훤아."

"?"

"우리 집안은—명심해 들어라. 우리 집안은 백제 왕실의 후예다."

"?"

훤은 눈을 치뜨고 제 아버지를 쳐다보았다. 음침하고 무거운 그의 얼굴에는 여전히 아무 표정도 나타나지 않았다.

표정은 없었다. 그러나 훤의 마음은 한순간 무슨 엄숙한 사실 앞에 직면한 것같이 긴장되었다.

"이백 년 전 신라의 폭군(暴軍)에게 조국이 망한 때에 외로이 당나라로 붙들려 갇혀서 거기서 최후를 보신 선왕의─우리는 유일의 혈손이다.

"…."

"알겠느냐? 조국을 위해서, 조상을 위해서 칼을 잡고 일어설 사람은 이 너른 세상에 너와 나밖에는 없다. 나는 이미 몸이 다 쇠약해서 어쩔 수 없지만 너는 여기 대해서 생각해 보아야 한다. 나라이 망한 지 이백 년, 그 새 대대로 벼르기만 하면서도 착수 못한 일을 지금 실행할 때가 왔지만 나는 이미 늙고 너 한 사람 밖에는 여기 나설 권리와 의무를 가진 사람이 없구나. 네 의견은 어떠냐?"

"…."

소년은 역시 대답이 없었다. 소년답지 않은 무서운 표정, 무서운 눈으로 한없이 멀리 바라보고 있을 뿐, 그의 입은 봉쇄당한 듯이 열리지를 않았다.

낮에서 저녁으로, 다시 황혼으로 날은 점점 기울어

갔다. 그러나 이 점잖은 부자는 아무 말도 없이 그냥 그 자세대로 앉아 있을 뿐이었다.

날이 꽤 어두운 뒤에야 소년 견훤이 비로소 입을 열었다.

"아버님."

"왜냐?"

"황성(皇星)이 내렸읍니다. 어찌든 안 되리까. 저는 아무 생각도 나는 것이 없읍니다. 며칠을 잘 생각해서 말씀드리리다."

"그래라."

부자는 황성단에서 내렸다. 아비는 앞서고 아들은 말고삐를 모을고 뒤를 따르고 묵묵히 제 집까지 돌아왔다. 제 집 문밖까지 이르러선 아비는 아들을 돌아보고 손가락을 입에다 가져다 대어서 오늘 한 말을 절대로 누설치 말라는 뜻을 보였다.

이러한 일이 있은 뒤에는 이 부자는 여전히 다시 이전과 같은 생활을 계속하였다.

평범하고 단조로운 농가의 생활—이러한 가운데서 음침한 얼굴의 아비와 응큼한[33] 얼굴의 아들은 서로 아무 이야기도 하는 것이 없이 전과 같은 생활을 계속하고 있었다.

다시 계속되는 평범하고 단조로운 생활의 여름도 가고 가을도 무르익은 어떤 밤이었다.

곤한 잠에 깊이 빠져 있던 아자개는 누가 자기의 몸을 흔드는 바람에 몽롱한 잠에서 깨었다.

"응? 응?"

"아버님."

깨우는 것은 그의 아들 견훤이었다.

"응, 왜 그러느냐?"

"아버님 좀 여쭐 말씀이 있어서…."

"응 그래—."

아자개는 그냥 졸음에 취한 눈을 부비며 아들을 보았다.

?—

길 떠나려는 차림이었다.

아자개는 펄떡 정신이 쇄락하여졌다.

___

33) 엉큼한

"어디 가려느냐?"

"네, 하직을 고하러 왔읍니다."

"쉬―."

아자개는 몸을 일으켰다. 황황히 옷을 주워 입고 아들의 손목을 덜레덜레 끄을고 방 밖으로 나왔다.

밖으로 나온 부자는 사립문 밖으로 나섰다. 가을달 교교히 비치는 아래를 아비와 아들은 빠른 걸음으로 뒷산으로 들어갔다.

인적이 끊치고[34] 때때로는 풀 맹수도 다니는 으슥한 수풀에 깊이 들어가서야 아비는 아들의 손을 놓고 앉았다.

"말해라."

"네….."

"어디로 가려느냐?"

"정처가 없읍니다."

"무얼 하러 가려느냐?"

"아버님! 아버님이라 마지막 부릅니다."

---

34) 끊기고

"마지막! 옳다. 마지막으로 나도 믿고 너도 그렇게 알아라. 이 뒤에 다시 올 생각을 말아라. 와도 만나지도 않는다. 만약 이 뒤에 너와 나와 만날 날이 있다 하면 그때는 너는 용상에 앉고 나는 그 앞에 꿇어 엎디어 '전하'라고 우러르게 되어야 할 줄 알아라."

"네 저도 아버님께. '경'이라 부르기 전에는 결코 안 돌아오겠읍니다."

"왕을 꿈꾸지 말아라. 백제 황손이 오를 자리는 황위(皇位)느니라. 네가 왕이 될지라도 나는 너를 보지 않는다."

"황성이 내린 날 이 세상에 나온 저올시다. 구구히 왕이나 되려고 떠날 소인이 아니올시다."

"응, 가거라. 타사암(墮死岩)의 원수를 갚아라."

"십 배 하여 갚겠읍니다. 우리 조상님을 당나라로 보낸 품갚음으로는 신라 여왕(女王)을 궁녀로 삼겠읍니다. 타사암의 많은 주검의 품갚음으로는 신라 궁실의 비빈(妃嬪)들을 폭민으로 강간케 하겠읍니다. 나날이 열리는 포석정 질탕치는 잔치를 엿보아서 잔치를 수라장으로 만들고 부여성 원수를 십배 백배 하여 갚겠읍니다.”

“네 사람됨을 믿고 네 힘을 믿으니 다시 무슨 말이 있으랴만 한 가지 당부는 네 몸을 조심해라 하는 것이다. 네 몸에 실수가 있으면 대(代)가 끊친다. 조국을 위해서 일어설 사람이 없어진다.”

“그 점도 생각했읍니다. 먼저 좋은 짝을 구해서 자식을 본 뒤에 일에 착수하려 합니다.”

“구애되지 않겠느냐?”

소년은 아비를 보았다. 그게 무슨 지각 없는 말씀이오니까 하는 눈치였다.

그 밤 소년은 행방을 감추었다.

밝는 날 아자개는 아들을 잃었다고 하인들이며 품삯 주어 사람을 사기까지 하여 그 근처 일대를 수색하였다. 그러나 소년의 행방은 영 없어지고 말았다.

이틀 사흘 열흘 보름 연하여 찾아보고 알아보고 하였지만 일단 자취를 감춘 소년은 다시 나타나지 않았다.

호랑이에게 물려갔나 보다. 이것이 마지막 결론이었다. 그리고 이로써 동리 사람들이 조상을 하면 아자개는 입맛이 쓴 듯이 입을 쩍쩍 다시는 뿐이었다.

사람의 세상의 보통 아이들이면 아직 응석이나 부릴 나이에 제 홀아버지의 슬하를 떠나서 정처 없는 길을 떠난 견훤은 여전한 음울하고 음산한 얼굴로 사랑하는 백마에 높이 올라서 눈을 푹 내려뜨고 가을 날 시골길을 더듬어가고 있었다.

목적한 곳은 어디?

그도 몰랐다. 그의 탄 말도 몰랐다. 그저 길이 난 데로 무정처하고 걸어가는 것이었다. 말이 가는 대로 내버려두는 것이었다. 몽롱히 정한 방향은 서북쪽이었다.

이리하여 밤에는 들에서 자고 낮에는 길을 계속하며 주리면 빌어먹고 먹을 것이 없으면 굶고—이렇게 닷새 동안을 갔다.

닷새 후에 그의 발이 이르른 곳은 이백 년 전에 망한 백제 구도(舊都) 부여였다. 말이 저 혼자서 여기까지 왔는지 혹은 견훤 자기가 말고삐를 이리로 끌었는지조차 알지 못하였다.

"여기가 어디 오니까?"

지나가는 행인에게 이렇게 물어보아서 지금 이곳이 부여의 교외인 것을 안 때에 견훤의 음산한 얼굴은 한순간 길끗한 뿐이었다. 그러고는 또다시 말을 재촉하여 성 안으로 들어갔다.

이백 년 전에 나당 연합군에게 망한 바 되고 그 뒤 이백 년간을 주인 없이 지낸 이 성은 한 개 황폐한 도시에 지나지 못하였다.

견훤은 하루 종일을 일없이 성내를 빙빙 돌았다. 머리를 들지도 않고 무엇을 살피지도 않고 다만 눈 아래서 벌떡거리는 말의 두 귀만 굽어보면서 왔던 길을 다시 가고 갔던 길을 다시 오고 같은 길을 반복할 뿐이었다.

이렇게 수없이 왕래하며 무엇을 하는지 무엇을 보는지 알 수 없는 음산한 얼굴의 소년에게 부여 시민들은 의아한 눈을 던지지 않을 수가 없었다.

갔다가는 다시 오고 왔다가는 다시 가고 무엇을 하는지 무슨 생각을 하는지 아무도 알 수가 없었다.

"아나 이애."

어떤 노인이 이 소년을 불러보았다. 그때 소년은

여전한 음산한 얼굴로 이 앞을 지나가다가 부르는 소리에 약간 눈을 들었다.

불러본 노인은 이 소년의 너무도 음산한 눈찌에 그만 몸서리쳤다. 그리고 물어보려는 말은 물어보지도 못하고 어름어름 돌아서고 말았다.

노인이 부르는 바람에 말을 멈추고 섰던 소년은 노인이 말없이 돌아서는 것도 탓하지 않고 잠시 노인의 뒷등을 역시 음산한 눈으로 바라보다가 말고삐를 채어서 길을 떠났다.

이 소년의 그림자는 이튿날은 타사암 위에 나타났다. 이백 년 전 백제 망하는 날 많은 비빈 궁녀들이 물에 몸을 던져서 죽은 그 자리에 올라가서 하루 종일을 우두커니 앉아 있었다.

지금 이 아래를 흐르는 푸르른 물—물은 흐르고 흘러서 이백 년간 옛날의 그 물은 지금 어느 바다로 갔는지 알 수도 없는 바이다. 물과 함께 흐르는 세월도 어느덧 이백 년—그 날에 원한을 품고 죽은 수많은 생명들의 가련한 넋은 어디서 헤매나.

어제도 본 바 부여성 안의 백성들은 태평건곤에 잠

겨서 지나간 날의 원한을 기억하는 사람도 없는 모양이다. 견훤은 자기의 품을 뒤적여서 깊이 감추어 두었던 한 개의 칼을 꺼내었다.

쭉 뽑아 보매 가을 햇볕 아래서 푸르른 날은 날카로운 광휘를 발한다.

이백여 년 전 명공(名工)의 손으로 만든 이 명도—장차 어느 날 이 칼이 신라왕의 가슴에 박힐 것이냐.

얼굴을 숙여서 칼날을 들여다보는 견훤의 얼굴은 어떻게 보면 칠팔십에 난 노인으로 볼 수가 있도록 음침하였다.

기연35)

덧없는 세월은 온갖 인간 사회의 복잡한 위로 여전히 고요히 흘렀다. 그것은 마치 강바닥에는 수없는 물건이 잠겨 있지만 그 위로 여전히 물은 고요히 아

---

35) 奇緣

래로 아래로 흐름과도 같이….

이리하여 삼 년이라는 날짜가 고요히 흘렀다. 그동안 견훤은 어디로 사라졌는가. 백마에 올라앉은 한 음울한 소년이 백제 구도 부여를 다녀간 지도 어언한 삼 년, 그 소년이 다녀갈 때는 기이한 그 꼴에 눈을 크게 하였던 사람도 있었지만 그 기억도 인젠 사라진 삼 년 뒤였다.

아늑하고 유수한 지리산 산속에도 봄볕이 내려비치고 개나리 진달래가 제 꽃을 자랑하는 한가스러운 봄날, 이 인적이 끊어진 산골에 난데없는 말발굽 소리가 들려왔다.

뚜거덕뚜거덕, 산에는 바위요 바위틈에는 나무와 잡초가 우거진 이 산 새를 말을 타고 다니는 사람은 정체가 무엇일까. 말도 쉽지 않은 명마가 아니면 이런 곳을 다닐 수가 없을 것이요. 기수 또한 명기수가 아니면 이런 바윗길에 말을 몰 수가 없을 것이다.

번쩍! 바위와 나무 틈으로 말의 그림자가 비치었다.

백마(白馬)였다. 눈결같이 흰 말이 나무 틈으로 걸핏 보이고는 사라졌다.

그 나무 수풀을 휘돌아서 나타난 말과 말 위의 사람, 얼른 보면 그 체격이 장대하고 무르익은 얼굴이며 말 타는 솜씨 등으로 삼사십에 난 청년인 듯싶었다. 그러나 자세히 얼굴을 검분하면 아직 겨우 젖비린내나 면한 십오륙 세의 소년이었다.

마상객은 수풀에 벗어나서 좀 광명한 곳에 나와서는 무거운 머리를 들어서 사면을 둘러보았다. 둘러보아야 산첩첩 임중중의 심산, 앞도 뒤도 산에 둘리고 수풀에 둘린 심산, 볼 만한 데가 없었다.

마상객은 잠시 무거운 눈으로 사면을 살펴보다가 다시 말고삐를 낚으려 하였다.

그때였다. 어디서 무슨 기괴한 소리가 들렸다.

"?"

우-ㅇ 으-ㅇ, 나뭇가지를 부는 바람의 소리일까?

먹을 것을 찾는 맹수의 소리일까?

귀를 기울였다. 그러나 어디서 들려오는지, 무슨 소리인지 알 수가 없었다.

잠시 귀를 기울이고 듣다가 마상객은 손을 들어서 말갈기를 한 번 쓸면서 몸을 날렸다. 보기에 장대하고 육중하던 그 육체가 마치 티끌과 같이 가볍게 말 등에서 땅으로 내려섰다. 말에서 내린 그는 다시 한 번 손으로 말의 콧등을 두드려서 그곳에 서 있으라는 뜻을 나타낸 뒤에 수상한 소리가 나는 방향을 더듬어서 갔다.

그곳을 찾기에 적지 않게 애를 썼다. 동쪽에서 들리는 듯하다가도 동쪽 바위를 넘어서면 소리는 북쪽에서 나고 북쪽으로 가면 그 소리는 남쪽에서 나고, 이리하여 여우에게 홀린 듯이 동서남북으로 헤매던 그는 한참 뒤에 산줄기를 얼마 내려가서야 겨우 그 기괴한 소리가 나는 곳을 찾아내었다.

한 개의 인물이 바위 틈 샘물 가에 엎드려서 신음하고 있는 것이었다. 사지를 비꼬고 들먹거리고 앞뒤로 공중걸이를 하며 신음하고 있는 품이 몸이 몹시 아픈 모양이었다.

그는 그 사람에게로 가까이 갔다. 허리를 굽혔다. 팔을 펴서 그 사람의 어깨를 잡았다.

"여보시우."

신음하던 사람은 이 무인지경에 뜻 안한 사람이

자기를 흔들므로 깜짝 놀라서 신음을 멈추고 쳐다
보았다.

애꾸눈이었다. 역시 한 개 소년이었다. 애꾸눈이 소
년이 외딴 산골에서 신병을 얻어 만나서 신음하고
있던 것이었다.

"여보시우."

"아이구, 아이구 배야."

"왜 그러시우?"

"아이구."

다시 곤두박질을 하며 신음하는 애꾸눈이 소년.

연하여 아프다고 공중걸이를 하는 애꾸눈이와 그
것을 무표정한 얼굴로 굽어보고 있는 행객.

한참 굽어보고 있던 행객은 다시 한 번 애꾸눈이의
어깨를 흔들었다.

"여보시우."

그러나 몹시 아픈 애꾸눈이는 거의 응하지 못하고
그냥 신음만 하고 있다.

행객은 드디어 역정을 내었다. 그의 커다란 얼굴이
찌푸려졌다. 눈썹이 푸들푸들 떨렸다.

"에익— 사내자식이!"

휙 몸을 돌이키려 하였다. 이 욕설이 신음하던 애꾸눈의 귀에 들어간 모양이었다. 신음성이 뚝 끊어졌다. 신음이 끊어지면서 지금껏 가슴에 묻고 있던 머리도 들렸다. 번쩍 크게 뜬 눈으로 행객을 쳐다보았다.

행객은 몸서리쳤다. 한편 눈은 굳게 감기고 나머지 눈으로 행객을 쳐다보는 애꾸눈이의 눈은 지독히도 무서웠다.

굽어보는 행객과 쳐다보는 애꾸—두 눈은 잠시를 서로 마주 보고 있었다.

애꾸의 눈은 연하여 찡그러졌다. 몸이 매우 아픈 모양이었다. 행객은 그냥 음침하고 무표정한 얼굴로 굽어보고 있었다.

드디어 행객이 먼저 입을 열었다.

"여보시우."

"왜?"

반말이었다. 그러나 행객은 탓하지 않고 뒷말을 계속하였다.

"어디가 편찮으시우?"

"아랑곳할 것 있나?"

"자식두. 사내자식이 그렇듯 속이 좁담? 한 번 욕설이 그렇게 뼈에 사무치느냐?"

한 뒤에는 몸을 온전히 휙 돌리고서,

"눈깔의 독기(毒氣)가 아깝다."

하고는 다시 말도 없이 더벅더벅 갔다.

애꾸를 산골짜기에 그냥 버려두고 그곳을 떠난 행객은 자기의 백마를 멈추어 두었던 곳을 더듬어 돌아왔다. 거기서 한 번 귀찮은 듯이 침을 탁 땅에 뱉은 그는 몸을 날려서 말 위에 올라탔다.

─흥얼흥얼.

무엇인지 알 수 없는 기괴한 콧노래─그의 음침한 표정에는 조화되지 않은 노래가 그의 코에서 새어나왔다.

"이랴! 네 발굽이 향하는 대로 가자."

한 번 말의 배를 찰 때에 자기 주인의 심리를 잘 아는 말은 그의 기다란 얼굴을 들어서 사면을 살핀 뒤에 한 번 소리쳐 울고는 그 자리를 떠났다.

그 날 밤 밤이 깊어서야 기마의 행객은 어떤 자그마한 암자에 찾아들었다.

심심산중에서 한 개 암자를 발견하면 그야말로 무척이도 기쁠 터인데 그의 얼굴에는 그다지 기쁜 듯한 표정도 없었다. 그냥 말께서 내리지도 아니하고,

"여보시우, 여보시우."

두어 마디 불러보았다. 그는 '여보시우'라는 말 밖에는 사람을 부르는 다른 말은 모르는 모양이었다.

귀를 기울였다. 그러나 응답이 없었다.

"여보시우."

또 불러보았다. 그래도 그냥 대답이 없었다. 그러나 방 안에는 분명히 사람이 있는 모양이었다. 불빛이 어른거렸다.

"여보시우."

다시 한 번 역정 내는 소리로 고함질러 본 행객은 그래도 응답이 없으므로 그냥 말에서 뛰쳐내렸다. 그리고는 눈썹을 한 번 푸들푸들 떤 뒤에 성큼성큼 걸어가서 문고리를 잡아낚았다.

문은 잠그지도 않았다. 잡아낚는 바람에 확 하니

열렸다.

"여보!"

보매 불 앞에는 한 늙은 중이 단연히 꿇어앉아서 일심불란히 독경을 하고 있었다.

"여보시우."

또 한 번 불러보았다. 그러나 노승은 그냥 합장을 하고 명목을 하고 누가 왔는지 가는지 알지도 못하는 모양이었다.

행객은 두어 번 더 불러보았다. 기침도 몇 번 하여 보았다. 발로 땅을 굴러보기도 하였다. 그래도 그냥 도승은 알지 못하고 있으므로 마지막에는 행객도 싫증이 난 모양이었다. 거기다가 신을 벗어 버리고 방 안으로 들어갔다.

방 안에 들어간 그는 마치 자기의 집인 듯이 여기저기 뒤적이어서 노승이 지어 놓은 밥을 얻어내어 훌훌 단숨에 다 먹어 버렸다. 다 먹기는 먹었으나 그래도 양에 차지 않는 듯이 두세 번 더 여기저기 찾아보고 인제는 먹을 것이 더 없음을 분명히 안 뒤에 이번은 노승의 이부자리인 듯한 그 집의 단 한 벌의 이부자리를 내리어서 노승이 경을 외고 있는 꼭 등 뒤—말하자면 방 복판 가운데 쫙 펴 놓았다.

"좀 곤한걸…."

마치 이 방은 자기의 방인 듯이 이 방에는 다른 사람은 없는 듯이 웃옷에서 속옷까지 모두 벗어 던지고 이불 속으로 들어가 버렸다.

이불 속으로 들어간 다음 순간은 천지가 진동할 듯이 코를 구르며 잠에 빠졌다. 그럴 동안도 노승은 자기의 등뒤에서 실행되고 있는 방약무인한 침입자의 행동을 알지 못하는 듯이 합장 명목하고 경만 그냥 외고 있었다.

심산(深山)의 밤—고스란히 깊어 가는 밤, 그 밤이 꽤 깊도록 코를 구르는 행객과 경을 외는 노승은 그냥 그대로 있었다.

밤이 얼마나 들었는지 닭도 없는 산골이라 짐작가지도 않지만 삼경도 훨씬 지나서 길지 못한 봄날이 산너머에서 아마 약간 밝아졌을 때쯤 해서야 노승은 자기의 할 일을 다 한 모양이었다.

눈을 고요히 떴다. 합장하였던 손을 내리었다. 그런

뒤에 천천히 돌아앉았다. 돌아앉아서 천지가 진동할 듯이 코를 구르며 자고 있는 염치없는 행객의 잠든 얼굴을 비로소 굽어보았다. 한참을 묵묵히 굽어볼 동안 노승의 표정은 차차 움직였다. 처음에는 무표정한 얼굴로 굽어보았다. 거기 잠시 호기심의 표정이 움직였다. 그 뒤를 이어서 곧 호기심에서 경이의 표정으로 변하였다. 경이에서 경동의 표정으로 변하였다.

놀란 표정으로 잠시 행객의 얼굴을 굽어보던 노승은 고요히 손을 들어서 행객의 이마에 덮인 머리털을 젖혀 놓고 이편으로 돌아가서 행객의 얼굴을 정면으로 굽어보았다. 굽어보기 한참 뒤에 다시 손을 더듬어서 행객의 머리를 만져 보고 손금을 가만히 펴보고 한참을 이리한 뒤에는 다시 무표정한 얼굴로 돌아가서 목침을 갖다 놓고 몸을 눕히려 하였다.

노승이 바야흐로 몸을 뉘려 할 때에 암자 밖에서는 또 무슨 자취 소리가 났다. 몸을 눕히려는 노승이 다시 머리를 들고 귀를 기울일 때에 바깥의 소리는 차차 암자 문까지 이르러서 문고리를 잡아당긴다.

"여보세요."

사람의 소리였다.

노승은 누우려던 몸을 다시 일으켜서 가만가만 문으로 갔다. 그때에 암자 문이 밖에서 열렸다. 그 틈으로는 애꾸눈이 소년의 기진맥진한 얼굴이 나타났다.

"여보세요. 길 가던 사람이 산중에서 병을 얻어 만났읍니다. 좀 쉬게 해주십쇼."

"어서 들어오시오."

이리하여 애꾸눈이 소년도 그 암자 안으로 들어갔다.

남의 암자에서 마치 제 집이듯이 네 활개를 펴고 잔 행객이 이튿날 잠에서 깬 것은 이 산골에도 벌써 아침 해가 꽤 높이 오른 때였다.

"으ー ㅁ 으ー ㅁ."

기지개를 서너 번 하여서 몸의 원기를 세우면서 그의 커다란 눈을 번쩍 뜬 행객은 그냥 일어나서 부슬부슬 옷을 다 주워입었다. 입은 뒤에 비로소 살폈다.

암자에는 노승이 한편 모퉁이에 꿇어앉아 있었다. 그 앞에는 웬 다른 사람이 하나 누워 있었다.

행객은 천천히 일어났다. 일어나서는 노승의 곁으

로 가서 거기 누운 사람을 굽어보았다.

거기 누워서 노승의 간호로 이젠 안정이 된 애꾸눈이를 굽어볼 동안 행객의 얼굴에는 무엇이라 형용할수가 없는 기괴한 표정이 흘러 지나갔다. 그것도 한순간뿐이고 그 순간 뒤에는 벌써 흥미를 잃은 듯이다시 돌아서서 무엇을 찾는 듯이 휘살폈다.

"여보시우."

또 여보시우다. 남을 찾는데 이 말 밖에는 할 줄을모르는 모양이었다.

노승이 이 부르는 소리에 머리를 돌렸다. 어젯밤그만치 불러도 모르는 체하던 이 노승이…

"여보시우."

"왜 그러시우?"

"조반 어디 있소?"

"조반?"

노승의 얼굴에는 고소(苦笑)의 그림자가 스치고 지나갔다.

"인제 지어야겠소."

"아직 안 지었소?"

"못 지었소."

"식은밥은?"

"당신이 어제 저녁 내 밥까지 다 먹지 않았소? 나는 굶고 지냈소."

"그럼 어서 나가 지어야겠구료."

"지어야지요."

"어서 나가 지으시우."

"…."

노승은 번번히 행객의 얼굴을 쳐다보았다. 한참을 보다가,

"어젯밤 당신이 잠든 뒤에 병인이 하나 찾아와서 지금 겨우 좀 안돈은 됐지만 좀 더 배를 쓸어 주어야 겠소."

하면서 앞에 누워 있는 애꾸를 굽어보았다.

"그 애꾸 말이오?"

"그러오."

"사람 되다가 만 것은 내버려두고 밥이나 어서 지으우."

"그래도 그렇질 못하니 당신 좀 나가서 지으시우."

"그럽시다."

두 말이 없었다. 선선히 일어나서 밖으로 나갔다.

밖으로 나간 행객이 머리를 들어서 사면을 살필 때에 그에게로 달려온 것은 어젯밤 그냥 버려두고 들어갔던 그의 백마였다.

달려온 백마의 콧등을 행객은 무표정한 얼굴로 두어 번 두드렸다. 그런 뒤에는 말을 끌고 뒤로 돌아갔다.

행객에게 밥을 지으라고 당부를 한 뒤에 그냥 애꾸눈이의 배를 쓸어주고 있던 노승은 하도 오랫동안 행객이 들어오지 않을뿐더러 밥 짓는 소리는 나지 않으므로 애꾸가 잠든 것을 본 뒤에 가만가만 나와 보았다.

노승은 입을 딱 벌렸다. 노승이 준비하여 두었던 마른 산채(山菜)들이며 쌀이며를 뜰에 쏟아놓고 자기의 백마에게 그것을 먹이며 행객은 무표정한 얼굴로 꺼벅꺼벅 서 있는 것이었다.

"여보시우."

행객의 말본을 이번은 노승이 배워서 불렀다. 이 부르는 소리에 행객은 천천히 머리를 노승에게 돌렸다. 그러나 여전히 무표정한 얼굴이었다. 노승의 준비해 두었던 음식을 자기의 말에게 준 일에 대하여 열적어하는 기색도 없이 왜 불렀느냐는 듯이 돌아본다.

"조반 지으셨수?"

"말 조반을 먹이고 짓지요."

"내 지을께 들어가시오."

"그럼 시장하니 어서 지어 주시오."

그러고는 다시 한 번 말의 콧등을 두드리고는 안으로 들어가 버린다.

행객은 노승에게 조반 짓기를 당부하고 자기는 암자 안으로 들어왔다. 들어와 보매 애꾸는 고스란히 잠이 들어 있는 것이었다.

행객은 애꾸의 머리맡에 가 앉았다. 애꾸의 얼굴을 굽어보았다.

한참을 굽어보다가,

"아까운 녀석, 크게는 못 될 녀석이로구."
하고는 그냥 물러앉으려 하였다.

그 서슬에 애꾸가 잠에서 깨었다. 깨면서 눈을 들어

서 행객을 우러러 보았다.

처음에는 무심히 우러러보았다. 무심히 보다가 행객을 알아볼 때는 얼굴에 증오의 표정이 분명히 나타나며 휙 돌아누워 버렸다.

"좀 나으시우?"

행객은 애꾸에게 물어보았다. 그러나 애꾸는 대답도 안하였다.

"좀 어떠시우?"

"아랑곳 말어."

이 악의로 찬 애꾸의 말에 행객은 웃어 버렸다.

"병신 고운 데 없다고 참 괴벽한 녀석이로구. 이 녀석아 삼에 차고 있는 것이 아깝다. 즉시 떼버리고 여복을 입고 침선이나 하거라. 좀된 녀석 같으니."

그러고는 자기도 물러앉고 말았다.

노승이 조반을 지어 가지고 들어온 때도 애꾸눈이 몸이 아프다고 그냥 누워 있었다. 그러나 분명히 시장하였던 모양으로 노승에게 누룽지를 청하여 먹고 그 먹는 꼴이 시장한 듯 하므로 노승이 짐작하고 밥을 또 주매 '못 먹는다, 못 먹는다' 하면서 한 그릇을 다 먹었다.

조반 후 조금 지나서 애꾸는 이제는 다 나았노라고 다시 길을 떠났다.

행객도 당연히 길을 떠날 것이로되 애꾸가 떠나는 바람에 자기는 그냥 안 떠나고 있다가 애꾸가 떠난 지 반 각경쯤 지나서 노승에게 하직을 하고 떠났다.

노승에게 이름도 물어보지 않았다. 자기의 이름을 말하지도 않았다. 단지,

"이 다음 다시 만날 때가 있으면 서로 신분을 말합시다."

한 뒤에는 말께 올라서 채찍을 쳤다.

노승은 이 소년 행객이 떠나는 것을 암자 앞에 서서 한참을 바라보았다.

길을 가려면 당연히 산을 내려갈 것이어늘 소년 행객은 산비탈길을 기어올라간다.

명마에 명기수—사람의 발로도 기어오르기 힘든 비탈길을 한 번 까딱 안 하고 올라가는 모양을 노승은 망연히 바라보고 있었다.

소년 행객은 얼마만치 올라가서는 말을 멈추고 돌

아서서 이마에 손을 대고 산골짜기를 두루두루 굽어 살피고 있다.

무엇을 찾는 모양이었다. 아까 먼저 떠난 애꾸를 찾는지도 모를 것이다.

한참을 굽어 두루두루 살피던 행객은 다시 말을 돌려서 올라갔던 길을 다시 내려온다. 말에 오른 채로는 산을 오르기보다 내리기는 더욱 힘든 일로서 희대의 명마가 아니면 도저히 못하는 노릇이다. 소년 행객이 탄 백마는 이 어려운 일을 어렵지 않게 하였다.

산을 내려가서는 골짜기 틈으로 그림자를 감추어 버렸다.

노승이 호기심으로서 암자 뒤의 등성이에 올라가서 골짜기를 찬찬히 살펴보매 어떤 골짜기 바위 위에 소년 행객과 소년 애꾸가 마주 앉아서 무엇을 다투는 듯한 양이 조그맣게 보였다. 소년 행객의 백마는 그 곁에서 무심히 풀만 뜯어먹고 있다.

노승은 미소하였다.

"기특한 소년이여, 장래 크게 됩시사."

봄볕이 따스로이[36] 내려비치는 아래서 골짜기를

굽어보고 있는 노승의 눈가에는 한 줄기의 눈물까지 어리어 흘렀다.

산새가 기이한 소리로 길게 울면서 이 골짜기를 건너간다.

암자를 나서서 산둥성에 올라 한참 굽어살핀 뒤에 말을 채찍질하여 아래로 내려간 소년 행객이 찾아간 것은 무론 애꾸 소년이었다.

"여보시우."

뒤에서 들리는 말발굽 소리에 돌아보는 애꾸에게 향하여 마상의 행객은 또 여보시우를 불렀다.

애꾸는 모른 체하였다. 모른 체하고 그냥 가려 하였다. 그때 행객은 말에서 몸을 날려서 내려 애꾸에게로 갔다.

"여보시우."

어깨를 잡았다.

그러나 애꾸는 홱 한 번 어깨를 흔든 뒤에 그냥 길을 가려하였다.

---

36) 따사로이

"여보시우, 애꾸."

"뭐얼?"

힐끈 돌아보았다.

한 눈은 굳게 감겼지만 나머지의 한 눈으로 흘기는 그 양은 몸서리칠 만하였다.

"무에라? 별 후레자식 다 보겠네."

흘기는 눈─. 딱 마주 서서 그 눈을 바라볼 동안 소년 행객의 얼굴에는 점점 탄상의 그림자가 나타났다.

"여보게 애꾸."

이번은 여보게다.

그 순간 애꾸가 발을 굴렀다.

"옛다 받아라."

애꾸의 몸뚱이가 마치 공과 같이 되어 획 튀어나서 소년 행객에게로 날아왔다.

그러나 소년 행객의 몸이 애꾸보다 더 빨랐다. 날아온 애꾸는 소년 행객의 품안에 붙안겼다. 품안에서 빠져나려고 버둥거리는 애꾸를 행객은 꽤 높이 쳐들었다.

"이 자식아 눈깔의 정기는 천하를 삼킬 만하다마는 왜 그다지도 속이 작단 말이냐?"

"놓아라 이 자식아."

"놓구말구."

행객은 애꾸를 가만히 땅 위에 내려놓았다. 내려놓이는 순간 애꾸는 또 다시 행객에게 덤벼들었다. 그러나 이번도 역시 행객에게 잡힌 바 되어 높이 쳐들린 데 지나지 못하였다.

"놓아라."

"놓구말구."

행객은 다시 애꾸를 내려놓았다.

"제갈양이 칠종칠금을 했다더니 인젠 그만두어라."

두 번 덤비어들었다가 두 번 쳐들리었던 애꾸는 인제는 다시 덤벼들 용기를 잃은 모양이었다.

"야 애꾸야."

"…."

대답이 없다.

"애꾸라는 말이 듣기 싫으냐? 그러니 네 이름을 모르니 할 수 있느냐? 음, 먼저 내 이름부터 말하마.

나는 상주 사람 견훤이로다. 네 이름은 뭐냐?”

애꾸는 힐끗 눈을 들어서 행객—견훤을 쳐다보았다.

“지녀니? 자식 이름도 더럽긴 하구.”

혼잣말같이….

“더러워도 할 수 있느냐? 네 이름은 뭐냐?”

“이름을 듣고 놀라지 마라. 나는 금지옥엽—너 같은 자식과는 마주 서지를 않을 신분이다.”

“?”

견훤의 눈이 찡긋하였다. 좀체 놀라는 일이 없고 놀랄지라도 그 안색이 변하는 일이 없는 견훤의 눈이 이 말에 분명히 놀랐다.

“이름은? 이름은?”

묻는 말도 약간 조급하여졌다.

“이름은 미륵—.”

번히 애꾸의 얼굴을 들여다보았다. 한참을 들여다보다가 그의 무표정한 얼굴로 참아 가며 마치 혼잣말같이,

“경솔한 자식. 그렇게 쉽사리 신분을 말한담? 지금이 어느때라구.”

한 뒤에 이번은 자칭 신라 왕손이라는 애꾸에게 향하여,

"야, 혹은 그렇지 않은가 해서 여기까지 부러 너를 따라왔다. 앉아라. 우리 이야기나 좀 하자."

하고는 자기가 먼저 덥썩 앉아 버렸다.

미륵이도 뒤따라 앉았다. 봄볕이 줄기줄기 내려비치는 아래 두 소년—하나는 백제의 왕손, 하나는 신라의 왕손은 나란히 하여 앉았다.

마주 앉은 두 소년. 하나는 신라 왕손, 또 하나는 백제 왕손.

견훤은 마주 앉아서 한참을 무표정한 얼굴로 미륵의 얼굴을 바라보았다.

"야, 우리가 서로 아직 장가 못 든 아이들이다. 서로 오냐를 하자."

"…"

"너는 왕손이라 하면 무슨 까닭으로 대궐에서 고이고이 자라지 못하고 굶으며 헐벗으며 돌아다니느냐?"

미륵은 대답치 않았다. 견훤의 묻는 말에 대답하기가 싫음인지 혹은 마음에 꺼리는 바가 있어서 대답을 안 하는지는 알 바가 아니되 그의 못 보는 눈은 굳게

감고 뜬 눈은 불쾌한 듯이 꺼벅거리며 멀거니 앉아
있다.

견훤은 잠시 대답을 기다렸다.

그것은 제삼자의 눈으로 보자면 기괴한 장면이었
다. 우직(愚直)하고 음침하게 생긴 한 소년과 애꾸눈
의 한 소년이 묵묵히 인적 없는 산골에 마주 앉아
있고 그들의 뒤에서는 흰 말 한 마리가 역시 음침히
풀을 뜯어 먹고 있다.

서로 한참을 말없이 있다가 또 견훤이 먼저 입을
열었다.

"야, 미륵아."

"…."

역시 대답치 않는 애꾸눈이.

"야, 네가 대답을 안 하면 내 혼자서 내 할 말을
할라. 듣고 싶으면 듣고 싫으면 그만두어라."

"…."

"네가 왕자라니 내가 네게 할 말이 있다. 나는 신
라 왕실에 원혐을 품은 사람. 원혐 먹은 집 기둥을
한 번 발로 차도 마음이 얼마만치 평안하느니라. 네

가 신라 왕자일 것 같으면 내 주먹맛을 한 번 받아
보련?"

농담 비슷이 이렇게 말하면서도 견훤은 농담이 아
닌 모양이었다. 이 말이 채 맺지 못하여 견훤의 주먹
이 날아서 애꾸눈이 미륵의 어깨로 내려갔다.

미륵이 깜짝 놀라서 몸을 흠츠릴 때에,

"전번은 어깨지만 이번은 면상이다."

하면서 두 번째의 주먹이 애꾸의 얼굴로 날아왔다.

이 억센 주먹에 맞아서 미륵이 고꾸라졌다가 코피
를 콸콸 쏟으며 몸을 일으킬 때는 견훤의 두 손은
어느덧 힘 있게 미륵의 두 팔을 잡았다.

"미륵아, 아직도 대답 안할 테냐?"

"…"

"안했다가는 이번은 눈통이다. 성한 눈까지 없어질
줄 알아라."

다시 주먹이 올라가려 하였다.

만약 견훤의 주먹이 한 번 더 날아오면 미륵의 성한
눈까지 없어질 것이었다. 그러나 견훤도 미륵의 눈을
꿰뚫으려는 것이 목적이 아니었다. 입을 봉하고 있으

므로 그의 입을 열게 하여보려고 이런 위협을 하여보았지만 병신답게 마음이 비뚤어진 미륵은 위협이라고 입을 쉽게 열지 않았다. 비록 죽게 될지라도 그의 입은 열릴 듯싶지 않았다.

견훤은 주먹으로 위협을 하여보았으나 애꾸의 입이 열릴 듯싶지도 않고 이미 들었던 주먹을 처치하기도 곤란하여 그만 허허 웃고 말았다.

"이 자식아 눈깔이 아깝지도 않으냐?"

"이 자식 주먹을 왜 놓느냐?"

"놓지 않으면 네 눈깔이 없어진다."

"내 눈깔 없어지는 거 네게 무슨 상관이냐?"

"야 왜 사내자식이 그다지도 속이 좁으냐. 너도 사람으로 태어났으면 눈깔이 아까울 것이다. 아까우면 사내답게 항복을 하고 입을 열 것이지. 참 네가 계집애로 태어나지 않은 게 네 운수 불길이다."

"별 참견 다 하는 자식일세."

"자 우리 그럴 것이 없이 이 조용한 산간에서 서로 소년의 몸으로 집도 없이 방랑하는 같은 신분이야. 서로 신세타령이나 어디 해보자꾸나. 그것도 싫으냐?"

"…."

"자 싫으냐?"

견훤은 자칭 미륵이라는 애꾸눈이 소년을 이리 어르고 저리 어르고 위협하고 달래고 하여 드디어 그의 입을 열게 하였다.

애꾸눈이의 입에서 나온 그의 신세와 과거는 이러하였다.

때는 헌안대왕 말년—

왕이 임해전에서 큰 잔치를 베풀고 재상과 왕족을 모아 놓고 즐길 적에 그 자리에 응렴(膺廉)이라는 왕족 소년이 있었다.

왕은 소년이 너무도 영특해 보이므로 시험삼아 문답을 하다가,

"네가 여행을 많이 했으니 견문한 가운데서 가장 아름답던 일을 말해봐라."

하였다. 그때 응렴은 서슴지 않고,

"세 가지의 아름다운 일을 보았읍니다."

고 하였다.

"무엇무엇이냐?"

"네이, 다름이 아니오라 웃사람으로서 거만치 않은 것과 부자로서 사치하지 않은 것과 권세 있는 사람으로 건방지지 않은 것을 보았읍니다."

이 영특한 말에 왕은 탄복하여 당신의 공주 두 분 가운데 마음에 있는 자 하나를 택하라는 반가운 하명을 하였다.

왕께는 두 따님이 있었다. 맏따님 영화공주는 얼굴 생김이 그다지 좋지 못하였다. 작은따님 정화공주는 아름다운 용모의 주인이었다.

왕께서 따님을 마음대로 택하라는 황송한 분부를 받은 응렴은 무론 재색 아름다운 작은따님을 택하려 하였다. 그런데 그 날 저녁 그의 낭도 중의 범교사(範敎師)라는 사람이 그 소식을 듣고 와서,

"공께서는 어느 공주를 택하시렵니까?"
고 물었다.

"그야 무론 재색 좋은 작은 공주를 택할 것이 아닌가."

"네? 작은 공주요?"

"그럼."

"글쎄올시다. 소인 같아서는 맏공주를 택하시면 세 가지의 좋은 일이 있을 듯합니다."

"세 가지란?"

"그것은 이후에 보셔야 알지요."

웅렴은 범교사의 지혜와 심려(心慮)를 깊이 믿는 바이 있었는지라 이 범교사의 말을 좇아서 큰공주를 택하기로 하였다.

왕은 무론 웅렴이 재색 아름다운 작은 공주를 택할 줄로 알았다. 그런데 맏공주를 택하므로 매우 기쁘게 여겼다.

그 뒤 왕이 승하한 뒤에 왕께는 세자가 없으므로 맏따님의 부마(駙馬)되는 웅렴이 왕으로 즉위하게 되었다.

그때 범교사가 와서 말하기를,

"소신이 일찌기 낭도로 있을 때에 맏공주를 취하시면 세 가지 좋은 일이 있다고 여쭌 그 일이 다 실현되었습니다."

한다.

"세 가지가 무엇무엇인가?"

"첫째로 대행왕께서 재색 좋지 못하신 맏공주를 취하시기 때문에 매우 흡족히 여기셨으니 좋은 일이옵고 둘째로는 맏공주를 택하셨기에 오늘날 이용상의 주인이 되셨으니 좋은 일이옵고 세째로는 그때부터 마음에 계시던 작은 공주가 이젠 다만 어의(御意)에 달렸으니 이 또한 좋은 일이 아니오니까 세 가지란 이것이올시다."

이리하여 일개 왕족에서 왕의 사랑하는 사위로, 또 다시는 신라의 왕으로 올라가게 된 이 새 임금—그가 즉 경문대왕이란 시호를 받은 임군이었다.

미륵은 이 경문대왕의 아들이었다.

그러면 왕자로서의 이 소년은 어떤 까닭으로 이렇게 방랑을 하며, 그의 한 눈깔이 멀게 된 것은 또한 어떤 까닭인가.

고요한 산골짜기에서 두 소년은 마주 앉아서 하나는 말하고 하나는 음침한 얼굴로 묵묵히 듣고 있다.

얼굴이 아름답지 못한 맏공주를 택한 덕에 왕위에

오르게 된 신왕께는 일찌기 잠룡시(潛龍時)에 서로 사랑하던 한 처녀가 있었다. 설(薛)씨라는 처녀였다.

한낱 부마로 있을 적에는 그 처녀를 사모하는 마음은 그냥 있으나 아내 되는 공주를 꺼리어서 손을 쓰지를 못하였다. 그러나 인제는 당당한 임군이라 세상사가 마음대로 되는 지위에 있고 보니 그 처녀를 그대로 잊어버릴 수가 없었다. 이리하여 설씨도 또한 후궁으로 들어와서 인제는 마음 놓고 지내게 되었다.

설씨가 잉태하였다. 만삭이 되어 왕자를 탄생하였다.

왕의 마음은 인제는 두 분 공주를 떠나서 완전히 설씨에게로 돌아와 있던 때라 설씨의 몸에서 난 아기를 여간 사랑하지 않았다.

그때는 영화왕후의 몸에서도 벌써 왕자가 탄생되어 있던 때라 영화왕비는 이 새 왕자의 탄생 때문에 커다란 위협을 느꼈다.

이전에 형제분에서 한 그 지아비(왕)를 섬길 때는 서로 시기도 하고 밉게도 여겼지만 지금 왕의 총애를 다른 사람 설씨에게 빼앗긴 뒤에는 형제로서의 정애가 다시 소생하여 서로 공동전선을 펴고 설씨와 왕에게 대항하기로 되었다. 더우기 왕이 설씨를 총애하는 나머지에 설씨 탄생의 왕자를 세자로 책립치나 않을까 하는 눈치까지 본 뒤에는 이 전선을 더욱 굳게 하고 그때 재상이 영화 왕비와 그렇지 않게 지내던 연줄을 잡아서 재상을 충동하여 설씨를 모함하려 하였다.

설씨의 왕자는 교묘하게도 중오일(重五日: 5월 5일)에 탄생하였다.

어떤 날 일관(日官)이 왕께 비밀히 배알하고,

"용덕왕자(龍德: 설씨 탄생의 왕자)는 탄일이 중오일이옵고 또한 안정이 심상치 못한 것을 주의합소서."

하고 상주하였다.

왕은 대척치 않았다. 설씨를 총애하고 그 왕자를 사랑하는 왕으로서는 이 맛 말에 넘어갈 것이 아니었다. 그러나 모함을 하려는 사람이 있는 이상에는 언제든 걸려들고야 마는 법이다. 첫 계교에 실패하였다고 그 모함을 중지할 것이 아니었다.

그때의 정력 좋고 계집 좋아하는 재상 위홍의 필적

으로 된 기괴한 편지가 어떤 날 설씨의 방에서 발견
되었다. 그와 동시에 일관은 또 다시,

"용덕왕자가 아뢰기 죄송하오나 안정이 위홍과 흡
사한 점이 있지 않습니까?"
고 하였다.

왕은 덜컥 의심을 하였다. 의심을 하고 보면 사람의
눈이란 변화무쌍한 것—어찌 보면 또한 그럴듯한 점
도 보였다.

이러한 때에 최후의 거탄이 드디어 던져졌다. 어떤
날 어떤 궁액이 수상히 궁정에서 어릿거리므로 잡아
서 몸을 뒤지매 거기서는 수상한 편지가 나왔다.

설씨의 명의로 위홍에게 가는 편지였다. 거기는 어
서어서 용덕왕자를 세자로 책립케 하고 이 일이 성사
된 뒤에는 왕을 시하고 우리의 자식으로서 왕위에
오르게 하고 우리는 마음 놓고 왕의 어버이로서 영화
롭게 평안한 날을 보냅시다 하는 뜻의 글이 적히어
있었다.

왕은 앞뒤를 가릴 냉정을 잃었다. 그 편지의 필적을
좀 더 자세히 보았더면 다른 조처가 있었을는지도

모르지만 이 편지에 냉정함을 잃은 왕은 즉각으로 무사들을 불러들였다.

왕이 몸소 무사들을 거느리고 설씨가 거처하는 뒷대궐로 달려갔다. 불문곡직하고 설씨의 모자를 죽여버려서 화근을 제하고자 함이었다. 이리하여 대궐은 때아닌 전장을 이루었다. (미완)

(『매일신보』, 1936.1.1~2.29)

거지

　무서운 세상이다.

　목적과 겉과 의사와 사후(事後)가 이렇듯 어그러지는 지금 세상은 말세라는 간단한 설명으로 넘겨버리기에는 너무도 무서운 세상이다.

　여는 살인을 하였다. 한 표랑객을……

　'그대의 장래에는 암담이[37] 놓여 있을 뿐이외다. 삶이라 하는 것은 그대에게 있어서는 고(苦)라는 것과 조금도 다름이 없사외다. 낙(樂)? 희(喜)? 안(安)? 그대는 그대의 장래에서 이런 것을 몽상이라도 할 수 있을까? 여는 단언하노니, 그대의 장래에는 암

---

37) 암담히

(暗)과 고(苦)와 신(辛)이 있을 뿐이외다.

이 문간에서 저 문간으로 또 그다음 문간으로, 한 덩이의 밥을 구하기 위하여…… 혹은 한 푼의 동전을 얻기 위하여, 그대의 그 해진 신을 종신토록 끄는 것이 그대의 운명이겠사외다. 그리고 그것은 그대의 죽음조차 모욕하는 행동이외다.'

여는 이러한 동정심으로 그 표랑객을 죽였던가.

'그대의 존재는 세상의 암종이외다. 그대가 뉘 집 문간에 설 때에 그 집 주부는 가계부에 일전 한 닢을 더 적어넣지 않을 수가 없사외다. 그대가 어느 집을 다녀간 뒤에 그 집에서는 그대가 먹은 그릇을 부시기 위하여 소독약의 얼마를 소비하지 않을 수 없사외다. 그대가 잠을 잔 근처에는 무수한 이가 배회합니다. 많은 며느리들은 그대를 위하여 두 벌 설거지를 합니다.

그대의 곁은 사람들이 피하는지라 그대 한 사람의 존재는 가뜩이나 좁은 이 지구를 더욱 좁게 합니다. 존재하여서 세상에 아무 이익도 주지 못하는 그대는 존재하기 때문에 세상에 많은 불편을 줍니다. 따라서

그대의 '존재'는 '소멸'만 같지 못하외다.'

여는 이러한 활세적(活世的) 의미로 그 표랑객을 죽였던가.

집 안은 통 비었다. 행랑아범은 벌이를 나갔다. 어멈은 주부(여의 아내)와 함께 예배당에 갔다. 아이들은 놀러 나갔다. 집 안에는 여 혼자밖에는 아무도 없었다. 본시 아내는 여와 동반을 하여 이 일요일을 이용하여 산보를 갈 예산이었지만, 여의 감기 기미로 중지된 것이었다.

집을 혼자서 지키기는 무시무시하였다. 더구나 이것을 처음 겪어보는 여는 극도로 신경이 날카로워졌다. 문간에서 조그마한 소리가 나도 귀가 바짝 하였다. 뜰을 고양이가 달아나도 여는 문을 열고 내다보았다. 아무 소리도 없었지만 무슨 소리가 난 듯하여 나가서 구석구석을 검분 해본 일까지 있었다. 이런 가운데서 여는 여의 아내의 장부적 일면을 발견하고 스스로 고소하기를 마지않았다. 그리고 얼른 예배가 끝나고 그가 돌아오기를 기다리고 있었다.

삐꺽! 문득 대문 소리가 조금 났다. 누워 있던 여는

반사적으로 머리를 베개에서 들었다. 그리고 온 신경을 귀로 모았다. 또 삐꺽! 대문은 조금 또 열렸다.

여는 그것이 아내의 돌아옴이 아님을 알았다. 활발한 발걸음의 주인인 아내는 이렇듯 기운 없이 대문을 열지 않을 것이므로.

그 뒤에는 대문간으로 들어서는 발소리도 작으나마 들을 수가 있었다. 그 다음에는 무슨 홍얼홍얼하는 사람의 소리가 대문 안에서 났다.

여는 벌컥 일어나서 나가보았다. 그리고 대문 안에서 한 사람, 표량객이 서 있는 것을 보았다. 아니, 적절히 말하자면 사람의 모양을 한 어떤 물건이 벽에 기대어 서 있는 것을 발견하였다.

이 기이한 동물에 대하여 여가 경이와 불안의 눈을 던질 때에 그의 입에서는 또 무슨 알아듣기 힘든 홍얼거리는 소리가 들렸다.

여는 다시 방 안으로 들어와서 지갑에서 일전 한 닢을 꺼내가지고 나왔다.

그리고 그의 앞으로 그 선물을 던지려다가 극도로 쇠약하여 몸의 동작조차 마음대로 못하는 듯한 그의 모양을 보고 좀 그에게 가까이 가서 팔을 길게 해가지고 그의 앞으로 적선품을 내밀었다.

그는 그 돈을 힐끗 보았다. 그러나 받으려도 아니하였다. 또 무엇이라 흥얼흥얼하였다.

"무얼?"

여는 반문하였다.

그는 또 무엇이라 흥얼거렸다.

"무얼?"

여는 재차 반문하였다. 그리고 귀를 기울여서 겨우 알아들은 바는 돈보다도 한 덩이의 찬밥을 달라는 것이었다.

여는 그를 다시 보았다. 아직 익숙지 않은 표랑객이었다. 혹은 오늘의 이 길이 그에게 있어서 처녀 구걸인지도 알 수 없었다. 40이 조금 넘었음직한 아직 건장한 사나이지만, 주림과 영양 불량으로 혈색이 몹시 나쁘고 허리가 굽었다. 그는 걸인에게 특유한 애원적 비명을 내지 않았다. 비열한 눈자위를 보이지 않았다.

"나흘을…… 굶었습니다."

"일자리를…… 떼었습니다."

주림으로 인하여 그 발음은 비록 분명하지 못하나마 한 마디씩 한 마디씩 끊어서 말하는 그의 호소는 현대에 처한 사람의 공통적 애소로서 그것은 여의 마음을 움직였다.

여는 내밀었던 일전을 도로 움치고 부엌으로 들어갔다. 그러나 부엌에 익숙지 못한 여는 무엇이 어디 있는지 알 수가 없었다. 시렁, 찬장 등을 모두 뒤졌다. 그리고 시렁에서 무슨 찌개를 얻어내고 찬장에서 여의 먹다 남은 밥을 발견하였다. 여는 그것을 그대로 내다줄까 하였으나 다시 생각을 돌이켜서 밥그릇에다가 찌개를 절반쯤 부어서 비비기 좋게 해가지고 숟갈을 꽂아다가 그 표랑객에게 내다 주었다.

그는 그것을 받아 쥐고 덜컥 주저앉았다. 그다음 순간 그는 무서운 속력으로 밥을 입으로 옮겨갔다. 그것을 보면서 여는 얼른 방안으로 들어와서 50전짜리 은전 한 닢 내다가 그의 곁에 던져주었다.

여는 얼른 방 안에 들어갔다 나왔다. 사실에 있어서 여는 전속력으로 방안에 들어갔다 나온 것이었다. 현대인의 근성을 그대로 가지고 있는 여는 그 표랑객에게 호의를 표하면서도 경계하는 마음은 풀지를 못하였다. 여는 몇 푼짜리 되지 않는 숟갈과 그릇을 감시하기 위하여 도로 나와서도 아닌 듯이 그의 위에 경계의 눈을 붓기를 그치지 않았다. 그리고 만약 그로서(10전짜리밖에 되지 않는)그 숟갈을 몰래 허리춤에라도 넣었으면 여는 달려가서 그의 따귀에 여의손을 붙이기를 결코 주저하지 않았을 것이었다.

표랑객은 정직한 사나이였다. 한참을 먹을 것에만 열중하던 그는 먹기를 끝낸 뒤에 처음으로 아까 여가 던져준 돈에 눈을 부었다. 그리고 그는 거기서 뜻밖에 50전짜리 은전을 발견하였다. 그는 머밋머밋 그것을 집어가지고 두어 번 여와 돈을 번갈아 본 뒤에,

"나리."

하고 여를 찾았다.

여는 그의 마음을 알았다. 여는 순간 전의 기괴한 경계심 때문에 얼굴을 붉혔다. 그리고 그를 향하여 염려 말고 50전짜리를 가지고 가라고 하였다.

그는 몇 번을 사례를 하였다. 그리고 들어올 때와는

판이하게 힘 있는 걸음으로 돌아갔다.

여는 그를 보내고 도로 방 안으로 들어와서 이불을 쓰고 누웠다. 자선, 구조, 동정, 이런 것에서 느끼는 열락을 맛보면서…….

아내가 돌아왔다. 그는 돌아오는 대로 옷을 갈아입은 뒤에 무엇이 바쁜지 곧 부엌으로 뛰어나갔다.

"먹었는지……."

여에게는 뜻을 알지 못할 기괴한 소리를 중얼거리면서. 그리고 나갔던 그는 곧 도로 들어왔다.

"절반이나 먹었군."

역시 여에게는 이해하지 못할 혼잣말을 하면서…….

"먹기는 무얼?"

여는 누워서 그를 쳐다보면서 물었다.

"네? 아니 쥐가 너무 성했기에 찌개에 아비산(亞砒酸) 을 섞어두었더니 절반이나 먹었구려. 언제나 먹었는지 지금쯤은 몰살을 했을 게지……."

무얼? 여는 힘 있게 눈을 감았다. 여의 근육이 부들부들 떨렸다.

"어느 찌개에?"

"시렁의 쇠고기 찌개에……."

아아, 여는 표랑객에게 아비산을 먹였다. 여는 다리를 들었다가 놓았다.

머리를 들었다가 놓았다. 여의 입에서는 기이한 신음이 나왔다.

"왜 그러세요?"

"음……."

"열기가 나세요?"

"아 ― 니."

"그럼?"

"냉수를 좀 주우."

찌개에는 아비산을 두 그램을 두었다 한다. 그러면 표랑객은 적어도 한 그램은 먹었을 것이다. 탱탱 비었던 위 속에서 아비산은 그의 위력을 다할 테지. 지금쯤은 그는 벌써 송장이 되었을지도 알 수 없다.

사람의 몸이란 이상한 것이다. 비록 감기 기미는 있다 하나 열기도 보이지 않던 몸이 갑자기 열기가 나기 시작하였다. 순간순간 열기는 더하였다. 조금 뒤에 여는 중병 환자가 되어 버렸다. 그런 가운데서

여는 끊임없이 아까의 그 표랑객의 여위고 혈색이
나쁘던 그림자를 보았다. 그리고 죽으려면 여의 모르
는 곳에 가서 여의 모르는 동안에 죽어다오. 죽은 뒤
에도 그 소문이 여의 귀에 오지 않게 해다오. 연하여
이런 생각을 하고 있었다.

문득 여는 무엇이 재재하니 지껄이는 소리를 들었
다. 열기에 들뜬 여는 어느덧 잠이 들었던 모양이었
다. 펄떡 정신이 들면서 들으니 그것은 놀러 나갔던
아이들이 온 모양이었다.

"어머니! 어머니!"

열세 살 난 큰아이가 지껄이며 들어왔다.

"쉬, 조용해라. 아버님께서 몸이 고달파 하신다."

아내는 지껄이는 아이를 막았다.

그러나 아이들은 자기네가 가지고 온 진귀한 보고
를 그냥 둘 수가 없는 모양이었다. 이번은 일곱 살
난 계집아이가 속살거림(이라하나 숨찬 그들의 목소
리는 속살거림이 아니었다)으로 또 찾았다.

"어머니! 어머니!"

"왜 그래?"

"저기서 사람이 죽었어."

"어떤 사람이?"

"거지가."

무얼? 여는 벌떡 일어났다.

"어디? 어디?"

"아버지, 사람이…… 거지가…….”

"어디야, 어디?"

"조-기. 요 앞에…….”

여는 일어서면서 문을 박차고 뛰어나갔다. 놀라서 어디를 가느냐고 따라오는 아내를 돌아보지도 않고.

여는 발견하였다. 한 무리의 사람의 떼가 멀리 둘러선 것을. 그리고 그 가운데에는 순사의 모자가 걸핏걸핏 보이는 것을. 몇 사람의 위생부가 소독약을 펌프로 뿌리며 돌아가는 것을.

달려가서 보니 사람의 담장의 복판 가운데에는 아까의 표랑객이 거적 아래 고요히 누워 있었다. 그의 주위에는 소독약에 젖은 구토물이 널려 있었다.

"주소 성명 미상."

"소지품은 50전 은화 한 닢. 일전 동화 네 닢.”

"의사 호열자."

"추정 연령 42세."

여의 귀에는 단편적으로 이런 소리가 들렸다. 좀
뒤에 시체는 가매장에 부치러 가져갔다. 그 뒤에는
구경꾼들도 헤어졌다. 그러나 여는 그냥 멍멍히 그
자리에 서 있었다.

누가 여의 어깨를 툭 쳤다. 돌아다보니 순사였다.

"왜 이렇게 서 계시우?"

"아니, 너무도 참담한 운명이기에."

"당신은 그 사람을 아시오?"

"네."

"누구요? 어디 사는 사람이오?"

"그건 모릅니다. 아까 우리 집에 동냥을 왔기에 50
전짜리 은전을 한 닢 줘 보냈소. 소지품 가운데 50전
은전이 그것이오."

여는 이 자리에서도 그에게 밥을 주었다는 말을 못
하였다. 순사는 여를 쳐다보았다. 그런 뒤에 두어 번
머리를 저었다.

"적선하신 50전도 국고로 들어가는 수밖에는 도리

가 없을까 보우다. 웬 친척이 있겠소? 있기로서니 장비(葬費)를 부담할 각오로 나설 사람이 웬걸 있겠소? 항용 있는 일이지요."

하고는 저 갈 길로 가버렸다.

여가의 그의 주림을 동정하여 준 밥은 그의 생명을 빼앗았다. 여가 그의 곤궁을 동정하여 준 돈은 국고로 들어가게 되었다. 그 날 여는 일기에 이렇게 썼다.

'동정조차 엄밀한 음미(吟味)하에 하지 않으면 안 되는 현대인은 진실로 비참하다.'

결혼식

어떤 날, 어떤 좌석에서 몇 사람이 모여서 잡담들을 하던 끝에 K라는 친구가 내게 이런 말을 물었다.

"자네, 김철수라는 사람 아나?"

"몰라."

나는 머리를 기울이며 대답하였다. 물론 '김'이라는 성이며 '철수'라는 이름은 흔하고 흔한 것인지라 어디서 들은 법도 하되, 이 좌석에서 새삼스레 이야깃 거리가 될 만한 '김철수'가 얼른 머리에 떠오르지 않으므로…….

"아마 모르리. 지금도 조도전(早稻田) 대학 재학생이니까……."

"모르겠네."

"송선비라는 여자는 아나?"

"몰라. 아, 가만있게. 뭘 하는 여잔가?"

"○유치원 보모."

"응, 생각나네. 아주 멋쟁이."

나는 언젠가 유치원 연합 운동회에서 본 기억을 일으키며, 그 많은 관중 앞에서 필요 이상의 멋을 부리며 돌아가던 어떤 보모를 머리에 그려보면서 머리를 끄덕였다.

"그렇지. 멋쟁이지…… 참, 조선엔. 그럼 자네는 김철수하고 송선비하고의 결혼 희극도 모르겠네그려."

"알 수 있나."

"참, 조선엔 웬 과년한 계집애가 그렇게도 많은지. 우글우글 한 놈에 다섯 여섯씩……."

"그거야 당연한 일이 아닌가? 보통 열한두 살이면 장가를 가던 사내들이 인제는 스물이 썩 넘어야 가게 됐으니깐 열한두 살 난 어린애들이 스물 몇 살까지 자랄 동안은 계집애가 남아날 게지. 1년에 몇 십만 명씩은 과년한 처녀가 남아나리. 지금 같아서는 사내 한 명에 여학생 첩 셋씩을 배당한대두 부족은 없을

걸……."

"딱한 일이야. 그러니깐 그런 희극도 생기지."

"대체 자네가 하려는 이야기는 어떤 겐가? 매일 신문에 한두 개씩 나는 것같이 송선비도 역시 모르고 그 김 먼가 하는 사람에게 첩으로라도 갔단 말인가?"

"그러면 좋게? 하마터면 김철수가 송선비의 첩이 될 뻔했네그려, 하하하하……."

"그럼 송모에게 본남편이 있었단 말인가?"

"하하하하, 이야길 듣게."

K는 앞에 놓인 차를 한잔 들이마셨다. 그리고 이야기를 꺼냈다.

김철수라는 사람은 근본은 보잘것없으나 돈냥이나 있는 집 자식일세그려.

그 돈냥의 덕으로 지금 조도전 대학에…… 무슨? 그…… 법과라나 문과라나 좌우간 장래에 목적은 둘째 두고 시재 감당하기는 쉬운 과목을 닦는 중이야. 나이 스물두 살. 기처(棄妻)한 독신자. 예수교회에 다니는 무신론자.

성질로 말하자면 좀 조급하고 과단성이 없으면서

도 결기 있고 부끄럼을 잘 타고도 그만하면 비위가…… 더구나 남녀 관계의 일에는 비위가 척척하고 신경질이고…….

그자가 여름방학에 귀국했다가 혼약을 하지 않았겠나. 그 상대자가 송선비네그려.

본시 송선비라는 여자는 집은 자기 어머니가 월자 거간을 해서 먹어가는 집안이니깐 재산 형편으로는 보잘것없는데, 여기서 여고보(女高普)를 고이 마치고 서울 ○○여학교에까지 다녔는데 더구나 여기서 공부할 때나 서울서 공부할 때나 그 옷차림이며 무엇에든 가장 그…… 소위 첨단을 걸은 여자란 말이지.

여기서 치마에 아래쪽까지 대림쳐[38] 입기를(즉 서울 유행을 제일 먼저 수입한 겔세그려) 그것도 송선비지. 치마가 길었다 짧았다 저고리가 커졌다 작아졌다 하는 유행을 제일 먼저 수입해서 실행한 것도 송선비지. 물론 상학할 때에는 그렇게 못하지만, 늘 이름 모를 일본 비단을 몸에 감고 허욕에 뜬 계집애들

---

38) 다림질하여

의 유행의 선봉을 선 것도 송선비지.

내가 직접 보지는 못했지만 서울 ○○여학교에 다닐 때에도 제일 멋쟁이고 제일 하이칼라댔대나. 팔에는 백금 팔뚝시계, 손가락에는 (단 한 개지만) 커다란 금강석을 박은 반지, 언제든 살이 꿰보이는 엷은 비단 양말…… 대체 그 돈은 어디서 났느냐 말야. 하기는 ○○여학교에 다닐 때에는 그 비용이 모두 그 학교 교장 Q씨에게서 나왔단 말이 있어. 뿐더러 Q씨와 함께 낙태를 시키려 어떤 시골까지 다녀왔단 말까지 있기는 해.

Q씨라는 사람은 자네도 알다시피 유명한 색마가 아닌가. 건강한 육체와 여자와 많이 사귈 수 있는 제 지위를 이용해가지고 유혹, 간통, 강간…… 온갖 인륜에 어그러지는 일을 해나가는 것으로 유명한 사람이 아닌가. 그러니깐, 그만하면 얼굴도 반반하고 역시 비위도 추근추근하고 성욕도 센 선비하고 어느덧 이렇게 저렇게 됐다는 것도 차라리 당연한 일이겠지.

전문(傳聞)에 듣자면 씨하고 Q 선비하고의 사이는 꽤 열렬하게까지 됐던 모양이야. 여자에서 여자로 잠시도 끊임없이 옮겨다니던 Q씨가 선비하고 어울린 다음부터는 다른 여자에게는 손을 한동안 대지 않았다나. 이것은 둘의 사랑이 너무 열렬해서 그랬는지 선비가 샘이 너무도 세서 그랬는지 혹은 두 사람의 성욕의 강도가 꼭 맞아서 그랬는지 그건 판단을 내릴 수가 없지만, 사실 선비가 ○○여학교 재학 중에는 다른 여자에게는 손을 안 댄 모양이야.

이러구러 선비는 그 학교를 졸업하고 이곳 ○유치원 보모로 내려오게 됐네. 물론 울며불며 작별의 일장의 비극이 있었겠지. 웅? 그…… 에라 놓아라, 난 못 놓겠다, 양산돌세그려.

서울하고 예하고가 500여 리 상거가 된다 하나 매일 가는 1,000명 오는 1,000명, Q씨하고 선비 사이의 로맨스도 이곳에서 모르는 이가 없으리만치 쭉 퍼졌지. 그리고 사흘거리로 Q씨가 평양을 내려와서는 선비를 불러다가는 여관에서 묵고 도로 올라가고 했네그려. 김철수하고의 혼약이 꼭 그때야.

지금도 나는 선비의 속을 알 수가 없어. Q씨하고 그만치 정분이 났으면 왜 철수하고 혼약을 했는지.

물론 Q씨에게야 아내가 있기야 하지. 하지만 소위 연애에는 국경도 없고 계급도 없고······ 연애는 온갖 것을 초월한다는 모던[39] 걸 송선비 양에게야 Q씨에게 아내가 있고 없는 게야 문제가 안 될 게 아닌가. 죽자 사자 판에 본처가 다 뭐야. 뭘? 흥? 그래, 그렇게 밖에는 해석할 수가 없겠지. '운명에 맡기자', 이게 조선 사람의 공통성이니깐. 애정은 애정, 운명은 운명, 이렇게 두 군데로 갈라붙이고 놈팡이한테로 시집을 가기로 결심을 한거겠지.

한데, 그 혼약을 하던 이야기도 장관이야. 수재 김철수 군이 매파와 함께 선을 보러 색싯집을 가지를 않았겠나. 가니깐 좌정을 한 뒤에 이러구저러구 색시의 어머니가 두어 마디 말을 물어보더니,

"신식은 단둘이서 이야길 해야지."

하더니 매파에게 눈씨를 해서 함께 밖으로 나가더라나. 그런 뒤에 좀 있다가 참외를 깎아서 한 대접 들여보내더라나. 그러니깐 공주 낭랑한 음성으로 말

---

39) 모든

쏨하시기를,

"좀 가까이 와서 잡수세요."

놈팡이 정신이 절반이나 나갔지. 카페의 웨이트리스나 기생이나 데리고 놀아본 녀석이 신식 하이칼라 색시한테 이런 말을 듣고 보니깐 어리둥절했단 말이지.

"천만에 천만에."

밑구멍으로 담만 뚫네. 머리를 폭 수그리고……. 그런 뒤에는 한참 묵언극이 연속됐네. 신랑 간간 용안을 굴려서 신부를 보면 신부는 입에 미소를 띠고 뚫어지게 신랑만 바라보겠지. 그 눈을 만나면 신랑은 또 한 번 밑구멍으로 담을 뚫고……. 이러다가 갑자기 버썩하는 소리가 들려서 보니깐 신부가 신랑의 가까이 왔더라나.

"좀 내려가세요."

하면서 손까지 덥썩 잡으면서. 놈팡이 혼비백산해서 네, 네, 하면서 몸을 조금 움직이려니깐 신부는 잡았던 손을 털썩 놓고 와락 하니 신랑에게 달려들더니 키스를 퍼붓기 시작했다. '엉야', '엉야', 소리를 연방

내면서 뺨, 코, 입, 할 것 없이 키스의 소낙비를 내리 붓는다. 그리고 한참 매달려 그러다가 슬며시 손을 신랑의 허리춤으로 넣어서 쓸어보더라나.

이렇게 혼약이 성립됐네그려. 놈의 눈에는 년과 같은 색시는 이 세상에 다시없게 비쳤지. 우리 같아서는 그런 천박한 계집애는 다시 상종하기도 싫겠지만, 우리보다는 한층 개화한 놈팡이의 눈에는 그게 모두 천진스럽고 활발하게만 뵐뿐더러 초면에 이만치 구는 것을 보니깐 벌써 자기한테 잔뜩 반했느니라, 이렇게까지 생각됐단 말이야.

그 뒤에는 놈, 맨날 년의 집에 묻혀 있네. 놈은 아직 부끄럼을 타는 놈이라 색시네 집에서 밤잠까지 자겠다고 졸라보지는 못했지만 낮에라도 부모는 피해주고 단둘이 있으니깐 그 재미가 괜찮았던 모양이야. 눈만 뜨면 처가에 갔다가 밤이 들어야 하릴없이 어슬렁어슬렁 제 집으로 돌아오네그려.

그동안에도 물론 Q씨야 몇 번을 년을 만나러 내려왔지. 그러면 년은 약수에 갑네 냉천에 갑네 하고 약혼자를 속이고 하루 이틀씩 나가 자고 들어오고. 그러나 색시한테 잔뜩 반한 놈은 그저 와짝 색시를 신용만 하고 있었지.

그러는 동안에 언젠가 색시는 자기와 Q씨의 관계를 새서방에게 다 이야기했다나.

'이만하면 인젠 내 이전의 비밀을 이야기해도 괜찮으리라.'

이만큼 생각이 들어갔기에 이야기했겠지. 그리고 결론으로는 나는 당신 때문에 Q씨를 버렸으며, 인제부터는 당신 하나만 사랑하고 귀히 여기겠노라고 하면서 예에 의지하여 키스의 벼락을 내렸다.

철수는 응, 응, 할 뿐 아무 말도 못했지. 뭐라겠나. 더구나 인젠 잔뜩 선비한테 반한 놈이 몽치로 쫓아도 따라올 판인데 당신 때문에 그 사람을 버렸노라는데 뭐라고 할 말이 있나, 오히려 Q씨와 같이 이름난 명사를 자기 때문에 버렸다는 게 고마우면 고마웠지 나무랄 데야 어디 있겠나. 자기도 총각이 못 되는 이상 선비에게서 처녀성을 요구하기도 어떻고…….

참, 이런 곳에선 여인이란 장해. 사내는 두 여편네를 감쪽같이 조종할 능력을 가진 사람이 절무라 해도 좋은데, 여편네는 감쪽같이 속여가면서 두 사내를 조종하거든……. 철수에게 향해서는 인젠 Q씨와는 인연을 끊었으며 당신밖에는 이 세상에 사랑하는 사람이 없다고 맹세를 하고, 또 Q씨에게는 자기는 부모의 명이라 하릴없이 다른 사람과 혼약을 했지만 결단코 시집은 안 가노라고 좌우편에 발라 맞춰놓았네그려.

약한 자여, 네 이름은 계집이라…… 셰익스피언가 한 바보가 이런 소릴 했지? 도오시테, 도오시테(천만의 말씀)! 강한 자여, 네 이름은 계집이라. 어리석은 자여, 네 이름은 사내라. 한 놈은 약혼자가 자기 때문에 조선에 이름 있는 사람을 버렸다고 기뻐하고 있고, 한 놈은 전도가 양양한 학생이고 독신자인 신랑도 계집을 후리는 능력에는 자기를 당할 수가 없다고 속으로 기뻐하고 있는 동안에, 계집은 두 사내 녀석을 마음대로 이럭저럭 놀리고 있었네그려.

"나는 당신의 애인."

"나는 당신의 아내."

두 사내에게 구별하여 던지는 이 두 가지의 말은 두 사내를 다 흡족하게 했지.

그러는 동안에 여름방학도 끝나고 철수는 다시 동경으로 가게 됐네. 겨울방학에 귀국해서 혼례식을 하기로 작정을 하고, 철수야말로 진정 석별의 눈물을 뿌리면서 떠났지.

선비는 떠나는 님을 바래다주느라고 유치원을 쉬고 서울까지 따라왔네. 철수는 가슴이 무거워서 기차에서 말을 한 마디도 못했다나. 때때로 먼 산만 바라보다가 한숨을 쉬고, 그러고는 곁눈으로 장래의 아내를 보고…….

선비도 또 간간 손으로 철수의 넓적다리를 꼬집을 뿐 아무 말도 못하고 서울까지 갔겠지. 그리고 서울에서 기차가 20분 동안 머무는 사이에 승객들의 눈을 피해가면서 몇 번 키스를 하고 그런 뒤에는 사요나라(안녕).

철수는 따라 나오면서 반벙어리같이,
"석 달…… 석 달……."
말을 맺지를 못하며 이렇게 중얼거렸다나. 그것을 가장 극적, 가장 비창한 얼굴로 한 번 돌아본 뒤에 총총히 정거장 문으로 뛰어나온 선비는 철수하고 키스한 자리가 마르기도 전에 20분 뒤에는 벌써 입을 Q씨에게 내맡겼네그려.

"갑자기 당신이 보고 싶어서 예까지 왔소."

Q씨, 다시 녹아나지.

나폴레옹이 제 애인한테 '너무 분망해서 하루에 두 장 이상은 편지를 못'했다나. 철수는 나폴레옹보다도 분망했는지 하루에 한 장씩밖에는 편지를 못했다. 그리고 놈, 돌아가면서 자랑을 하네.

"긴상40)(혹은 리상, 혹은 박상, 혹은 최상), Q씨라고 아시오?"

그들은 대개 Q씨를 알았다. 그 사행(私行)이야 어떻든 소위 명사라는 Q씨는 흔히 그 이름이 신문 잡지에 오르내렸으니깐 그들도 대게 귀에 익은 이름이야. 그래서 들은 법은 하다고 대답하면 철수는 코를 버룩거리네그려.

"그 자의 애인을 내가 뺏었구려. 이번 귀국해서 약혼을 했는데, 그 규수가 본시 Q씨의 애인이던 사람이

---

40) 김 선생

에요.”

하고는 내 수완이 어떻느냐는 듯이 다시 한 번 코를 버룩거리네. 그러고는 정신없는 사람같이 묻지도 않는 말에 서두도 없이,

“피아놀 잘해요.”

혹은,

“겨울방학에 혼례식을 합니다.”

혹은,

“미인 애인을 둔 사람이 멀리서 근심스러워 어떻게 견디는지.”

이런 소리를 중언부언하네그려.

세월은 여류수라 학수고대하던 겨울방학이 이르렀네. 철수는 여비를 와짝 많이 청구했지. 그리고 미쓰코시(三越[삼월]), 마쓰자카(松坡[송파])를 돌아다니면서 신부에게 보낼 장을 잔뜩 보아가지고 결혼식을 하려고 귀국의 길을 떠났다.

“이번 귀국해서는 송선비 양, 그 유명한 Q씨의 애인이던 미인과 결혼식을 합니다.”

“일자는 송양과 편지로 대략 작정했는데 양력 정월

초닷샛날, 신년 연회 날로 하기로 했습니다.”

“긴상(혹은 리상, 혹은 박상, 혹은 최상), 겨울방학에 귀국 안하시오? 갑시다그려. 가는 결에 평양까지 가서 내 결혼식에 참례해주구려.”

“세메테(하다못해) 축전이라도 안 해주면 원망하겠소.”

부러 하루의 틈을 내어가지고 친구들을 찾아다니며 이런 인사로써 자기의 결혼을 잔뜩 선전을 해놓은 뒤에 몇몇 친구의 축하 만세 소리를 뒤로 남기고 용감스럽게 동경을 떠났겠지.

한데 작자 귀국할 때 별별 지혜를 다 짜내가지고 신부한테는 부러 귀국 일자를 통지하지 않았네그려. 혹은 결혼식 이삼 일 전에나 귀국하게 될는지, 이만치 알려두었네그려. 놈은 빈약한 두뇌로 연구하고 연구해서 애인을 기껏 놀래고 반갑게 할 예산이지.

그런데 뜻밖에 경성역에서 선비를 만났네그려. 사내도 깜짝 놀랐지. 계집도 깜짝 놀랐다.

“에그머니!”

계집은 그런 비명을 내고 눈이 멀진멀진 서 있었지

만, 그런데 당하면 역시 계집이 나아. 뒤이어 생긋 웃으면서,

"글쎄, 오늘쯤은 오실 것 같아서 예까지 마중 왔어요."
하면서 철수의 곁에 빈자리에 털썩 걸터앉았다.

감격…… 감격밖에야, 철수에게 무슨 다른 느낌이 있겠나. 철수는 감격에 넘치는 눈으로 정신없이 이 여신을 우러러보고 있었네그려.

"난…… 난……."
바보지. 반벙어리같이 중얼중얼.

"오시면 그렇게 소식도 없어요?"

"난…… 난……."

"몰라요. 사내란 다 그래요. 무정도하지."

"난…… 난……."

"내가 눈치 채고 나오지 않았더면 애인(작은 소리로) 오시는데 마중도 못 나올 뻔했지."

"난…… 난……."
신파 희극에 나오는 만남일세그려.

좌우간 서울서 후덕덕 평양까지 내려왔다 하자.

철수는 돈냥이나 있는 녀석, 게다가 신식 마누라를

얻으려고 기처한 녀석, 이번 결혼식에는 제 빈약한 두뇌를 통 짜내서 한번 잘해보려고 별 궁리를 다했지. 뭘? 후행은 일곱 사람을 세우기로 했다나? 그러니깐 남녀 합해서 열네 사람이지. ○○예배당에서 식은 거 행하기로 하고 거기 대해서 별별 플랜을 다 세웠다나. 행진곡에는 풍금은 너절하다고 오케스트라로 하기로 하고 신랑 신부가 탄 자동차가 길모퉁이에 나타만 나면, 보이스카우트들이 나발을 불어 환영하고 유치원 원아들이 축하 창가를 하고 활동사진 기계를 갖다 대고 그 광경을 촬영하고…… 우인의 두뇌로써 짜낼 만한 별별 지혜를 다 짜냈지. 그리고 알건 모르건 지명 명사에게는 모두 초대장까지 보내고…….

정월로 들어서면서부터는 친구들이며 그 밖 사면에서 프레젠트며 축사문이 며가 뻔히 들어오네. 놈팡이 코가 더욱더 버룩거리지.

한데 소위 결혼식 전날은 보조연습(步調練習)인가를 하지 않나? 음악에 맞추어서 식장까지 들어갈 발걸음의 연습일세그려. 정월 초나 흗날 신랑 각하 옥보를 신부댁까지 옮겼네그려. 오후 5시에 보조연습으로 ○○예배당으로 동부인하기로 약속을 해두었으니깐 4시 40분쯤 신부 댁까지 갔네그려. 그랬더니 굳게 약속해두었던 신부가 집에 없단 말이지. 신랑 눈이 퀭해가지고 한참 신부 댁에서 기다리다가 무료해서 그만 나오지 않았겠나. 그리고 막 대문 밖으로 나서려는데, 신부의 고모 되는 노파가 따라 나왔다나. 그리고 입을 꼭 신랑의 귀에 갖다가 댄 뒤에,

"○○여관으로 가보게. 아마 거기 있으리."

하더라고, 그리고 그 뒤는 혼잣말같이,

"Q인가 한 녀석이 또 왔다나."

하면서 집으로 도로 들어가버리더라고. 짐작컨대 고모는 조카딸의 품행 나쁜 것을 속으로 밉게 보았던 모양이지.

우인에게도 강짜는 있는 모양이야. 아무리 저편은 명사라고 아직껏 그 명사를 버리고 자기에게로 온 것을 자랑스럽게 생각하던 철수도 이 소리는 귀에 거슬렸다.

'떨어졌노라더니 아직도 붙어 있었구나.'

결이 잔뜩 나서 씩씩거리며 ○○여관 문 안에 쑥

들어서니 맞은편에는 낯익은 여자 구두가 놓여 있다. 하늘이 사람을 내실 때에 한 가지 꾀는 주셨으니, 작자 첨에 들어서는 결기로 봐서는 불문곡절하고 그 방으로 들어가서 한바탕 부숴댈 것 같았지만 그 결을 죽이고 문밖에 가만히 가서 들여다봤네 그려. 그러니깐 안에서는 별별소리가 다 나는데 혹은,

"인젠 영결이로구려."

혹은,

"친정으로 편지라도 자조 해줘요."

혹은,

"며칠 있다가 그 사람은 다시 동경으로 갈 테니깐 그때 또 만나러 와주세요."

아이구, 기가 막히지. 그 뒤에는 별별 몸부림 지랄 다 하네그려.

"마오도코미츠케타. 소노도코로오우고쿠나."[41]

가부키로 말하자면 이러고 미에를 기루할 장면일세그려. 그렇지만 놈팡이 가부키를 아나. 눈앞에 보

---

41) 서방질하는 것을 발견하였다. 그 자리에서 움직이지 말라

이는 게 구두짝일세그려. 구두가 한 짝 문을 깨뜨리고 그 방으로 날아 들어갔지. 그다음에 또 한 짝, 또 한 짝, 또 한 짝…… 네 짝 다 방 안으로 던진 뒤에는 구두가 없으니깐 이번엔 제 몸집을 방 안으로 던졌네그려. 그리고 거기는 일장의 활극이 일어났지.

"명사도 별 게 없데. 때리니깐 코피가 나던걸."

이게 놈팡이의 회고담. 좌우간 ○○학교 교장 명사 신사 Q씨는 조선 13도 사람이 다 모여든 여관에서 실컷 두들겨 맞고, 멋쟁이 하이칼라 송 양은 치마를 찢기고 잠방이 바람으로 제 집으로 달아나고…….

물론 파혼이지. 한데 신부 집도 꽤 깍쟁이데. 그사이 받았던 폐백이랑 예물을 그 밤으로 돌려보냈는데, 옷과 이부자리는 내일이 잔치니깐 물론 모두 지어두었을 것이 아닌가. 그걸 모두 도로 뜯어서 감으로 돌려보냈다나.

신랑 집에서는 파혼은 해놓았지만 큰 걱정일세그려. 음식 차렸던 것은 둘째 치고 내일 잔치하노라고 모든 친지들한테 알게 하고 부조 들어온 것도 착실히 받아먹고 했는데 잔치를 못하면 그게 무슨 망신인가.

그 가운데도 신랑 녀석은 동경에서 친구들한테 모두 알게 해놓고 내일은 축전이 적어도 사오십 장이 들어올 텐데 마누라를 못 얻고 그냥 홀아비로 동경에 들어가면 꼴이 되겠나. 다른 것보다도 그 체면상 큰 걱정이지. 자, 이 일을 어쩌나.

그런데 버리는 신이 있으면 구해주는 신이 있다고 한창 그 날 밤 야단이라고 욱적들 하는 판에 신랑의 아버지의 친구 되는 사람이 놀러 왔다가 그 걱정을 듣고 한 가지의 묘안을 꾸며내는데 왈,

"내게 딸이 하나 ○○군 보통학교의 훈도로 가 있는데 인물도 그만하면 얌전하고, 학교 선생님이니깐 지식도 상당해. 어떤가."

하는 겔세그려.

궁즉통야라. 이런 복이 하늘에서 떨어질 줄이야 어떻게 알았겠나. 큰 망신을 할 판에 누구든 와주기만 하겠다면 해주겠는데 게다가 인물은 얌전하다 학식도 있다 뭘 나무라겠나.

타협은 성립되고 그 밤으로 색시 아버지는 딸에게 전보를 쳤것다.

무슨 영문인지를 모르고 이튿날 딸이 올 게 아닌가. 새벽에 온 딸을 아버지는 일장 훈화를 한 뒤에 다짜고짜로 오늘로 예식을 들란다.

　　"신랑은 재산도 있다."

　　"조도전 대학 재학생이다."

　　"인물도 잘났다."

　　이런 조건을 들어가지고 아버지는 딸에게 권고를 하네. 딸은 우두커니 앉아 있더니 마지막에 하는 말이,

　　"다른 데에는 부족한 데가 없습니다. 그러나 일자가 너무 급박하니 체면상 오늘 말을 내어가지고 오늘이야 어떻게 예를 이루겠습니까. 하니깐 한 주일만……."

　　말하자며 예식일을 한 주일만 연기하면 다른 의의는 없단 말일세그려. 그렇지만 신랑 집 사정을 아는 아버지는 오늘 당장으로 시집을 가라네. 오늘 가라, 한 주일 뒤에 가겠다 한참 가사 싸움이 있은 뒤에 아버지 하릴없이 딸에게 지고 그만 신랑 집에 가서 그 일을 보고했네그려.

　　그러니깐 신랑 집에서도 완고히 오늘을 주장하네그려. 연기를 못할 바는 아니다. 그러나 하루 이틀을

연기를 한대도 한 주일씩은 못하겠다. 이게 신랑 측의 주장. 그럴 듯도 해. 아무리 겨울 음식이라 하지만 오늘을 목표로 삼고 만들었던 음식이니깐 한 주일을 어떻게 견디겠나. 게다가 혼인 예식을 하루 이틀은 무슨 핑계로든 연기하지만 한 주일을 연기할 핑계야 쉽겠나.

색시 아버지는 몇 번을 딸과 신랑 사이에 타협을 시키려다 못해 타협이 안 됐네그려. 딸은 할 수 없이 학교로 돌아갔지. 한데 갈 때도 미련은 꽤 남아 있었던 모양이야.

"못해도 나흘이야 연기……."

아버지에게 들리리만치 이런 혼잣말을 하면서 떠났다나.

그다음에는 신랑 집에서는 다른 방책을 쓸밖에는 수가 없구먼. 그래서 성 안에 있는 매파라는 매파는 죄 모아가지고 집안이 통 떨쳐나서서 색시를 구하러 다니네. 한데 웬 처녀가 그리도 많아. 식구 사오 명이 죄 나서서 시집갈 학생이라는 학생은 죄다 보았는데 역시 일자가 문제라. 색시와 일자 관계를 숫자로 나

타내자면,

　석 달 이상 기한: 8명

　한 달 내외 기한: 31명

　보름 내외 기한: 36명

　한 주일 기한: 16명

　닷새 기한: 16명

　합계: 107명

　이렇네그려. 이틀 안으로 오겠다는 사람은 하나도 없다. 그중 기한이 짧은 한 주일과 닷새의 서른두 명에게 몇 번 매파를 다시 보내서 오늘 밤이나 내

　일로 하도록 하자 해도 그것만은 차마 듣지를 못하겠는지 시원한 회답이 없어. 그것도 그럴 게야. 기생도 만난 첫날로는 좀체 몸을 허락하질 않는데 시집이야 그렇지 않겠나.

　예배당에서는 '축 결혼식', '김철수 송선비 만세', '너 좋겠구나',

　이런 축전들이 몰아 들어오는데 신랑 집에서는 색시 선택에 야단이지. 더구나 결혼식이 오후 6시라고 ○○예배당으로 결혼식 구경을 갔던 남녀노소들이

껌껌한 집만 보고는 그 연유를 캐자고 신랑 집으로 오네. 창피도 창피려니와 이 일을 어쩌겠나. 경사 집안이 경사 집안 같지 않고 이 구석 저 구석에서 수군수군하는 게 무슨 흉변이 있는 집안 같을세그려. 그러나 속수무책이라. 할 수 있나.

그때(역시 하느님은 고마워) 일도의 광명이 하늘에서 비쳤네그려. 웬 낯선 매파 하나가 통통 뛰어오더니 오늘 밤으로라도 시집을 오려는 색시가 있다 한다. 이게 웬 떡이냐. 이렇다 저렇다 잔말을 할 처지가 못 되지. 그래서 그게 정말이냐고 물으니깐 매파도 맹세 맹세 하면서 인제라도 곧 데려올 수가 있다네.

후…… 그 뒤에야 무슨 다른 여부가 있겠나. 청혼 허혼 벼락같이 끝나고 부랴부랴 예배당에 꽃을 장식한다 광목을 편다 보이스카우트를 부른다 후행들을 도로 청해서 예복을 입힌다 목사를 부탁한다 야단이지.

갑자기 하는 일이라 여자 후행을 구하기가 힘드니네 명만 신랑댁에서 구해주시오. 구할 수 없으면 있는 대로 합시다. 우리도 밤중에 갑자기 구할 수 없소.

이렇게 일곱 명을 세우려던 후행은 세 명이 되고 다른 것도 모두 예산대로 되지 않고 ○○예배당에는 아직 전등을 안 달았는데 본시 계획으로는 이날만은 임시 가설을 하려던 것인데 그것조차 그만두고 어두컴컴한 석유등 아래서 대스피드의 화촉의 전이 거행되게 됐네그려. 스피드 스피드 한달사 이런 스피드도 쉽잖을[42] 걸.

"남편은 아내를 버리지 말고."

"네."

"아내는 남편을 버리지 말고."

"네."

"쌈도 말고."

"네."

"때리지도 말고."

"네."

하하하하. 놈팡이, 신부의 얼굴도 아직 보지를 못했는데 소위 예물 교환이라나 있지 않나. 결혼반지 교

---

42) 쉽지 않을

환. 그때 손에 반지를 끼워주면서 힐끗 보니깐 머리를 푹 숙이고 있으니깐 면사포 틈으로 다 보이지는 않지만 하얀 이마와 하얀 콧등이 꽤 이뻐 보이더라나. 자식 코가 더 버룩거리지.

좌우간 이렇게 결혼식도 무사히…… 아니, 외려 성대히 끝났는데…… 그러니까 놈팡이는 환희의 절정에 올라가 있지 않겠나. 그런데 이 환희가 한 시간도 지나지 못해서 실망의 구렁텅이에 떨어지네그려. 간단히 결론을 하자면 결혼식을 끝내고 신부를 껴안고 집으로 돌아와서 면사포를 벗기고 보니깐 몇 해 전에 쫓아버렸던 놈팡이의 고처(古妻)라. 말하자면 놈팡이의 은혼식을 한 셈일세그려. 몇 해 전에 구식이라고 쫓아버렸던 고처하고 다시 신식 결혼을 했네그려.

놈팡이 열쩍었던지 이튿날로 동경으로 달아나고 말았다. 신혼의 재미도 보지 않고…….

한데 동경에서 나오는 기별을 들으니깐, 자식, 고처하고 다시 결혼식을 했단 말은 일절 내지도 않고 송선비와 결혼한 이야기며 송선비의 미덕을 선전하면서 돌아다닌다나. 그리고 더구나 그 결혼식 때 자기의 고처가 와서 방해를 해서 혼이 났노라며 방해하던 이야기도 여러 가지로 하더라나. 그만치 꾸며대기를 잘하면 소설가가 됐으면 성공하겠데. 하지만 놈팡이의 처지로 보면 또 그런 거짓말이라도 해서 자기라도 속여 둬야지 그렇지 않고야 망신스러워서 살겠나.

좌우간 재미있는 이야기야.

광공자[43]

걸핏.

방안에 앉아서 추녀 아래로 보이는 하늘을 무심히 우러르고 있을 때에 휙 지나간 것은—아무 의미도 없는 낙엽이든가, 그렇지 않으면 하늘 나는 새일 것이다.

소년이라 보자면 아직 소년이요 청년이라 보자면 넉넉히 한 개 청년이 되었을 나이의 공자. 현재 이 나라의 왕세자요 장차의 임금이 될 지존한 소년 공자였다.

오늘 우러르는 하늘이나 어제 본 하늘이나 같은 빛

---

43) 狂公子

[色]과 빛[光]의 하늘이었다. 명랑하였다. 밝았다. 장
쾌하였다. 천 년 전에도 그 빛이었을 것이다. 천 년
뒤에도 또한 그 빛일 것이다.

그러나 작년 이맘때, 꼭 이 자리에서 그 하늘을 우
러르던 그 날의 심경(心境)과 오늘의 심경은 왜 이다
지도 다른가.

"전하. 아버님. 상감마마."

속으로 두 번 세 번 불렀다. 공으로 보자면 임금이
요, 사로 보자면 아버님 되는 분을 속으로 부르고 또
부르는 동안, 이 소년(청년일까)의 눈시울로는 하염
없이 눈물이 흘렀다.

진실로 마음이 괴롭고 아픈 입장이었다.

어찌하랴.

지금 자기가 가지고 있는 이 동궁(東宮)이라는 지위
는 결코 아깝지 않다.

아깝지는 않으나— 가슴이 아팠다.

어떻게 하면 좋을까.

밝고 명랑한 하늘을 우러러보기는 하지만, 마음은
조금도 명랑하여지지 않는다.

아까도 겪은 바였다. 임금이요 겸하여 아버님 되는 분에게 아침 문안을 갔더니, 아무 까닭도 없이,

"너 같은 것이 장차 임금이 되었다가는 나라를 죄 망쳐 놓으리라."

책망이었다. 이것은 아버님과 아들, 더욱 맏아들이라는 사삿 인연으로 볼지라도 좀 지나치는 책망이거니와, 더우기 자기의 현재의 위가 세자(世子)이니만치, 세자에게 대한 대접으로는 더 못할 일이다. 그 위에 아무리 살펴 생각하여도 아무 책망들을 연유도 없는 것을….

아버님의 심경을 모르는 배도 아니다. 아버님은 세자의 위를 자기에게서 떼어서 셋째 동생 되는 충녕(忠寧)에게 주고 싶은 것이다. 그러나 그렇게 할 만한 구실(口實)이 없기 때문에 화와 역정만 내시는 것이다.

이씨 조선 건국된 지 겨우 이십 년 내외—근 오백 년 이라하는 짧지 않은 고려 왕씨의 사직을 둘러엎은 지도 날짜가 너무 얕아서 민심이 아직도 안돈되었다고 볼 수 없는 이때에, 장차의 왕위(王位)라는 문제로

써, 군신이요 부자지간에 감정이 얽히어 돌아가단 무슨 일인가.

민망키 짝이 없었다. 어서 '엣다, 받아라.' 하고 이 동궁의 위를 동생에게 내어던져 주고도 싶었다. 그러나 그렇지도 못할 내력이, 첫째로는, 말대(末代)까지, '까닭 없이 세자를 바꾸었다'는 악명을 부왕 전하께 듣게 하여도 안 될 일이요,

둘째로는, 현명한 동생 충녕이, 이 까닭 없이 돌아오는 세자의 위에 결코 서지도 않을 것이다.

그러니까, 이 위를 손쉽게 내어 놓을 수도 없었다. 그렇다고, 또한 그냥 모른 체하고 있자니 그도 그럴 수는 없는 노릇이, 첫째로는 자기도 잘 아는 부왕 전하의 성격이니 전일(부왕 전하께는 이복동생이요 동궁에게는 삼촌 되는) 방번과 방석이 왕위 때문에 부왕 전하께 해를 입었고, 그 뒤로(부왕 전하의 동복형 되는) 방간이 또한 같은 문제로 귀양을 갔다가 그곳서 세상을 떠났으니, 부왕 전하의 성격으로는 왕위 문제 때문에는 지친도 돌보지 않는다. 이즈음 왜 그런지, 동궁에게는 생명이라 하는 것도 그다지 귀하게

보이지 않아서, 자기가 죽고 살고 하는 것은 문제도 안 삼되, 악명(惡名)은 부왕 전하께 돌려보내고 싶지 않았고, 둘째로는 지금 부왕 전하가 내심에 점치고 있는 충녕(忠寧)이 인격이 비범하여, 장차 왕위에 오르게 되기만 하면 그 덕화가 도저히 자기 따위는 및지 못할 것 같았다.

비교적 숙성하고 뇌락활달한 위에, 또한 출중한 안목을 가진 동궁은, 다른 사람으로 보자면 아직 연이나 띄고 장난이나 할 나이지만, '사람을 알아볼 만한 안목'을 가지고 있었다. 이 안목에 비친 동생 충녕은 결코 상린(常鱗)이 아니었다.

그러한 입장에 있는지라, 한창 명랑할 나이에 명랑한 하늘 아래서도, 어둡고 침침한 기분만 느끼었다.

이렇게 지내기를 날이 가고 달이 가고 철이 바뀌었다. 가을이었다.

우수수. 한번 바람이 불 적마다 뜰에 떨어져 널리는 무수한 낙엽들은 춘방정감(春坊廷監)들이 일면 걷어 치우고 쓸어버리나 끝이 없었다.

문을 방싯이 열어 놓고 뜰에서 춤추는 낙엽들을 무

심히 바라보고 있는 동궁. 안색이 매우 초췌하였다. 무심히 뜰을 굽어보기를 한 각경… 두 각경….

이윽고 별감 하나이 뜰 아래 와서 국궁하였다.

"계성군이 행차하십니다."

"응."

동궁은 가볍게 머리를 끄덕이었다. 그리고는 몸을 일으켰다.

계성군(鷄城君)이라는 것은 동궁시강원(東宮侍講院)의 빈객(賓客: 벼슬이름, 正二品이다)으로서, 동궁께 왕자(王者)의 도를 시강하기 위하여 늘 춘방에 오는 것이었다. 고려 공민왕조에 재상 신돈(辛旽)의 서슬이 푸르렀을 때에 한 새 미관(微觀)인 정언(正言)으로 있어서 신돈의 방자함을 논박한 일로 유명한 이존오(李存吾)의 아들이요, 고려조에서 과거에 급제하였다가 이씨조까지 내려 와서 박포(朴苞)의 난리에 공을 세워서 봉군(封君)까지 된 사람이었다. 성명은 이래(李來)였다.

이 이래가 온다는 말을 들은 동궁은 자리에서 일어섰다. 그리고 문을 나서서 뜰에 내렸다.

때마침 이래는 궁문 안에 들어서는 것이었다.

동궁은 이래를 못 본 체하였다. 그리고 하늘을 우러러 두루 살피며, 매[鷹] 부르는 소리를 하면서 차차 후원으로 돌아갔다. 후원으로 돌아갔던 동궁은 그냥 매 부르는 소리를 연하여 하며 다시 앞으로 돌아왔다. 그 때까지도 이래는 하인을 뒤에 달고 그냥 근엄한 태도로 춘방 뜰에 서 있는 것이었다.

동궁은 이래의 직전(直前)을 그냥 통과하였다. 그러나 이래가 서 있는 것을 그냥 모른 체하고 하늘만 두루 살피며, 매 부르는 소리만 그냥 하였다.

"동궁 저하."

그러나 동궁은 못들은 듯이 그냥 매소리를 하면서 간다.

"동궁 저하."

이래는 뒤를 따라갔다. 연방 불렀다.

이렇듯 한참을 부르면서 뒤를 따르다가, 드디어 하릴없이 걸음을 빨리하여 동궁의 앞으로 나가서 동궁 쪽으로 돌아섰다.

"동궁 저하."

그때야 동궁은 비로소 빈객(賓客)의 참내를 인식한 듯이 놀라는 시늉을 하였다.

"아, 언제 오셨수?"

"벌써 아까올시다."

"흐. 나는 낙엽의 운치가 하두 좋길래 거기 정신을 잃고…."

이래는 허리를 구부린 채 조금 머리를 쳐들고 동궁을 우러러보았다. 잠시를 우러르다가 입을 열었다—.

"저하, 매의 소리는 왜 하셨읍니까?"

"?"

"아까껏 매의 소리를 하시니 그 까닭이 무엇이오니까?"

"매? 매가 무엇이오니까?"

"왜 그 사냥 다닐 때에 팔에 받고 꿩이나 토끼 같은 것을 차오는 새가 있지 않습니까. 그것이 매올시다."

"내가 평생에 매를 보지도 못한 사람이, 매소리를 어떻게 하겠소?"

이래는 다시 우러러보았다. 그 우러러보는 앞에서 동궁은 연방, 눈을 좌우로 굴리고 몸짓을 하며 안절

부절하였다.

"저하 어디 편찮으시오니까?"

"하늘을 한참 보았더니 눈이 좀 부시는구면요."

×

그 날 계성군 이래는 여러 가지 예사롭지 못한 모양을 동궁에게서 발견하였다. 글 배우기를 싫어하는 것이 현저하였다. 아직껏의 동궁은 한 글자라도 더 알려 하였고 한 구라도 더 깨달으려 하였거늘, 그 날은 웬일인지, 자기가 그 앞에서 강론을 하여도 듣는 듯싶지도 않았다. 한창 동궁의 앞에서 고성(古聖)의 가르침을 강론할 적에도 동궁은 우두머니 앉아 있다가는 뚱딴짓 말을 꺼내기가 예사였다. 이래가 한창 글뜻의 해석을 설명하고 있을 때에, 동궁은 갑자기 하인을 불러서 무슨 다른 일을 분부하기가 일쑤였다. ―말하자면, 이래는 이래 혼자서 이야기를 하고 있고, 동궁은 동궁대로 다른 생각을 하고 있는 것이 분명하였다.

이래의 생각에는 이것은 너무도 괴이한 일이었다. 시강을 끝내고 춘방을 물러나온 이래는 임금께 들어가 뵙고 "오늘 시강한 때에 뵈오니 동궁이 미령하신 듯하오니, 의관(醫官)을 보내어 진맥합시다"고 여쭈었다.

×

그 뒤로부터 동궁의 태도는 나날이 변하였다.

글 배우기를 싫어하였다.

단지 글 배우기만 싫어하였다 하면 그것은 문제가 다르게 붙으나, 행동거지가 차차 수상한 점이 많아 갔다.

단아한 공자였다. 문과 무에 어울러 능한 청년이었다. 그러나 지금의 동궁에 있어서는 '단아하다'는 점은 찾아보려야 찾을 수가 없었다. 한순간이라도 눈이 한 군데 멈추어 있는 적이 없었다. 두룩두룩, 두리편 두리편, 위아래 전후좌우로 움직이고 구을고 하여, 눈부터가 그러매 다른 행동도 거기 따라 내려앉지를 못하고, 남보기에 무슨 큰 죄나 범한 인물인 듯싶었다. 귀공자는커녕 천종 중에도 최천종 집 자식 같았다.

새덫을 뜰에 장치하여 놓아두었다. 그리고 시강원 좌우빈객이 한창 시강을 할 때에 새덫에 새가 와서 잡히기만 하면, 버선발로 뛰어 나가서 잡힌 새를 꺼내고 다시 장치하여 놓고 들어오고 하였다.

공식 조하 같은 때에 동궁이 반드시 대전을 모시고 조하를 받아야 할 경우 같은 때도, 오늘은 머리가 아파서 못하겠다, 오늘은 여사여사하여 못 모시겠다, 모두 회피하여 버리고 하였다. 그래서 사실 머리가 아프든가, 혹은 모 피할 만한 사세가 있는가 알아보면, 그렇지도 않고, 춘방에 누워서 딩굴고[44] 있거나 혹은 사냥을 나가거나 한 것으로서, 단지 피하기 위해서 꾸며낸 일시적 허언에 지나지 못하였다.

할 수 있는껏 부왕 전하를 대할 기회를 피하였다. 매일 조석의 문안도 대개는 시종을 대리시켰다. 부득

---

44) 딩굴고

이 뵙지 않을 수가 없는 때는, 잠깐 뵙고는 즉시로 물러나오고 하였다.

무론 이 모든 행동이, 세상으로 하여금 자기를 광인(狂人)으로 알게 하여, 공의(公義)에 좇아 저절로 폐사(廢嗣)가 되어, 첫째로는 부왕 전하께 '까닭 없이 동궁의 위를 바꾸었다'는 악명을 안 돌리고, 둘째로는 현명한 동생 충녕(忠寧)으로 하여금 이 백성의 위에 임하게 하여, 인군(仁君)의 덕화에 멱감기고[45] 싶은 때문에 하는 것이지만, 사실에 있어서도 부왕 전하께 대하기가 싫었다. 대하면 반드시 화증을 내시고 공연한 꾸중만 내리므로 할 수 있는껏 피하고 싶기도 하였다.

이러한 광태를 부리는 한편으로는, 또한 동궁으로서는 행하지 못할 난행까지 자주 하였다.

동궁이 어디 나가려 하면 반드시 노부를 차리어야 한다. 그러나 이 동궁은 그렇지 않았다. 춘방별감 한둘을 데리고 걸어서 밖에 나가기가 일쑤였다.

---

45) 멱감다: 충청도 사투리로 목욕을 하다의 뜻을 가졌다.

기생집까지 가는 일도 있었다.

밤에 단 혼자서 궁장을 넘어 나가, 계집을 찾아다니기까지 하였다.

×

이러한 광태와 난행이 나날이 더하여 감을 따라서, 물의(物議)도 차차 일어나기 시작하였다.

그러나 뜻있는 대신들은, 동궁의 난행이 왜 생겼는지를 짐작하고 동궁의 심경을 동정하고 은근히 이를 위로하는 일도 많았다.

그런 대신이 있는 한편에는, 또한 지금 임금의 심경을 짐작하고 손빨리(장차 십중팔구는 새 동궁으로 될) 충녕대군에게 미리 아첨을 하며, 또한 임금께는, "동궁이 여사여사한 난행이 있사오니 폐우입현(廢愚立賢)을 합시사."고 비위를 맞추어 드리는 사람도 많았다.

어떤 날, 그때의 이조판서 황희(黃喜)가 춘방으로 세자께 뵈러 왔다.

보통 혼자 있을 때에는 단아하다가도, 남이 오면 광태를 부리기 시작하는 동궁은, 홀로이 경서를 읽고 있다가, 황 판서가 온다는 바람에 책은 얼른 감추어 버리고 보료 위에 엎드려서 손으로 턱을 괴고, 열린 문창으로 밖을 내다보고 있었다. 격식에 의지하여 내관이 들어와서 아뢸 때도, 동궁은 그냥 엎드린 채 고개만 끄덕끄덕 하였다. 뒤이어 황희가 영외에서 절할 때도, 동궁은 본 체도 않고 뜰만 내다보고 있었다. 앉으라는 분부를 기다리고 황희가 그냥 읍하고 서 있음에도 불구하고, 동궁은 아는지 모르는지 뜰만 내다보고 있었다.

근시하는 내관이 민망하여 동궁께 채근을 하였다—.

"동궁전마마. 황 판서가 문안차로 오셨읍니다."

"응. 무사하다고 그러려무나."

황희도 민망하였다. 동궁의 심경을 아느니만치, 이렇듯 욕을 스스로 사려는 광태가 민망하기 짝이 없었다.

"동궁전마마. 날씨가 꽤 따스롭습니다."

황희가 하릴없이 먼저 입을 떼었다.

"그렇습디까? 나는 나가보지 않아서 모르겠는걸…."

동궁은 그냥 엎드린 채, 그냥 손에 턱을 괸 채, 그냥 뜰을 내다보면서 대답하였다.

동궁의 심경을 잘 알기에 괜찮지, 만약 심경을 모르는 사람이 이런 일을 담당하였다 하면, 얼마나 동궁을 욕을 하랴. 정이품 현임 이조판서에게 대하여 아무리 동궁이라 하나, 대하는 격식이 법률로 제정되어 있는데, 마치 하례배를 대하듯 하니, 욕이 돌아갈 곳은 동궁이다. 그것을 번히 알면서도 행하는 동궁의 가슴은 얼마나 아프랴. 황희는 한창의 장년으로써, 웬만한 일에는 격동이 되지 않을 사람임에도 불구하고, 그의 눈에서는 눈물이 솟아올랐다.

동궁은 한참 엎드려 있었지만, 본시 그런 습관 아래 생장하지 않은 사람이라, 몸이 거북하여 하릴없이 일어나 앉았다.

"아, 참 앉읍시오. 아직 서 계셨구먼. 그러면 서 있노라고 말씀을 할 게지. 그런데 황 판서 눈에서 물이 자꾸 떨어지니 그게 무슨 물이오?"

"저하!"

"?"

"저하께서는 왜 친히 대전께 문후하시기를 게을리 십니까?[46]"

그렇지 않아도 세자를 미워하는지라, 이 때문에 더욱 미워한다 보고, 이것을 간청하였다.

동궁의 대답은 간단하였다―.

"늙은이 냄새가 역해서 안 갑니다."

황희는 가슴이 서늘하였다. 부러 부리는 광태지만 좀 과한 말이었다. 임금의 성격을 잘 아는 황희에게는, 이런 말이 임금께까지 가면 '폐사'는 둘째 두고 어떤 일이 생겨날지 예측키 힘들므로서[47]였다.

지인지능(知人之能)이 있는 황희의 눈에 비친, 동궁과 충년대군 형제분의 우열(優劣)은 막상막하 난형난제였다. 동궁의 현철하기나 충녕대군의 현철하기나, 누가 더 낫고 누가 더 못하달 수 없으리만치 막상막하였다.

---

46) 게을리 하십니까?
47) 힘듦으로써

동궁의 위라 하는 것은 손쉽게 갈기 힘든 것이라, 약간쯤은 충녕대군이 우승하다손 치더라도 신중히 일을 행하여야지, 경솔히 폐립하는 것은 부당한 것이어늘, 더구나 막상막하한 이 형제분을 단지 부왕 전하의 애증(愛憎)으로써 변경하면 이는 말대까지 말썽을 남길 그릇된 일이다. 겉으로 광인을 가장하고 있는 이 동궁의 앞에, 황희는 묵연히 눈물만 흘리며 앉아 있었다.

×

어느 무르익은 가을날이었다.

임금은 편전(便殿)에 좌어하시고, 문무 재상들이 적지 않게 모여서 파탈하고 한담들을 할 때였다.

이 사람의 이야기, 저 사람의 이야기—순서 없이 귀를 기울이시며 밖을 내다보고 계시던 임금은, 저편 금중(禁中) 감나무로 안정을 옮기셨다. 거기는 감나무 몇 그루가 있는데, 잎은 모두 떨어져서 성기게 된 나무에, 감 여름만 새빨갛게 여러 알이 달려 있었다.

그런데 가마귀[48] 몇 마리가 거기서 감을 쪼아 먹고 있다.

임금은 좌중을 둘러보셨다.

"누구, 여기서 저기 저 감나무에 앉은 가마귀를 쏘아 맞힐 사람이 없는가?"

문신(文臣)은 무론 나서지 못하고, 장신 무신 중에 누구든지 장담하고 나서려니 하고 물으신 것이었다. 일찌기 태조대왕이며 퉁두란이며 이런 명궁수(名弓手)를 익히 보신 임금은, 저기 저 가마귀쯤은, 그다지 힘들지 않으리라고 보셨던 것이었다. 그랬는데 장신이며 그 밖 무신들도 막막하여 나서는 사람이 없었다.

"어디 누구 없소?"

임금은 한 번 채근까지 하셨다. 그러나 여전히 나서는 사람이 없었다. 임금은 속으로 약간 후회하였다. 공연한 말씀을 꺼내어 신하들을 무안을 준 것이었다. 그러는 한편에는 차차 문약하여진 세태가 근심도 안

---

48) 까마귀

되시는 것이 아니었다.

공연한 문제가 나서 좌중이 맥맥해 있을 때에, 황희가 이 침묵을 깨뜨렸다—.

"조중 무부들 가운데는 맞힐 자가 없겠읍니다. 당대에, 저렇듯 먼 곳에 있는 더구나 날짐승을 쏘아 맞힐 분은, 오직 우리 동궁 저하 외에는 없소리다."

좌종은 모두 기운이 폈다. 세자면 넉넉히 맞히지만, 세자 이외에는 맞힐 자 없다는 것이 일치된 의견이었다.

즉시로 세자를 부르셨다.

너, 저기 저 가마귀를 넉넉히 쏘아 맞힐테냐?"

본시 밉게 보시기 때문에 세자를 대하면 화만 내시는 임금은, 역시 용안을 찌푸리시고 물으셨다.

"쏘아는 보리다만, 웬걸 명중하리까."

대답은 이러하였다. 그러나 그맛껏은 못 맞히겠읍니까는 의미는 분명하였다.

등대되는 활을 잡고 한번 퉁겨본 뒤에, 겨냥을 하여 줄을 놓아 주매, 소리 내며 날아간 살은, 한창 감을 쪼아 먹는 가마귀 두 마리를 한꺼번에 꿰었다. 임금도 약간 미소하셨다. 동궁에게 대하여 여러 해 만에 보이신 미소였다.

"저하 같으신 문무 겸전하신 분을 동궁으로 모신 이 나라는, 반석 위에 앉은 것 같습니다."

황희의 드리는 축하— 여기는 '이러니까 동궁을 바꾸어서는 안 됩니다.'는 뜻이 다분히 포함되었다. 그 뜻을 알아보시고 용안에는 도로 불쾌한 안색을 나타내셨다. 이날에 생긴 이 맛일 때문에 마음에 깊이 잡수셨던 생각—폐사(廢嗣)가 번복될 리가 없다.

×

무술년에 들어서면서는 동궁의 난행이 더하여 갔다. 그 전해에, 춘방에 잡인배들이 너무 많이 다닌다고, 잡아서 몇 사람은 주(誅)하고 몇 사람은 찬(竄)하고 하였지만, 그냥 잡인배는 연락부절하고 세자가 몰래 나다니는 도수도 더 늘었다.

일찌기 고려조의 신하로 있어 본 일이 있는 임금은 지금은, 단지, 언관(言官)들이 상소가 있기를 기다릴 따름이었다. 어느 시대에나 그런 신하가 있는 것과 마찬가지로, 단지 임금의 뜻에 맞추기 위하여 동궁의 난행을 가지가지로 들어가지고 폐사합시사고 상소를 할 신하가 무론 여럿 나타날 것이다. 그러면 임금께서는 몇 번 그것을 물리쳐 보신 다음에 '공의에 좇아서'라고 폐사를 하실 생각이었다.

기는 무르익었다. 억센 성격의 주인이신 이 임금은 일단 사람을 밉게 보기만 시작하시면 그냥 끝까지 밉게만 보아서, 동정심을 결코 일으키시지 않았다. 세자의 이즈음의 난행의 연유를 번히 아시면서도, 그 심경을 동정하는 생각은 일어 보시지를 않고, 하루바삐 폐사가 되지 않는 것을 조민하게 생각하실 뿐이었다.

세자는 때때로 홀로이 밤을 새면서 울었다.

세자의 위가 그냥 그리워서가 아니었다. 말대까지 들을 자기의 악명(惡名) 때문이었다. 폐사는 지금은 눈앞엣 일로서, 오래 기다리지 않아서 반드시 이를 것이다. 그렇게 되면, 사가(史家)는 이 사실을 어떻게 기록하여 남길까.

오래 생각할 것도 없었다.

'世子[세자], 不務學業[불무학업], 淫於聲色[음어성색], 溺於娼女[익우창녀], 不得己廢嗣[부득기폐사]'

무론 이렇게 적을 것이다.

천 년 후, 만 년 후까지도 이 악명을 들어야 하나. 학업에 힘쓰지 않았다 하지만 지금 보통 문신(文臣)들은커녕 유신(儒臣) 가운데서라도, 세자 자기를 당할 만한 학문의 소유자가 극히 드물리라는 점은, 세자 스스로도 굳게 믿는 바이었다. 무(武)에 있어서도 궁술 검술 등 무기(武技)를 비롯하여, 삼군을 지휘할 병법 전법에 이르기까지, 세자 자기를 당할 무신(武臣)이 쉽지 않으리라는 점도 굳게 믿는 바였다. 단지 이 세상에 지금 자기가 폐함을 입으면 그 자리에 올라설 충녕(忠寧) 한 사람이 자기보다 우승하지, 그밖에는 자기를 당할 사람이 없을 것이다.

이러한 자기가 장래 영구히 '학업에 힘쓰지 않아서 폐사되었다'는 악명을 쓰는 것은 과연 억울하였다. 이 억울한 점을 생각하면서 밤이 새도록 느껴 우는 일이 많았다.

더우기 이즈음 소위 공론(公論)이라는 것이 차차 일어나는 모양이었다. 그 소위 '공론'이라 하여 '세자는 학업에 힘쓰지 않고, 성색을 좋아하고, 여사여사하니 폐합시사'고 상소하는 무리들도 번히 자기의 심경을 안다.

더우기 유신(儒臣)이라 하며, 소학 한 절도 똑똑히 외지 못하는 무리 가운데 '공론'을 세우는 자가 더 많은 것을 볼 때에 그런 무리에게 악명을 쓰는 것이 더 억울하였다.

"전하. 아버님. 동궁의 자리는 아버님의 뜻대로 충녕에게 주겠사오니, 악명 하나만은 모면케 해 주십시오."

밤을 울어 새우면서 부르짖는 이 하소연을, 부왕 전하는 모르시는지….

×

드디어 '공론'이 공공히 일어날 때가 왔다. 무술년 유월이었다.

공론이라는 것이 일어나기는 하였지만, 누구나 다 동궁의 억울함을 아는지라, 크게 떨치지는 못하였다. 하릴없이 임금께서는, 좀 더 공론을 재촉치 않을 수가 없게 되었다.

어느 날 임금을 모시는 신하들에게,

"동궁이 너무 실덕(失德)을 해서, 동궁은 폐하고 동궁의 맏아들(즉 당신께는 맏손주)을 세울까보오."

이런 말씀을 하셨다. 여기 대하여 모였던 신하들은,

"전하께서 친히 동궁을 교양키를 무소부지하여왔지만 그래도 실덕을 하옵는데, 인제 동궁의 손 아래서 길러난 어린 손주님이 당하겠읍니까. 더우기 아버지를 폐하고 그 아들을 세우신다는 것은 의(義)에도 옳지 못하옵니다."

하였다.

"그럼 어떻게 할까. 내 여러 아들 중에 누가 가장 현철해 보입디까."

"지자지신(知子知臣)은 막여군부(莫如君父)올시다. 성심에 달렸을 따름이옵니다."

이리하여 군신의 새에는, 폐립문제가 이야기 거리

가 되었다.

이리하여 비공식으로 폐립은 결정이 되었는데, 이 폐립에 희생된 사람이 둘 있었다.

하나는 황희였다.

황희는 이조판서로 있어서 여러 번 임금께, 폐립 하실 생각을 중지하시라고 간하다가 임금의 노염을 사서, 공조판서(工曹判書)로 좌천이 되었다가, 다시 평안도 도순문사(都巡問使)로 떨어졌다가, 폐립이 결행될 때에 서인(庶人)으로 떨구어, 교하(交河)로 쫓았다가, 대간(臺諫)이 청죄를 하여 또다시 남원으로 옮겼다.

이직(李稷)도 또한 판서로서 폐립을 반대하다가 귀양을 갔다.

그때에 벌을 받은 이 두 사람은 그 뒤 새 임금은 서신 뒤에도 그냥 죄를 벗지 못하였다가, 상왕(그들을 벌주신 임금) 승하하신 뒤에야 불려서 새 임금의 명신이 되었다.

이렇게 비공식으로 폐립이 작정된 이삼 일 후에, 삼공 육경 삼공신 문무백관 종친이 쭉 늘어서서 동궁

폐하기를 계상하였다.

오래 벼르던 일은 여기서 비로소 성공을 하였다. 동궁은 폐하여 양녕대군(讓寧大君)이라 하고, 충녕대군을 동궁으로 책립하고, 폐세자 양녕대군은 광주(廣州)로 내쳤다.

유월에 동궁을 갈고, 그 해 팔월에 임금은 은퇴하셔서 상왕(上王)이 되시고, 충녕대군이던 동궁이 새 임금으로 보위에 앉으셨다.

이 새 임금이 세종대왕이시다.

양녕대군을 폐한 교서에 하기를,

"현(賢)한 자로써 사를 삼는 것은 고금의 대의요, 죄가 있으면 폐하는 것은 국가의 항규라. 과인이 일찌기 맏아들 되는 제(禔)로서 동궁을 삼았더니, 나이가 차도 글 배우기를 싫어하는 위에 더우기 성색을 좋아하는지라, 그러나 과인의 생각으로는 나이가 더 들면 고치려니 하였더니, 나이 이십을 지나면서는 더욱 자심하여 부량 잡배들과 사통하기가 과심하므로, 지난해 봄에 복주(伏誅)한 자로 여럿이 되더라. 그때 동궁은 자기의 잘못을 모두 써서 종묘에 고하고 과인에게도 상서하여, 회개하는 듯싶더니, 얼마 안 지나서는 또 간신 한로(漢老: 동궁의 장인이다)의 꾀를 받아서 난행이 다시 여전하게 되더라. 이에 과인은 부자의 은으로 한로와 거래를 못하게 하였더니, 동궁은 회개는커녕 도리어 원망하는 생각을 품고 분연히 상서하는데 그 글뜻이 매우 패만하여 군신의 예가 전혀 없더라. 정부, 훈신, 육조, 대간, 문무백관이 합사서장하여 써하되, 동궁의 행동이 사직을 잇지 못할 것 같고 충녕대군은 영명공검하고 효우온량하며 학업에 힘써서 가히 동궁의 직을 감당하리다 하기에, 과인은 그 말을 좇아서 동궁을 폐하여 광주로 내어쫓고 충녕대군을 세워서 세자를 삼노라. 운운."

×

충녕대군이 왕위에 오르시고 당신은 상왕이 되셨으니 상왕의 희망은 다 폈다. 그러나 상왕이 맏아드님을 미워하시는 생각은 결코 변하지 않아

"나는 이제부터는 양녕(讓寧)을 아들로 보지 않을

터이니, 법에 걸리거든 정부에서 잡아와도 좋고 육조에서 잡아와도 좋다. 법대로 시행하라."

고까지 분부하셨다. 내의(內意)는 좀 잡아 골려다고 하시는 뜻이었다.

×

고금동서에 다시 보기 힘든 명군 세종대왕은, 이러한 불상사를 보신 뒤에 등극을 하신 분이다.

이 아우님을 보위에 모시기 위하여, 스스로는 광주(廣州)로 쫓겨난 양녕.

인제는 속세의 온갖 군잡스러운 문제를 다 털어버리고 나선, 그야말로 인선(人仙)이었다.

단지 아직도 남아 있는 근심은 소인배들의 잡간이었다.

지금은 임금이 되신 동생의 효우(孝友)하시는 마음을 잘 아는지라, 그다지 염려할 것은 아니지만, 그래도, 잡인배의 잡간이 과하면 아우님의 성덕(聖德)에 누가 및는 일이나 안 생겨날까.

"지금 광주에 가 있는 양녕은, 여사여사한 비행이 있는 사람이오니, 멀리 귀양을 보냅시사."

혹은,

"양녕이 폐사가 된 것을 분히 여겨서, 지금 누구누구를 끼고 못된 생각을 먹고 못된 일을 하려 하오니 잡아다 주(誅)하십사."

무론 그런 무리가 많을 것이다. 그래야만 새 임금이 신임을 하여줄 줄 알고 그런 참소를 하는 소인배가 많이 생겨날 것이다.

아우님을 잘 알거니, 웬만한 참소가 들어갈지라도 움직이지 않으실 줄 짐작은 하지만, 그래도 참소가 과하여 성덕에 누가 밎는 일이 생겨나면 어쩌나.

어떤 명랑한 날 아침이었다. 한가하고 자유로운 신문인 양녕은, 즐기는 사냥이라도 나가볼까 하고 그 준비를 시키고 있을 때에, 대궐에서 별감이 달려왔다. 동교(東郊)까지 좀 오라는 것이었다.

임금은, 지금 광주에서 외로이 있을 형님을 생각하시고, 오래간만에 한 번 만나고 싶으신 생각도 간절하시어, 그 날 갑자기 동교의 추경(秋景)을 보러 갈

노부를 꾸미게 하시면서, 일변 먼저 형께 동교로 와 달라고 별감을 보낸 것이었다.

양녕대군도 웬 영문인지 모르고 가마를 동료로 달리고, 정부 백관들은 단지 단풍구경 놀이로 알고 따라갔다.

그랬더니, 동교에는 대궐에서 먼저 보낸 하례배들이 잔치를 차리고, 광주 적소(謫所)에 있어야 할 양녕대군이 또한 그리로 온 것이었다.

임금 형제분은 그 새 막혔던 소회도 풀며 유쾌한 하루를 보내고, 저녁에 임금은 대궐로 양녕은 광주로 각각 헤어졌다. 작별 때에 임금은 삼연히 눈물까지 흘리셨다.

그 날 밤 양녕은 적소의 달을 우러르는 비창한 감회를 처음으로 느꼈다. 그 새는 그런 것도 그다지 느껴지지 않더니 오늘 아우님을 뵙고 돌아오매, 자리의 냉락하기가 짝이 없었다. 하늘 나는 기러기의 소리가 유난히도 구슬프게 들리고, 어디서 누가 부는지는 모르지만, 멀리서 들려오는 단소의 소리가 가슴에 서리기 한이 없었다.

아버님 어머님이 그냥 생존해 계시고, 아우님이 임금으로서 그 위에 지극히 효우(孝友)하시고, 자기 또한 아무 죄도 없거늘, 무슨 까닭으로 이렇듯 적소에 와 있지 않으면 안 되는가.

객회가 지극한 가운데 한편으로는 근심되는 일이 또한 있었다.

오늘 눈치로 보매, 임금은 오늘 자기와 동교에서 만날 것을 재상들한테 예통을 안 하였던 모양이다. 아까도 말썽 잘 부리는 언관들이, 좋다고 먹기는 먹으면서도 수군거리는 눈치가 수상한 데가 있었다. 오늘의 문제 때문에 말썽꾸러기 유신들에게 곤경이나 겪지 않으실까.

근심, 객회, 뒤서리어 양녕은 그 날 밤 한잠을 못 이루었다.

×

이튿날 과연 정부에서는 문제가 일어났다. 안 됩니다 하는 것이었다. 국왕이 죄인을 접견하시는 것은 안 됩니다, 이것은 논지였다.

임금에게만 그러는 것이 아니었다. 오늘 입시한 신하 중에, 우의정 맹사성(孟思誠)과 형조참판 신개(刑曹參判 申槩)는 임금께 '안 됩니다' 소리를 안 하였다고까지 말썽이었다.

"맹사성은 정승으로 앉아서, 신개는 법조(法曹)의 당상(堂上)으로 앉아서, 불가한 일을 보고도 아무 말도 없으니 그 연유를 설명하라."

는 것이었다.

맹 정승은 거기 대하여,

"이전에 일찌기 양녕을 보시지 말라고 계상한 일이 있어서 어제는 가만 있었노라."

고 대답하고, 신 참판은,

"본시 풍절이 없으니 이미 때가 늦었는지라, 법대로 죄를 받겠노라."

고 하였다. 그리고 두 사람이 사직을 하였다.

이렇게 벌어지는 사건을 임금은 겨우 진정시키셨다. 그리고 속으로 탄식하셨다. 신하로 국록을 먹는 것들이, 임금께 간할 다른 말이 없어서, 이런 것을

가지고 이렇듯 으르렁거리는가…고.

×

연해 연방 양녕에 대한 참소가 임금의 앞에 들어
왔다.

사헌부, 사간원, 정원, 홍문관, 이 무리들에게서 끊
임없이

"양녕을 국문합시사."

"양녕을 죄를 더 줍시사."

"양녕에게 대접이 너무 후합니다."

뒤를 이어서 들어오는 이런 의논에 임금은 언제든
힘 있게 머리를 가로저으셨다. 한 번은 김종서(金宗
瑞)가 또 그 이야기를 꺼낼 때, 임금은 마치 어른이
어린애를 타이르듯이 이렇게 대답하였다—.

"여러 번째 양녕의 일로 말하지만, 이것은 내 마음
을 잘 모르는 까닭인 모양이외다. 천륜의 순서로 보
자면 지금 내가 누리고 있는 위가 양녕의 것이 아니
오? 그것을 지금 내가 누리고 있느니만치, 미안하고

거북한 생각은 가졌을망정, 조금이나 미워하거나 의심할 생각은 없소이다. 게다가 형제의 정의로 보자면 저 필부(匹夫)들도 저의 형제끼리 서로 좋은 것은 드러내 주고, 나쁜 것은 감싸주며, 어떻게 불행히 죄라도 지어서 관가에 갇히면 뇌물을 써 가면서 애걸을 하면서 구해내려고 힘쓰지 않우? 그게 형제의 정의라는 것인데, 내가 임금으로 앉아서 한낱 필부만도 못해서 되겠소? 더우기 이 위가 본시 내 형의 것이었는데…. 장차 상왕 전하의 노염만 풀리시면 서울로 모셔다가 매일 만나 보겠소."

그리고 누구가 무슨 말을 하든간데, 그것이 양녕에게 관한 일이라면, 절대로 안 들으셨다.

이 갸륵한 신하들은 양녕과 무슨 원수를 그렇듯 지었든지 양녕의 아들 때문에까지 문제가 생긴 일이 있었다.

형 양녕에게 미안한 생각을 품으신 임금은, 양녕의 아들이 약간 자라는 것을 보시고, 순평군(順平君)이라 봉군(封君)을 하시고 무슨 직에 붙여주려 하셨다. 그러매 대간이며 정부에서 들고 일어나서,

"양녕의 아들도, 저의 아비 있는 데로 내쫓읍시다. 벼슬이란 절대로 안 됩니다."

고 야단이었다. 임금은

"양녕은 종사에 죄를 지었으니 하릴없이 내보냈거니와, 내 조카야 무슨 죄가 있는가."

고 하셨다. 그러나 너무들 야단을 하므로 마지막에는 성 밖에 나가 살게 하였다.

이렇게 지나기를 여러 해— 이 신하들도 마지막에는 드디어 알아차렸다.

이 임금께는 양녕을 참소한다고 더 사랑을 받지를 못할 뿐 아니라, 도리어 그 심정만 보이는 것에 지나지 못함을—. 그리고 그 뒤로부터야 비로소 양녕 참소의 주둥이가 닫혀졌다.

×

수년간이라는 세월이 흘렀다.

배소의 양녕은, 그것만을 눈을 크게 하고 기다리고 있었다. 자기가 자기의 몸을 빼내고 대신 모신 이 임금이, 과연 자기의 본 바에 벗어나지 않아서 훌륭한 치적을 남기실까. 혹은 부왕 전하의 노염을 무릅쓰고라도 그냥 자기가 버티어서 자기가 임금이 되었던 편이, 이 백성들에게 이(利)로웠을까.

눈을 크게 하고 기다리던 업적은 차차 나타났다.

가로되 집현전 설치.

가로되 찬술과 제작.

가로되 국문 창제.

가로되 육진 개척. 무엇…. 무엇….

찬란한 이 임금의 업적은, 끝이 없이 뒤밀리어 나왔다.

신하에는 명신도 열신(劣臣)도 없었다. 이 임금의 아래 가만 있기만 하며, 저절로 명신이 그렇게 되는 것이었다.

어디서 그렇듯 훌륭하고 많은 안(案)이 뒤밀려 나오는지. 임금이 급급히 돌아가는 것도 아니었다. 신하들을 못 견디리만치 구사(驅使)하는 것도 아니었다. 흥그럽게 시키시는 일을, 흥그럽게, 지휘하시는 대로만 하여 나아가면, 한 개의 훌륭한 업적은 생겨나고 하는 것이었다.

이조 오백여 년— 임금의 덕화가 향대부(鄕大夫)의
이하인 서민(庶民)에게까지 미쳐본 임금은 이 분 단
한 분뿐이다. 오백여 년간에, 정치가의 업적으로서
서민에게까지 미쳐본 이는 흥선대원군(興宣大院君)
이하응(李昰應)뿐이었다.

근 삼십대의 임금이 군림하셨고, 그 가운데는 명군
현군도 많으셨지만 임금의 덕이 서민에게까지 내리
는 적이 이 임금의 대 이외에는 없었다.

'광인(狂人)'이라는 악명을 쓰면서 '불무학업하고
음어성색이라'는 욕을 들으면서, 이 임금을 군주로
용상에 모신 양녕은, 이 임금의 나날이 진척되는 업
적을 바라보면서, 자기는 결코 헛되이 악명을 쓰지
않았노라고 자기에게 대하여 큰 소리로 자랑할 만한
자신이 넉넉히 생겨났다.

"아아, 충녕아, 동생아, 전하여. 만수무강하시옵소
서. 만수무강하시옵소서."

영구히 벗지 못할 악명을 쓰고도 양녕은, 만족하였
다. 뿐만 아니라, 내가 악명을 쓴 덕에 너희는 고금에 다시없는 훌륭한 임금을 가졌다고, 남산 꼭대기에 올라서서 고함지르고 싶은 충동을 참기가 힘들었다.

(『野談』, 1937.12)

구두

"흰 구두를 지어야겠는데……."

며칠 전에 K양이 자기의 숭배자들 가운데 싸여 앉아서 혼잣말 같이 이렇게 말할 때에 수철이는 그 수수께끼를 알아챘다. 그리고 변소에 가는 체하고 나와서 몰래 K양의 해져가는 누런 구두를 들고 겨냥을 해두었다. 그런 뒤에 손을 빨리 쓰느라고 자기는 일이 있어서 먼저 실례한다고 하고 그 집을 나서서, 그 길로 바로(이 도회에서도 제일류로 꼽는) S양화점에 가서 여자의 흰 구두 한 켤레를 맞추었다.

그리하여 오늘이 그 구두를 찾을 기한 날이었다.

조반을 먹은 뒤에 주인집을 나서서(이발소에 들러서 면도나 할까 하였으나)시간이 바빠서 달음박질하다시피 구둣방까지 갔다.

구두는 벌써 되어 있었다. 끝이 뾰족하고 뒤가 드높으며 그 구두 허리의 곡선이라든지 뒤축의 높이라든지 어디 내놓아도 흠잡힐 점이 없이 잘 되었다. 도로라 하는 것이 불완전한 이 도회에는 아깝도록 사치한 구두였다.

"이쁘게 됐습지요."

"그만하면 쓰겠소."

수철이는 새심으로 만족해 구두를 받아가지고 그 집을 나섰다.

"수철군, 어디 가나?"

구둣방을 나서서 좀 가다가 자기를 찾는 소리에 돌아다보았다.

거기는 '거머리'라는 별명을 듣는 치근치근한 친구 ○가 있었다.

"저기 좀……."

"그 손에 든 건 뭔가?"

"이것?"

수철이는 구두곽을 높이 들어 보였다.

"구둘세"

"구두? 자네 구두 아직 멀쩡하지 않나?"

"후보가 있어야지. 아차 도적맞는 날이면 뒷간 출입도 못하게……."

"한턱내게. 구두를 둘씩 짓고……."

수철이는 논리에 어그러지는 소리를 하는 사람이라고 생각하였다. 구두가 두 켤레면 한턱내야 한다는 이론은 없을 것이었다. 그러나 한번 달려든 다음에는 먹기 전에는 떨어지지를 않는 ○를 생각해볼 때에 한 접시의 양식으로 얼른 떼버리려고 생각하였다.

그들은 그 근처의 어떤 양식점으로 갔다.

와 작별하고 그사이 ○ ○ 때문에 허비한 시간의 몇 분이라도 회복할 양으로 바쁜 걸음으로 K양의 집까지 이른 수철이는 막 들어가려다가 중대문 밖에서 멈칫 섰다. 대청에 걸터앉아 있는 K양의 그림자를 걸핏 본 때문이었다. 그리고 그 곁에는 머리를 땅에 닿도록 숙이고 있는 (역시 K양의 숭배자의 하나인) T가 있었다.

수철이는 몰래 중대문 틈으로 들여다보았다.

"?"

T가 머리를 숙이고 있는 것은 결코 사랑을 구하는 러브신이 아니었다. K양은 다리를 뻗치고 있고, T는 K양의 발목을 잡고 새로 지어온 흰 구두를 신겨주고 있는 것이었다.

"맞아요?"

"네. 꼭 맞는걸요."

내 것이 더 맞을걸. 수철이는 성이 독같이 나서 씩씩거리며 발소리 안 나게 그 집을 뛰어나왔다.

수철이는 공원으로 갔다.

"○ 때문에 늦어졌다."

그는 연거푸 성을 냈다. 성이 삭아지려는 때마다 다시 구두곽을 보고 성을 돋우고 하였다.

동시에 그에게는 그 선헌권(先獻權)을 앗긴 구두가 차차 보기가 역해오기 시작하였다. 성을 돋우려고 그 구두곽을 볼 때마다 고통이 차차 더하였다.

"이 구두를 얻다 내다 버리자."

두 시간 남짓 벤치에 우두커니 앉아 있다가 그는 구두곽을 벤치에 놓은 채로 슬그머니 일어서서 공원

밖으로 나섰다. 그러나 그가 급기야 공원을 나서려 할 때에 누가 그를 찾았다.

"나으리, 나으리."

돌아다보니 거지였다.

"없어!"

그는 그냥 가려 하였다.

"나으리. 이것 잊어버리신 것 가지구 가세요."

다시 돌아다보니 거지는 그가 슬그머니 놓고 온 구두곽을 들고 따라온다.

"자네 가지고 싶으면 가지게."

"천만에 말씀이올시다."

수철이는 홱 돌아서면서 그 곽을 빼앗고, 20전을 거지에게 던져 주고 뒤도 안 돌아보고 달아났다.

그 날 밤에 수철이는 빈손으로 집에 돌아와서 네 활개를 펴고 누웠다. 아까 활동사진 구경을 가서 그 곽을 교자 아래 넣은 대로 돌아온 것이었다. 그러나 그 안심이 오랫동안 계속되지를 못하였다.

이튿날 아침, 수철이가 막 조반을 먹고 나가려는데 그 양화점의 사환이 찾아왔다.

"나으리, 어제 활동사진관서 이것을 잊고 가셨더라구 사진관에서 오늘 아침 우리 집에 보냈습디다."

"그게 뭐야?"

"어제 지어 가신 부인 구두올시다."

그만 수철이는 성이 왈칵 났다.

"너 가져라! 갖다 팔아먹든 어쩌든 마음대로 해라."

사환은 씩 웃었다.

"여기 두고 갑니다. 한데 활동사진관 아이에게 50전을 주었는데요."

수철이는 주머니에서 70전을 내어서 던져주었다. 그러나 만약 예의라나 도덕이라나가 없다 할지면 수철이는 70전의 대신으로 70번을 쥐어박기를 결코 사양하지 않았을 것이었다.

수철이는 곽을 들여다가 끌러서 속을 꺼내보았다. 뾰족한 코, 드높은 뒤축, 곱게 곡선을 지은 윤곽, 어디로 보든 흠할 곳이 없는 구두였다.

"T란 자식, 죽여주리라."

그는 들창을 열고 그 구두를 홱 밖에 던지려다가 다시 생각을 돌이키고 주인집 딸아이를 찾았다.

"애야, 순실아."

"네?"

계집아이가 왔다.

"너 몇 살이냐?"

"열두 살이에요."

"너무 적군."

그는 구두를 내려다보았다. 그리고 계집애의 발을 보았다. 이렇게 서너 번 번갈아 보고, 수철이는 계집애의 발밑에 그 구두를 던졌다.

"에따, 너 가져라. 이담에 시집갈 때 신어라."

계집애의 눈은 동그랗게 되었다. 동그랗게 된 눈으로 수철이와 구두를 번갈아 보다가,

"싫어요."

하고 나가려 하였다.

"정말이다. 가져!"

"싫어요!"

"계집애두. 어른의 말을 들어야지. 못써!"

그는 구두를 주워서 계집애의 가슴에 안긴 뒤에 내쫓았다. 그리고 기다란 안심의 숨을 내쉬고 일어

섰다.

"저 계집애가 인제 자라서 저 구두를 신게 되도록
은 다시 내 눈에 안 뜨일 테지."

그는 하루 종일을 유쾌히 지냈다.

'구두를 처치했다.'

그것은 오랫동안 미궁에 들어갔던 사건이 해결된
것과 같은 기쁨이었다.

이튿날 아침, 늦잠을 깬 수철이는 어느 틈에 머리맡
에 갖다놓은 몇 장의 편지를 보기 시작하였다. 첫 장
은 어떤 친구의 결혼식 초대였다. 둘째 장은 출판회
사의 서적 목록이었다. 셋째 장은 무슨 자선회의 기
부 권유였다. 그는 그것을 차례로 집어던지고 넷째
장의 봉을 찢었다. 그것은 시골 사촌 누이동생의 편
지였다.

오래 막혔었나이다.

일기 차차 더워오는 이때에 오빠께서는 객지에 내
내 건강히 지내시는지 알고자 하나이다. 이곳은 다
평안하오며, 수남이는 벌써 고등학교에 입학하였사
오며 수동이는 금년 봄…… 수복이는 글을 배우느라

고……. 수천이는 쉬운 말은 다…….

"무슨 소리야. 좁쌀 쌓아서 먹겠네."

그는 몇 줄을 건너뛰었다.

……되었사오매, 인제는 학생 시대와도 달라 좀 몸치장도 해야겠는데 오빠도 아시다시피 이 시골에야 어디 변변한 구둣방이 있나이까. 그곳에서 흰 구두를 한 켤레 지어 보내주시면…….

수철이는 편지를 집어던지고 벌떡 일어났다. 그리고 뜻 없이 방안을 두어 바퀴 돌았다.

처치하지 못하여 안달하다가 겨우 순실이를 주어버린 구두의, 참으로 처치할 곳이 인제야 생겨난 것이었다. 그는 방 안을 빙빙 돌면서 구두곽을 얻어서 머리맡에 갖다놓은 뒤에 지갑에서 돈 2원을 꺼냈다. 순실이에게 구두를 도로 살 밑천이었다.

"애야, 순실아."

"네."

하고 들어온 것은 순실의 어머니였다.

"순실이 어디 갔습니까?"

"경찰서에 갔는데요. 왜 찾으십니까?"

수철이는 입을 머뭇머뭇하였다.

"순실이한테 어제 그…… 구두를 한 켤레 준 것이 있는데 그게 있습니까?"

"글쎄 말씀이올시다. 어젯밤에 도적놈이 들어와서 대청에 있는 물건을 죄 훔쳐갔는데, 그 구두도 집어 간 모양이에요."

김덕수

해방 직후였다.

나는 어떤 동업 일본인 변호사의 집을 한 채 양도받아가지고 이 동네로 이사를 왔다.

이사를 와서 대강한 정리도 된 어떤 날 집으로 돌아오니까 아내는,

"김덕수네가 이 동네에 삽디다그려."

하는 보고를 하였다.

"김덕수란? 형사 말이요?"

"네…… 애국반장짜리, 애희의 남편."

"반장도 그럼 함께?"

"네…….'

"녀석도 적산 한 채 얻은 셈인가?"

"아마 그런가 봐요. 게다가 그냥 이 해방된 나라에서도 경관 노릇을 하는 지 금빛이 번쩍번쩍하는 경부 차림을 하고 다니던 걸요……."

"흠……."

우리가 적산인 이 집으로 이사 오기 전에 ○○동네에 살 때에 덕수네와 서로 이웃해 살았다.

덕수는 경찰 고등계의 형사였다. 고등계의 형사로 일본인 상전 아래서, 많은 사람을 잡아서, 죄를 만들어서 공로를 세워, 우리 한인 사이에는 상당히 미움과 무서움을 받던 인물이었다.

그의 아내 애희는 또 그 동네의 애국반장으로…… 남편은 형사, 아내는 반장이라, 그 동네에서는 상당히 세도를 하고 있었다.

1945년 8월 15일의 위대한 해방이 이르러서 김덕수의 손에 걸려 감옥살이하던 많은 인사들이 갑자기 출옥하자 혹 매 맞아 죽지나 않는가 근심했더니 덕수네는 어느덧 그 동네에서 자취가 없어져서 그저 그만 그만 잊어버렸는데, 이 새집으로 이사 오고 보니, 덕수네는 우리보다 먼저 이 동네에 와 살고 있다는 것이다.

전번 동네에서 덕수네와 이웃해 살기를 5년이나 하였다. 그 5년간을 내내 덕수의 아내 애희는 애국반장으로 있었기 때문에 자연 상종이 잦았고, 그런 관계로 나는 덕수라는 인물을 비교적 여러 각도로 볼 수가 있었다.

더욱이 내 직업이 전 재판소 판사요, 현 직업이 변호사였더니만치 덕수는 자기 독특의 우월감으로써 동네의 다른 사람과는 상대가 되지 않는다 하여, 내게 찾아와서 자기의 심경이며 환경을 하소연하고 하더니만치 그를 비교적 정확히 알았노라고 나는 스스로 자신한다.

덕수는 일본의 대정 중엽에 세상에 난 사람으로서 그의 부모는 구멍가게를 경영하는 영세한 시민이었다.

요행 소학교는 무사히 졸업하고 그러고는 경찰서의 급사로 들어갔다가 본시 영특한 자질이라 어름어름 '끄나풀'로 다시 형사로까지 승차를 한 것이었다.

그가 끄나풀에서 형사로까지 오른 그 시절은 한창

일본의 군국주의가 만주를 정복하고 중국을 정복하며 일변 한인의 일본인화(소위 내선일체주의)가 맹렬히 진척되던 시절이라, 본시 민족사상이라는 기초 훈육을 모르고 지낸 덕수는 자기는 한 황국신민으로, 그 점을 자랑으로도 여기고 그래야 할 의무로도 믿었다. 이 사상에 배치되는 행동이거나 운동을 하는 '불령선인'은 마땅히 배제해야 할 것이며, 그런 역도를 구축 배제하는 책임을 띤 자기의 직업은 아주 신성한 것으로 여겼다.

그런지라 그는 기를 써서 조선인 가운데 역도를 배제하기에 노력하였으며, 국가의 역적을 없이해서 '반도인'의 명예를 훼손하지 않기 위해서는 최선의 힘을 아끼지 않았다. 고문 명수, 자백 자아내는 명인이라는 칭호가 어느덧 그네에게 씌워지고, 상관의 신임도 차차 두터워질 때에 그는 이것을 추호도 자책하는 마음이 없이, 자기의 자랑으로 알고 명예로 알고 자기의 천직으로 알았다.

그는 소위 사회의 명사라고 꺼떡이는 인물들에게는 일종의 반항심과 증오심을 품고, 그런 인물은 골라가며 뒤를 밟고 탐사하고 하였다. 사람이란 죄를 씌우자면 면할 사람이 없는 법이라, 아니꼬운 인물은 잡아다가 두들기고 물 먹이고 잡담 제하고 토사를 강요하면 무슨 토사 간에 나오고, 한 가지의 토사가 나오면 그 연루가 넓게 퍼져서 한 개의 큰 '음모 사건'이 조출되고 하는 것에 일종의 재미와 쾌감까지 느꼈다. 이리하여 덕수가 한번 노리기만 한 사람이면, 반드시 무슨 사건의 주범으로 되어 검사국으로 넘어가고, 검사국에서는 이 사건이 복잡다단하다 하여 예심으로 넘기고 하여, 명 형사 김덕수의 이름은 이 방면에는 꽤 컸다.

그의 아내 애희는 어느 여고보 출신이라 한다. 애희가 애국반장이 되고 당시의 민생이 전혀 애국반을 통해 영위되었기 때문에 우리 집과도 상종이 있게 되었는데, 애희는 남편 덕수의 지극한 애국심과 충성(애희는 그렇게 믿었다) 등에 대하여 아주 공명하여 자기보다 학력이 낮은 남편이지만 매우 존경하였다.

애희는 뽐내기를 좋아하고 비교적 욕심은 적으나 명예욕은 센 사람이었다.

사회의 누구누구라는 명사들이 자기 남편의 앞에 굴복하고 자백하고 하는 모양을 꽤 기쁘게 생각하는 모양으로, 우리 집에 와서 흔히 그런 자랑을 하는 일이 있었지만, 물자 배급 같은 것은 비교적 정직하고 공평하게, 더욱이 특수 물자는 제 몫은 빠지고 반원들에게 나누어주고(생색내기 위하여) 하여 비교적 평판이 좋았다. 하기는 그런 배급물 등은 자기네는 받지 않을지라도, 딴 길로 들어오는 물자가 꽤 풍부한 모양으로 다른 '반'에는 나오지 않은 배급을 때때로 소위 '반장 배급'이라 하여 '하도 이런 것은 시가에서는 볼 수 없는 물건이기로, 우리 집에 있던 물건을 여러분께 나누어드립니다'고, 광목 양말 등을 특배하는 일도 있었다.

　　내가 연구한 바에 의지하건대, 그들은 진정한 일본 제국 신민이었다.

　　대정 중엽 혹은 말엽에 세상에 나서 가정에서는 무슨 다른 교육이 없이, 학교에서는 황국신민으로서의 교육만 받아왔고, 더욱이 만주사변 이후 중일 전쟁

기간은 더욱이 격화된 소위 '황민화' 소위 '내선일체' 소위 '내선 동근동조' 사상의 추진 교육 아래서 지식을 성취한 그들이라. 그들의 부조(父祖)가 조선인이라는, 일본인과는 별다른 종족이었다는 점은 애초에 알지도 못하고, 다만 '내지'와 '조선'이 서로 말과 풍습이 다른 것은 가운데 현해탄이 끼여서 멀리 격해 있기 때문이지 '내지'의 구주 지방과 동북 지방이 사투리가 다르고 풍습이 다른 것이나 일반으로, 다만, 내지 끼리끼리보다 조선은 거리가 더 멀기 때문에 더 차이가 큰 것이라고쯤 생각하는 모양이었다.

그런지라, 덕수에게 있어서는, 일본제국에 방해되는 사상을 가진 사람은 역적으로 보이고, 게다가 젊은 혈기와 공명심까지 아울러서, 그의 직권을 이용하고 남용하여 '고문 명인'이라는 칭호까지 듣게 된 것이요, 아내(애국반장) 애희는 동네 여인들의 불평을 사리만치, 방공 연습이며 국방 헌금 저금에 열렬한 것이었다.

우리 같은, 구 대한제국 시절에 태어나서 고종 황제와 순종 황제를 임금으로 섬긴 늙은 축으로는 이해하기 곤란하리만치, 모든 애국 운동(일본에의)에 지극히 정성스러웠다.

그러나 우리도 표면은 황국신민인 체를 하지 않을 수 없는 비상시국이었다. 약간만이라도 눈치 달랐다가는 덕수의 눈에 걸릴 것이라, 방공 훈련에 나오라면 하던 빨래를 던지고라도 나가야 했고, 헌금이나 예금 국채 구입을 하라면 주머니를 벌리지 않을 수 없었다.

애희는, 꽤 영리한 여인으로서 공채거나 예금 등에 있어서는 빈부와 수입 등을 참 잘 고려하여 나무람 없도록 배정하고, 더욱이 자기네가 솔선해 가장 많이 책임져서, 다른 사람으로서는 용훼할 여지가 없게 하였다.

이럴 즈음에 1945년 8월 15일의 국가 해방의 날이 온 것이었다.

그 해방의 흥분 가운데서, 서대문 형무소의 문이 열리고 거기서는 많은 사상범이 청천백일의 몸이 되어 해방의 새 나라로 뛰쳐나왔다.

이 일이 덕수 내외에게는 무슨 일인지 모르겠는 모

양이었다.

며칠 지나서, 몇 장정이 덕수의 집으로 와서 무슨 힐난을 하다가 덕수를 두들겼다.

또 며칠 지나서는 덕수 내외는 이 동네에서 사라져 없어졌다.

그러나 국가 해방의 흥분의 시절이라, 그런 일에 그다지 마음 두지 않았다. 어디로 뛰거나 혹은 매 맞아 죽었거나 했겠지쯤으로 무심히 보아두었다.

그러는 중 나도 어떤 일본인 동료(변호사)의 집을 한 채 양도받아서, 그리로 이사를 온 것이다.

그랬더니, 얼마 전 종적 사라진 덕수네가 이 동네에 살고 있는 것이었다.

더욱이 덕수는 금빛 찬란한 군정부 경무부의 정복으로서……

대체 군정부는, 미국인의 하는 일이라 우리 민족의 감정 따위는 고려하지 않고, 제멋대로만 해나가는 행정기관이지만 제아무리 경험의 전력자라 할지라도, 민족적 분노를 사고 있는 부류의 사람을 그냥 그 자리에 머물러두는 것은, 좀 과심한 일이겠지만, 덕수

자신으로 보자면 이 해방된 새 나라에 그냥 삶을 유지하려면 '경관'이라는 무장적 보호가 절대로 필요하였을 것이다.

덕수네는 자기의 전력을 아는 이가 또 같은 동네에 살게 된 것이 얼마간 재미없던지, 처음 얼마는 우리를 외면하며 피하는 태도를 취하더니 그 아내 애희가 먼저 내 아내와 아는 척하기 시작하여 다시 서로 왕래가 시작되었는데 그의 뽐내고 생색내기 좋아하는 성질로서 지금의 새 세상에서 경부로 승차한 남편을 내 아내에게 자랑하며, 예나 지금이나 일반인 '전 판사, 현 변호사'인 우리에게의 일종의 우월감적 태도를 취하려는 기색이 보이더라는 것이었다.

그러나 그들 내외에게 있어서는, 전 일본제국 조선지방 신민이 왜 8·15 이후에는 조국이요 모국인 일본은 분명 망해 들어가는 꼬락서니인 데도 불구하고, 해방되었노라고 기뻐하는지 그 진정한 속살은 이해하기 힘들어 내심 불안에 갈팡질팡하는 모양이었다.

이에 나는 생각하였다. 일본의 대정이나 소화 연대에 출생한 우리 사람도 수백만이 될 것이다. 가정에서의 특별한 지도가 없는 이상에는 혹은 시대에 영합하기 위하여 혹은 시대에 뒤떨어지지 않기 위하여, 가정에서도 그 자녀를 일본 신민 만들기를 목표로 교육하거나 혹은 그저 방임해두거나 한 아이들은, 소학교에서부터 일본(황국) 신민 되기를 강조하는 교육을 받았는지라, 근본 사상이 애초에 일본 신민으로 되어 있는 사람이 적지 않을 것이다.

어느 날 전차에서 견문한 바이지만, 어떤 노동자가 기껏 일본인을 욕해 말하느라고 '내지 놈, 내지 놈' 하는 것을 보았는데, 그런 축들은 기껏 자기를 '반도인'으로, 일본인을 '내지인'으로밖에 인식하지 못하는 인생이다. 그런 축의 자제는 대게 자기는 일본 신민으로밖에는 인식하지 못할 것이다.

이러한 청소년들에게 우리 전래의 조선 혼을 다시 부어넣고 배양하기 위해서는 장차 수십 년의 세월이 걸려야 할 것이다.

국가는 해방되었으나 아직 국권을 못 잡은 우리가…… 아아, 요원하고 지중한 문제로구나.

덕수 내외는, 처음 한동안은 우리 내외에게 좀 회피하는 태도를 취하다가 그 뒤에는 자기는 경부라는 우월감을 품고 예나 지금이나 변동 없는 우리에게 다시 상종을 시작했다. 사실 그들의 눈에는 모든 조선 사람이 혹은 사장이 되고 전무가 되고 중역이 되고, 제각기 출세하는 이 경기 좋은 판국에서, 10년을 하루같이 '전 판사, 현 변호사'라는 움직임 없는 자리에 있는 우리에게 정떨어질 것이었다.

그즈음에 이 서울에는 한 가지 색채 다른 사건이 생겨서, 사람들의 눈을 둥그렇게 하였다.

즉 이전 총독부 시절에 이 땅 사상계의 인물에게 아주 혹독하고 무섭게 굴던 어떤 일본인 경부가 총에 맞아 죽었다.

그 일본인이 경부로 있을 때 그 부하로 있어서, 상관에 못지않은 활약을 한 덕수는 이 사건에 가슴이 서늘해진 모양이었다.

이 새 동네에서는 가장 오래 전부터 면식이 있는 우리 집이 그래도 서로 통사정을 할 수가 있었던지, 덕수의 아내 애희가 지금껏의 생색내고 뽐내는 태도의 대신으로 당황한 기색으로 찾아와서 내 아내에게 그 사정을 호소하였다.

호인이요 남에게 싫은 소리를 하기를 꺼리는 내 아내는 그때 애희에게 대하여 그저 대강 이는 민족적 노염이니 할 수 없는 일이라 하고, 그대네도 이전 매 맞은 일이 있는 것이 모두 그 당시 그대 남편에게 부당한 대접을 받은 사람의 사사로운 원염이 아니고, 민족으로서의 노염이라는 뜻으로 대답해준 모양이었다.

그 수삼 일 뒤, 덕수 자신이 이번은 나를 찾아왔다. 금빛 찬란한 경부의 제복을 입은 채로……

"영감."

변호사라는 직업에 대한 보통 칭호이지만 덕수는 아직껏 내게 불러보지 않은 이 칭호로써 나를 불렀다.

"이런 법이 어디 있습니까? ○○경부(일본인 경부) 사살자인 범인으로 지목되는 자를 발견해서 체포하려 하니까, 상부에서 그냥 버려두랍니다그려. 법치국가에 이런 법이 있겠습니까?"

"김 경부, 김 경부는 그 일에 그저 모른 체해두오.

김 경부도 전일 폭행 당한 일이 있지만 '민족의 분노'
는 국법이 용인해야 하는 게요."

"그렇지만 살인자 사(死)는, 하늘의 법률이 아니오
니까?"

"살인해서 중심(衆心)을 쾌하게 하는 자는 하늘이
칭찬할 게요. 대체……."

여기서 나는 그에게, 우리 민족과 일본 민족의 사이
에 얽힌 역사적 인연을 자세히 설명해주고, 한일합병
과 그 뒤의 일본족의 행패며, 근일 일본이 전쟁에 급
하게 되어 내선일체 동근동족이라는 간판을 내세워
서 우리를 끌려던 자초지종을 그에게 말해주었다.

나의 이야기하는 동안 미심한 점은 질문을 해가면
서 다 들은 덕수는, 비교적 총명한 자질이라, 대개
이해하겠다는 모양이었다. 내 이야기를 다 들은 뒤에
잠시 머리를 숙여 생각한 뒤에 긴 한숨을 쉬며,

"영감, 잘 알았습니다. 듣고 보니 가증한 일본이올
시다그려."

하고는 잠깐 말을 끊었다가 이번은 미소를 하며 뒷말
을 하였다.

"그렇지만 영감, 비국민적 생각인지는 모르지만 구정은 난망이라, 내겐 일본인이 가끔 그립습니다. 더욱이 ○인의 우월감적 태도를 보면 그야말로 반감이 생기고, 일본인이 동포같이 생각됩니다그려."

"인정이 혹은 그렇겠지. 우리 같은 늙은이는 옛 한국의 백성이라 이번 태평양전쟁 때 같은 때도, 일본이 패망하면 우리 민족은 일본의 식민지로서 어떤 비참한 지경에 떨어질지 모르면서도, 다만 일본에 대한 증오심 적개심으로 일본의 패배를 바랐으니……"

"그 대신 우리 같은 젊은 축은, 그런 사상(일본 패배)을 가진 사람은, 참으로 비국민이라고 밉고 가증해서 경찰에서도 죽어라 하고 때렸습니다그려. 죽은 사람도 적지 않지만……"

"그게 살인자 사(死)로 처리됐소?"

"아, 왜요? 직권이요 애국 행동인데야……"

"일본 경부 사살 사건도 '살인자'가 아니라 쾌심자니 경찰도 모른 체 하는 거요. 김 경부, 한인이 되시오. 내 나라로 돌아오시오."

아아, 그러나 우리나라 안에, 아직 진정하게 조국

사상에 환원하지 못한 젊은이가 진실로 수백만 명이 될 것이다. 이들을 모두 내 나라 내 조국의 백성으로 환원시키려면 과거에 일본인이 우리를 일본화하려던 그만한 노력과 그만한 날짜가 걸려야 할 것이다. 이 문제는 우리 건국에 지대한 과제라 아니할 수 없다.

지난날 일본인이, 조선의 서른 살 이상의 사람은 다 죽은 후에야 조선은 참말로 일본제국의 일부가 될 것이다 하였지만, 사실 해방 이후에 교육받은 아이들이 이 땅의 주인이 된 뒤에야 비로소 이 땅은 진정한 우리 땅이 될 것이다.

그런 일이 있은 뒤부터는 덕수는 흔히 나를 찾아와서 나에게 조선학을 듣고 민족사상을 듣고 하였다. 본시 총명한 사람이라, 제 마음에 남아 있는 일본적 뿌리를 빼버리려는 노력이 분명히 보였다.

나는 이를 흡족하게 보았다. 단 한 사람이라도 조국 정신에 환원시키는 일이 기특한 일이라는 것을 스스로 느끼고, 덕수에게 꽤 호감을 가지게 되었다.

그때에 이 땅에는 또 색채 다른 사건이 하나 생겼다.

즉, 옛날의 재판소 검사요 그 뒤에는 황민화 운동의 무슨 단체의 수령이었던 어떤 일본인이 무슨 사소한 횡령 사건으로 법에 걸려 처단을 받은 사건이었다.

이 땅에서 모두 철퇴하는 일본인이라, 사기며 횡령 등의 사건은 부지기수였지만, 하필 이 사건만은 문제가 되어서, 법의 처단을 받아, 예전에는 제 지배하에 있던 서대문 형무소에 수감이 된 것이었다.

역시 민족의 노염이었다. 쫓겨가는 인종의 사소한 허물을 일일이 들추어 무엇하리오만, 그 일본인(전 검사)에게는 민족의 노염이 부어져 있어서, 한 몽치 내릴 무슨 핑계만 기다리고 있던 차라, 이 문제되지 않을 문제가 법에 걸린 것이었다. 이 사건에 있어서 김덕수가 비교적 정확한 판단을 내린 것을 보고 나는 기뻐하였다.

"영감 흠을, 잡으려고 노리노라니 그 모 검사나 걸려든 게지요?"

"옳소. 이 처단이 그에게는 되려 다행일 게요. 이렇게 걸리지 않았더면 그도 혹은 총을 맞았을는지도 모를 게요. 우리 민족에게는 총 맞을 죄를 지은 자니까……"

"나도 썩 삼가겠습니다. 과거의 잘못을 사죄하는 뜻으로라도, 썩 잘 처신하겠습니다."

사실 현 군정부의 요직에 있는 사람 가운데에 덕수의 고문 몽치를 겪은 사람이 적지 않았다.

그가 스스로 겁내고 스스로 근신하는 것도 당연한 일이었다. 자칫하면 민족적 노염에 걸려들 자기의 입장을 이해하느니만치, 그는 전전긍긍하는 모양이었다.

더욱이 그의 열혈적 성격이 자기의 한인이라는 점을 알아낸 만치, 스스로 애국심을 자아내려는 모양도 역력히 보였다.

군정 당국이 조선에 대한 방침이 약간 달라져 이전은 같은 연합군이라 하여 칭찬하기만 장려하던 방침이 변경되어, 공산당은 나라를 망치려는 단체라 하여 좌익 계열이며 그들의 조국이라는 소련에 대한 공격 비난이 공인되고 공행되는 세월이 이르렀다.

그 어떤 날 덕수가 나를 찾아왔다.

한참을 이런 이야기 저런 이야기 하다가 문득 이런 말을 하였다

　"참 악질입니다. 좌익 극렬분자들……."

　"왜 또 새삼스레?"

　"뻔한 증거를 내대고 아무리 문초해도 결코 승인하거나 자백하지 않습니다그려. 증거가 분명한 일도 그냥 모르노라고 고집하고 버티니까 참 가증하고 얄밉지요."

　그는 사뭇 얄밉다는 듯이 위를 향하여 담배 연기를 내뿜으며,

　"그저 매에 장수 없다고, 두들기고 물 먹이고 해야 비로소 토사가 나옵니다그려. 그러기 전에는 아무리 역연한 증거를 내대어도 그냥 모르노라고 뻗대니까……."

　"여전히 고문을 잘하시오?"

　"허허, 안 할 수 없습니다. 가증해서라도 주먹이 저절로 나오거니와, 주먹 아니고는 토사하지 않고, 토사가 없이는 법이 범죄를 인정하지 않으니까요."

　"그래도 고문은 피해야지."

"고문 않고는 하나도 자백을 받지 못합니다. 변재(變才)가 능해서 교묘하게 피하거나, 정 몰리면 입을 봉해버리거나 해서, 절대로 승인이나 자백을 않습니다."

"그래도 고문에 의지한 자백은 법률이 승인하지를 않지."

"두들겨서라도 자백을 받고 그 자백을 입증하는 물적 증거까지 겸하는데도요?"

"글쎄…… 그래도…… 고문은……."

"나도 압니다. 고문은 법률이 금한 게고 인도에 어긋나는 일인 줄은. 그래도 가증한 꼴을 볼 때는 주먹이 저절로 앞서는 걸 어쩝니까? 꼭 자백을 얻기 위한 수단으로보담도 감정적으로, 주먹 행동이 앞서게 되는걸요."

"여전히 고문 찬성론자……."

"암, 고문 대장 고문 선수로 왜정 때부터 이름 높은 김덕수 부장이 아니오니까? 오늘날의 김 경부를 쌓아올린 기초가 고문인데……."

그는 스스로 미소…… 다시 너털웃음까지 웃으면

서 이렇게 말하였다.

"그래도 심한 고문은 피하시오."

"안 돼요. 그자들은 무슨 범행을 할 때에 애초에 교묘하게 피할 수 있을 핑계를 다 만들어가지고 행하니까, 말로는 꼭 그들에게 집니다. 매밖에는 장수가 없어요."

"최근에는 매질을 좀 잘한 일이 있소?"

나는 웃으며 물었다.

"이즘이야 부하에게 시켜서 하지 내가 직접 매질하지는 않지만 오늘도 상당히 두들겼습니다."

"지금도 무슨 큰 사건이 있소?"

"그건 좀 비밀이지만, 좌익 극렬분자의 배국(背國) 행동입니다."

그가 전일 스스로 자기는 일본인이노라고 믿던 시절의 그의 정의감으로 그 때의 범인에게 행하던 폭력주의가 연상되어, 지금의 고문을 대개 짐작할 수 있었다.

"그렇지만 김 경부, 인명은 지중한 게요. 피의자의 생명까지 위험한 폭력은 삼가시오. 그들은 우리 동포요. 다만 일시적 유혹에 속은 따름이지 같은 조상의 피를 가진 우리의 동포요. 인도라는 문제보다도, 법률 문제보다도, 동포 동족이라는 문제를 먼저 생각해야 됩니다."

"아, 이 땅을 소련국 조선현으로 여기는 사람도 동포입니까?"

"또 고문에 의지해서 얻은 자백은 공판에서 다시 번복됩니다."

"네. 나도 그 점을 생각합니다. 고문만이 아닐지라도 그 잔악한 극렬분자들은 공판장에서는 교묘한 말로 사건을 번복시키는 게 또 사실입니다. 그러니만치 그들의 죄에 대한 처단을 애초에 경찰에서 폭력으로 응징해두어야 속이 풀리지, 경찰에서까지 인도주의를 써서 우물쭈물해두면 민족적 분노는 그냥 엉킨채 풀릴 길이 없지 않겠습니까?"

"경찰관에게는 역시 경찰관적 철학이 계시군."

나도 껄껄 웃는 바람에 그도 소리내어 웃었다.

그런데 그다음 다음날 도하의 각 신문은 톱기사로서 커다란 활자를 아낌없이 사용하여 '왜정 시대에 고문 대장으로 이름 높던 형사 김덕수가 이 해방된 세월에도 여전히 경찰 경부로 남아서 그 흉수를 놀린다'는 제목 아래, 덕수가 예전에 누구누구 등 현재의 명사들을 어떻게 난폭하게 고문하였으며 그 덕수가 여전히 경찰계에 더욱이 경부로 승차를 하여, 모 사건 취조에 어떠한 고문을 하여, 무리한 자백을 자아냈다는 기사가 각 지면을 장식하였다.

그로부터 또 며칠 뒤, 신문지는 또 김덕수에 관한 기사를 보도하였다. 그 기사에 의지하건대, '고문 대장 김덕수 경부는 그 잔학한 고문으로 벌써 물론이 높거니와 또 어느 피의자에게서 뇌물로 쌀 서 말을 받아먹은 사실이 검찰 당국에 알린 바 되어서 파면당하고 기소 수감되었다'는 것이었다.

이 기사를 보고 나는 뜻하지 않게 혀를 챘다.

사실 수감되었는지 어떤지는 알아보아야 할 일이지만 이것은 너무 심한 채찍질이 아닐까.

그가 일정 시대에 좀 심한 고문을 하여 적지 않은 사람에게 원염을 산 것은 사실이다.

그러나 자세히 따지자면 그 자신이 받은 교육 때문

에 그는 자기 자신을 일본인으로 알고, 일본에 충성되기 위한 행동이었다.

우리처럼 한국의 신민으로 태어나서 중간에 일본으로 변절한 사람은 어떤 채찍을 맞아도 불복하지 못하겠지만, 덕수처럼 어려서부터 한국의 존재를 모르고 나서 자란 사람이 일본을 조국으로 여기는 것은 책할 일이 못 된다.

그가 일본인이라는 자각 아래서, 일본의 반역자에게 좀 잔학한 일을 했다

한들 그것은 그리 욕할 바가 아니다.

현재의 덕수의 행동을 가지고 인도에 벗어난다 하면 모를 일이로되, 지난 날의 일을 들추어내어 욕하는 것은 다만 욕하기 위한 욕일 따름이다.

모 일본인 경부의 피살 사건이며 일본인 검사의 피검 사건이며 모두가 민족적 노염이 부어져 있기 때문에, 딴 핑계 잡아내어 그것으로 노염풀이를 하는 것이다.

쌀 서 말의 수회? 몇 백만 원, 몇 천만 원도 껌찍껌찍 삼키고 그러고도 무사한 이 판국에 쌀 단 서 말로,

그것을 무슨 수회라 하랴.

다만 고문이니 인도니 하는 문제보다도 민족적 미움이 부어져 있던 김덕수라, 역시 민족적 정기에 벗어나 좌익 계열에 대한 고문 혹형에는 문제가 안 일어나고, 쌀 서 말에 문제가 생긴 것이었다.

아내를 덕수의 집에 보내서 수감된 여부를 알아보았더니 과연 어제부터 집에 안 들어온다 하며 덕수의 아내 혼자 있더라는 것이다.

덕수와 오래 이웃해 산 정분도 있거니와 덕수의 사건에는 동정할 여지도 있어서 나는 덕수의 사건의 변호를 자청해서 맡고, 어떤 날 그가 수감되어 있는 형무소로 변호사의 자격으로 그를 면회하였다.

면회실에서 그와 대하여, 내가 그대 변호인이 되고자 왔노라고 내 뜻을 말했더니 그는,

"제 아내가 부탁합니까?"

고 묻는다. 그래서 그런 게 아니고, 내가 그대의 심경이며 행위에 어떤 정도까지의 이해가 있어서 자진해 변호하겠노라고 했더니, 그는 잠시 머리를 숙이고 생

각하고서 천천히 말을 꺼냈다.

"그건 그만둬주십쇼. 고맙습니다만……."

"왜? 왜 그러오?"

"선생님, 제가 이번 기소된 건 쌀 서 말…… 부끄럽습니다만…… 서 말 문제지만 저를 기소되게까지 한 것은, 말하자면 민족적 증오가 아니오니까? 전 양심에 추호 부끄러운 바 없으니, 민족의 매질을 달게 받겠습니다. 사실을 말씀드리자면 전 늘 괴로웠어요. 모르고서나마 제가 전날 왜경의 일인으로 우리 동포에게 지은 죄가 지대해요. 그 죄의 벌을 받기 전에는 언제까지든 무슨 큰 빚을 진 것 같은 압박감에서 면할 수가 없었어요. 오늘날 사소한 일을 실마리로 민족의 채찍을 받는다 하면 그 받은 이튿날부터는 마음이 가벼워지겠습니다. 그러니까 저는 그저 내리는 채찍을 피하지 않고 고맙게 받겠습니다. 선생님의 호의는 감사합니다만……."

이리하여 전 경부 김덕수는 공판정에서도 아무 딴소리 없이 그의 등에 내리는 민족의 채찍을 고요히 받고, 현재 형무소에 복역 중이다.

깨어진 물동이

길을 가는 손으로서 평산읍 하(平山邑 下)를 지나로라면[49] 길로 향한 대로변에 서향하여 한 개 묘소가 있는 것을 발견하리라. 그리고 그 묘소에서 한 십여 보 오른손 쪽에 동향하여 또 한 개의 묘소가 있는 것도 능히 볼 수 있으리라.

오래 눈비에 부대끼어 묘비의 명(銘)은 똑똑히 보이지 않지만 자세히 검분하면 서향하여 있는 우하형(禹夏亨)의 묘소라는 것을 알아 낼 수가 있을 것이다. 그리고 그 묘소와 마주 앉아 있는 것은 우하형의 작은 댁의 묘소이다.

---

49) 지나노라면

어디 있는 어느 무덤이든 간에 그 무덤의 주인의 생전사를 들추어 보자면 몇 토막의 로맨스가 드러나지 않는 자가 없겠지만 이 우하형과 작은댁새의 로맨스는 모든 로맨스 가운데도 가장 아름답고 순정에 넘치는 자이다.

그러면 그 로맨스는 어떤 것인가. 그것을 어디 한번 상고하여 볼까.

우하형은 무과(武科)에 급제하여 관서 방어(關西 防禦)의 임에 있는 사람이었다.

옛날에는 장상(將相)이라 하여 장수와 정승을 동등으로 치고 더우기 대장은 어전에 뵈려면 뵈올 시각을 기다려야 뵐 수가 있었지만 대장은 언제든지 임군께 뵈올 특권까지 가져서 어떤 의미로 보자면 장수의 권한이 정승보다 더 높았다.

그것이 이조시대에 들어서면부터는 유학(儒學)의 세력을 너무도 세워주었기 때문에 차차 문신의 세력이 높아 가고 무신(武臣)은 초라하게 여기는 풍습이 생겼다.

세조대왕이 등극하신 뒤에는 나라이 문약(文弱)해 가는 것을 근심하신 나머지에 무사들을 많이 구하기 위하여 무과(武科) 과거를 끊임없이 보았다. 그리고 활을 잘 쏜다는가 돌팔매를 잘한다든가 힘이 세다든가 싸움을 잘한다는가 한 가지 재간만 가진 사람이면 모두 급제를 시켰다.

그랬는지라 무과에 급제를 하는 사람의 수효는 엉뚱히 많아진 대신에 그 질(質)은 매우 떨어졌다. 머슴살이하다가 급제한 사람 동냥질하다가 급제한 사람 쌈패 노릇 하다가 급제한 사람― 이렇듯 어중이떠중이가 모두 무과 과거에 급제를 하였다.

그러기 때문에 선비 출신의 문사들은 더욱이 무사들을 멸시하였다.

그러한 한 가지의 예로서는 임진란에 혁혁한 무공을 세워서 해신(海神)이란 칭호까지 듣던 이순신 같은 이도 한낱 이름 없는 문사의 참소 때문에 증거 조사도 하지 않고 벼슬을 깎고 옥에 가두기까지 하였던 것이다.

이 이야기 주인공인 우하형은 무사 가운데도 말직

(末職)이요 말직 가운데도 또한 보외(補外)였다.

이것만으로도 남의 수모를 넉넉히 살 만한 것인데 그 위에 우하형은 가난하기가 짝이 없었다. 그래도 벼슬아치니 삼순구식이야 했으랴만 관급(官給)의 박한 녹으로써 겨우 이렁저렁 죽이나 끓여 먹고 지내느니만치 가난한 사람이었다. 나이가 삼십이 지나도록 총각으로 지냈다 하니 얼마나 가세가 빈한하였는지 알 수가 있다.

그가 관서에 한 한미한 말직으로 있을 때의 일이다.

이 빈한한 노총각은 그래도 구실아치의 체면상 머리 위에 상투를 틀고 그 명색 없는 상투를 건들거리며 강변을 순시하고 있었다.

상류 쪽에서 하류 쪽으로 흐르는 물의 줄기를 따라서 차차 내려가던 이 노총각은 좀 내려가다가 그만 발을 딱 멈추었다.

이 노총각이 발을 멈춘 곳서 여남은 걸음쯤 되는 아래쪽에 강가에 돌이 하나 있었다. 그 돌 위에는 사람이 하나 있었다. 사람이었다. 적적히 말하자면 처녀였다. 좀 더 적절히 말하자면 빨래하는 처녀였다.

나이는 이십 살 전후— 강을 향하여 앉아 있는 만치 처녀의 얼굴은 볼바이[50] 없으나 삼단 같은 머리채 곁으로 약간 보이는 풍만한 뺨이며 빨래 방망이를 두르는 그 어깨의 활발스러운 운동이며 허리로 엉덩이로— 위에서부터 아래까지가 모두 청춘으로 터질 듯이 무르익은 여인이었다.

삼십 총각—돈이 원수로 아직 장가도 못 들었지만 장가도 못 드니만치 하형의 가슴 속에는 이성에 대한 욕구가 넘쳐 쏟아질 듯이 들어 있는 것이었다.

몸까지 비츨비츨 하였다. 삼십 총각—총각 중에도 신체가 건강한 무사, 눈앞에 보이는 이 처녀 때문에 머리까지 아질아질하였다.

힘 있게 방망이를 내릴 때마다 찡그리는 뺨이며 빨래를 물에 헤울 때마다 쫑그리고 앉은 엉덩이의 움직이는 곡선—건강한 노총각의 마음이 안동하려야 안동할 수가 없었다.

돌아보면 인도가 드문 곳—더욱기[51] 당시의 무사

---

50) 볼 바가
51) 더욱이

들은 대우상 불평이 많으니만치 그 분풀이삼아 상민들에게는 아주 난폭하였는지라 만약 이곳서 자기가 점잖치[52] 못한 짓을 하고 그것이 길 가는 사람의 눈에 뜨인다 할지라도 길 가는 사람이 도로혀 못 본 체하고 도망을 할 것이었다.

그러나 하형은 그 위인 비교적 점잖았다. 불공평한 시대의 무사로 태어나서 가난과 수모의 반생은 보냈을지언정, 불의한 일까지는 결코 하고 싶지 않았다.

하형은 마치 그 자리에 발이 붙는 듯이 눈이 멍하니 서 있었다. 한 각이 지나고 두 각이 지나고 한 나절이 지나도록 망석중이와 같이 먹먹히 서 있을 뿐이었다.

황혼이 거진 되어서 처녀는 빨래를 다 하였다. 다한 빨래를 짜서 광주리에 담고 그 광주리를 머리에 이려고 하였다. 그러나 광주에 담긴 빨래가 너무도 많았다. 처녀의 힘으로는 그 광주리를 움직일 수는 있었지만 그것을 쳐들어서 머리에 일 힘은 없는 모양이었다. 머리에 이려고 거의거의 가슴까지 올렸다가는 다

---

52) 점잖지

시 덜석 놓고 또 다시 같은 일을 반복하고—이렇게 몇 번을 하여보다가 종내 단념을 하였는지 돌 위에 광주리를 내려놓고 말았다. 그리고 길에 행인이라도 있으면 조력(助力)을 청하려는지 행길을 한 번 훑어 보았다. 훑어보던 누녀은 거기 망두석(望頭石)과 같이 서 있는 우하형을 발견하였다. 한 순간 처녀는 무슨 말을 하려는 듯하였다. 그러나 곧 다시 다른 데로 눈을 돌릴고 말았다. 아마 남자— 더욱이 무사가 서 있는지라 질겁을 한 모양이었다.

하형은 처녀의 속을 알았다.

'내 이어 줄까.'

목구멍까지 나왔다 들어갔다 나왔다 들어갔다 하는 말이었으나 입 밖에는 차마 꺼내지 못하였다. 삼십이 지났지만 그래도 총각이노라고 수저웠다.[53)]

등에서는 식음땀[54)]까지 흘렀다.

처녀는 다른 행인을 기다리는 모양이었다. 늙은이거나 여인이거나 말 붙이기 쑥스럽지 않은 행인이

---

53) 수줍었다.
54) 식은땀

지나가면 그때 이어 달라려는 셈인 모양이었다.

그러나 불행히(하형에게 다행이다) 다른 행인은 없었다. 날은 차차 어두워 가는데 하형은 망부석(望夫石)과 같이 서 있고 처녀는 행길만 바라보고 앉아 있다. 그리고 만약 이대로 지나다가는 밤이 되고 밤이 새고 이튿날이 되고 사흘 나흘이 되어도 하형은 망부석으로 처녀는 광주리 보초(步哨)로 지낼 모양이었다.

드디어 하형이 크게 결심하였다. 큰 용기를 내었다. 하형은 먼저 기침을 한번 크게 하였다. 그 기침 소리에 처녀가 힐끗 볼 때에 하형은 한걸음 나서며 또 한 번 기침을 하고 그 뒤에는 두말없이 성큼성큼 가서 광주리를 휙 쳐들었다. 그리고 자기게로[55] 성큼성큼 오는 하형에게 놀라서 벌떡 일어서는 처녀의 머리 위에 광주리를 턱 올려놓았다.

"자. 이고 가!"

---

55) 자기에게로

한순간 새파랗게 질렸던 처녀는 이 하형의 성난 듯한 목소리에 그만 픽 웃음면서[56] 힐끗 보는 눈에 넘친 애교— 그만 하형도 같이 웃어 버렸다.

이런 때에 임하여 조선 사람은 입에 발린 인사를 할 줄 모른다. 무거운 광주리를 이기 때문에 머리를 자유로 움직일 수 없는 처녀가 곁눈으로 하형을 보면서 눈가에 미소를 나타낸 것— 이것이 그의 가장 큰 인사였다.

"제기랄. 몹시 무겁다. 집이 어디인가."

하형의 음성은 역시 뚝 하였다.

"저 산 아래야요."

양손으로 광주리를 붙들기 때문에 손으로 가리키지 못하고 턱으로 가리키는 방향을 바라보매, 저 건너편 산 아래 십여 집 자그마한 동리가 저녁 안개 틈으로 희미하게 보인다. 벌써 날이 꽤 어두웠는지라 게까지 가자면 캄캄하게 될 것이었다.

"제법 멀세. 어둡겠구먼."

---

56) 웃으면서

"캄캄해지겠지요."

"왜 진작 이어 달랬더면 밝아서 가지."

"그러시거든 좀 진작 이어 주시지요."

"빨리 가게."

처녀는 발을 떼었다.

차차 멀어져서 어두운 안개 틈으로 사라져 가는 처녀의 뒷모양을 하형은 강변에 서서 망연히 바라보고 있었다.

그 날 밤 하형은 잠을 못 잤다.

이튿날 비번(非番)이라 종일 집에서 눈이 퀭하니 지냈다.

이튿날 밤은 몸에 오한이 났다.

또 그 이튿날 번을 서려 들어갔던 하형은 졸도(卒倒)를 하여 그만 집으로 돌아왔다.

하형이 그 날의 처녀의 얼굴을 정면으로 본 것은 겨우 한순간이었다.

처녀가 광주리 이어줄 사람을 찾느라고 두리번거릴 때에 한 십여 보 밖에서 한순간 본 그뿐이었다.

그 전에는 겨우 머리채 틈으로 보이는 왼편 **뺨**만 보았다. 그 뒤에는 측면만 보았다. 그러나 하형에게는 잊히지 않는 그 얼굴이었다. 눈에 흘리던 미소, 풍만한 어깨와 목과 **뺨** 삼단 같던 머리 복스럽던 코—더우기[57] 하형의 말에 대답하던 그 측면의 입술— 그 음성— 삼십 총각이 삼십 년 생애에 처음으로 가까이 본 이 처녀였다. 눈을 감아도 처녀의 환영이요 눈을 떠도 처녀의 환영이요 생각하느니 처녀의 생각뿐이었다. 한인(漢人)이 발명한 오매불망이라는 문자는 이때의 마음을 위하여 미리 만들어 두었던 듯싶었다.

이틀—사흘—나흘— 그 건장하던 하형의 신체가 겨우 겨우 일간에 알아보기 힘들도록 초췌하였다.

"여보게. 자네 웬일인가. 의원 부르랴."

"아니."

적적히 웃는 하형의 입가에는 오륙십 살 난 늙은이 같이 주름살까지 잡혔다. 병이란 것은 앓아 보지도

---

57) 더욱이

않았거니와 웬만한 중병을 앓은댔자 그렇듯 건장하던 몸이 삼사 일 새에 이렇게 초췌할 까닭이 없다. 하형의 몸을 이렇듯 단시일 내에 꺾어 놓은 이 병이야말로 요병(妖病)이었다.

나흘 닷새— 총각의 수저운58) 마음은 동관들에게 말조차 못하였다. 그리고 혼자서 한숨을 쉬고 가슴을 두드리고 입맛을 다시고 하였다.

그러다 못하여 드디어 마지막 결심을 하였다.

처녀의 집을 찾아서 처녀가 아직 정혼을 안 하였으면 자기게59) 달라고 애원을 하기로 한 것이었다.

만약 벌써 정혼을 하였다면?

그야말로 큰 변이었다. 일천한 무사의 마음이라 한번 굳게 먹은 생각을 돌이킬 수도 없고 그러니 하형의 직한 마음은 위력으로 겁탈을 할 수도 없고 상사병에 황천길을 떠날 밖에는 별 도리가 없었다.

오육 일간을 잠도 못자고 음식도 못 먹기 때문에 귀신과 같이 된 몸을 비츨비츨 하면서 하형은 집을

---

58) 수줍은
59) 자기에게

나섰다.

일전 처녀가 턱으로 가리키던 산 아래 작다란 마을. 이르러 보니 한 십여 호의 초가 오막살이가 널려 있었다. 이 가운데 어느 집이 그 처녀의 집일까. 이 집 딸이 일전에 강가에 빨래간 일이 있었소? 하고 일일이 물어보지도 못할 노릇이요 집은 겨우 십여 호라 이름 성명 모르는 처녀를 찾기가 난망하였다.

처음에는 집집마다 기웃기웃 들여다보았다. 그러나 때는 이월 아직도 추운 시절이라 모두들 문을 닫고 있으므로 문 밖에 놓여 있는 신발밖에는 볼 수가 없었다.

자 어떻게 찾나. 여보소 처녀 처녀 하고 외치며 돌아다닐까. 하루에 한 집씩 작정하고 종일 문 밖에서 지켜서 부엌이나 뒷간에 가는 사람들을 일일이 검분할까.

민망히 어름거리던 하형은 한 가지의 수를 발견하였다.

우물에 가서 지키기로 하였다. 끼니때가 거진[60] 되면 여인들은 우물에 물을 길러 나올 것이다. 먼 발에서 우물을 지키고 있노라면 혹은 만나게 될는지도 알 수 없다. 웬만하면 만나게도 될 것이다.

물에 빠진 사람이 짚을 붙드는 격으로 우물에다가 일루의 희망을 붙이고 하형은 그 동리의 우물을 찾아갔다. 그리고 우물에 왕래하는 사람을 다 볼 수가 있는 곳을 얻어 가지고 먼 발서나마[61] 아닌 체하고 우물을 지키기로 하였다. 노파가 하나 우물에 다녀갔다. 그다음에는 열두세 살 난 계집애가 하나 다녀갔다. 그 다음에는 중늙은이가 다녀갔다. 그런 뒤에는 발이 끊어졌다.

사람이 우물가로 올 때마다 하형은 가슴이 철석철석 하였다. 번히 노파인줄 알면서도 먼 발인 때문에 잘못 보지나 않았나 하여 분주히 따라가서 마주 보고 하였다. 중늙이에게는 별 녀석 다보겠다는 욕까지 얻어먹었다. 그러나 그만 욕쯤은 하형의 귀에 들어오지도 않았다.

---

60) 거의
61) 발에서나마

잠시 뜸하였다가 우물에 다시 사람이 왔다. 젊은 아낙 두 사람이었다. 물을 길어 가는데 하나는 동으로 가고 하나는 서로 갔다. 어느 편을 따라가보랴.

하형은 갈팡질팡하였다. 그러다가 서편으로 간 여인을 따라서 마주 서서 보았다. 뚱딴지 낮짝 같은 여편네였다. 그 여인은 바람기나 있는 모양으로 하형이 마주 서서 보매 눈을 짤깃 하였다. 그러나 하형은 그런 것을 살필 처지가 못 되었다. 다시 돌아서서 동쪽으로 간 자를 따라갔다. 그리고 거기서도 목적한 바 처녀를 못 발견하고 제자리로 향할 때는 하형의 입에서는 기다란 한숨이 나왔다.

거의 황혼이나 되어서 하형은 드디어 처녀를 만났다. 물길러 나온 사람이 정녕코 그 날의 그 처녀임을 알고 허둥지둥 달려가서 마주보매 그때 방흐로 물동이를 머리에 이려던 처녀도 마주 보고 하형을 알아본 모양이었다. 처녀의 얼굴이 다홍빛이 되었다. 처녀도 비츨비츨 하였다.

머리로 올라가던 물동이가 그의 손에서 내려졌다.

철석 하니 발 아래서 깨어지며 헤어지는 동이와 물.

"에구머니나."

처녀의 입에서 나온 이 말은 물동이를 깨뜨리기 때문에 낸 감탄사일까, 혹은 하형을 보기 때문에 낸 감탄사일까.

서로 마주 보았다. 말도 없이….

드디어 처녀가 먼저 제 이성(理性)을 회복한 모양이었다.

"땅도 미끄럽기도 하다."

동이를 내려뜨린 변명이 모양이었다. 그러나 진흙 바닥이 아니요 돌바닥인 우물가가 미끄러울 까닭이 없었다.

처녀는 발을 돌이켰다. 제 집으로 돌아가는 모양이었다. 하형은 허둥지둥 처녀의 뒤를 따라갔다.

처녀는 뒤를 따라오는 하형을 모르는 듯이 빠른 걸음으로 제 집을 갔다.

그러나 모퉁이 길을 돌아설 때는 얼른 곁눈으로 하형을 보았다. 마치 이리로 오세요 하는 듯이….

처녀의 집에 마주 앉은 주인 처녀와 하형 처녀는

부모도 없고 형제도 없는 혈혈단신이었다. 나이는 열아홉. 본시 관비(官婢)의 딸로서 지금은 속량이 되었지만 부모 친척이 없이 홀로이 지내는 중이었다.

"나는 무변(武邊) 우(禹)씨인데 나 역시 천리타향의 외로운 몸이요 자네도 홀로 지낸다니 같이 해로를 하면 어떤가."

하형이 마음을 가다듬고 이렇게 물을 때에 처녀는 눈을 들어서 잠시 하형의 얼굴을 바라보다가 승낙하는 뜻으로 머리를 숙였다.

하형은 여기서 자기의 생활 처지를 처녀에게 말하였다. 집이 가난하고 벼슬이 말직으로 아무 보잘것이 없는 자기의 처지를 감추지 않고 처녀에게 말하였다. 처녀는 그것을 탓하지 않았다. 재산은 벌면 될 것이요 지위는 전정이구만리니 아직 말할 바가 아니라 다만 마음 하나만 바르면 그밖에는 다른 욕망이 없다 하였다.

물론 종의 자식이메62) 정실은 되지 못할 것이다.

---

62) 자식이매

정실은 되지 못할지라도 끝끝내 버리지만 말아 주시면 자기는 자기의 정성을 다하여 섬기겠다는 것이 처녀의 의사였다.

정실은 못되나마 하형에게 있어서도 첫 번 여인이요 처녀에게 있어서도 첫 번 사내였다. 육례는 모서 갖출지라도 사주단자를 교환하고 길일을 받아서 다시 만나기로 약속을 하고 처녀의 지어주는 저녁까지 먹었다. 정성은 드린 것이지만 반찬도 없는 초라한 음식이었다. 그러나 하형은 삼십 년 평생에 그런 맛있는 음식은 먹어 본 일이 없었다. 너무도 입이 달아서 김치 국물까지 훌훌 다 들여마시매 처녀가 미안하여,

"좀 더 드리리까."

할 때에야 하형은 비로소 너무 과식한 것을 깨달았다. 무변인 줄을 알기 때문에 넉넉히 많이 준 것을 하형은 정신없이 다 먹어 버린 것이었다.

처녀를 작별하고 그 집을 나설 때는 하형의 마음은 기쁨으로 터질 듯하였다.

우러러보면 하늘에 반짝이는 수없는 별들로 모두

자기의 오늘의 행복을 축복하는 듯하였다. 옛날의 어느 처녀는 시집가기 며칠 전하여 마음에는 무한히 기쁘나 차마 자랑할 수가 없어서 제 집에 기르는 개에게 향하여 '나는 시집 간다'고 자랑하였다는 것과 같이 이날의 하형의 마음이야말로 자기의 행복을 천하에 자랑하고 싶었다.

"별들아 나는 며칠 뒤에 색시를 맞아온단다."

십 년을 총각으로 지낸 그였었다. 쓸쓸한 빈 집에 돌아와서 이부자리를 방 안에 쫙 펼 때에도 며칠 뒤부터는 이 이부자리를 펴 줄 사람이 생기리라는 기쁨 때문에 미친 사람같이 혼자서 벙글벙글 하였다.

이튿날 번에 들어가매 어제까지도 죽을 듯이 기운 없던 사람이 너무도 활발스럽고 호쾌하게 굴므로 그의 동관들은 어이가 없어서 눈이 멀진멀진 그 꼴을 바라보았다.

하형에게는 사실 이 세상이 갑자기 너무도 밝고 광채 있게 변한 듯이 보였다.

드디어 사림이 시작되었다.

벙어리의 첫서방 맛이라 하지만 하형의 첫계집 맛이 그와 마찬가지였다.

날이 밝는가 하면 어느덧 저녁이 된다. 저녁이 되느니가[63] 하면 어느덧 밤이 새고 날이 밝는다. 이전 총각 시절에는 그렇게도 싱겁고 지루하던 세월이 웬 셈인지 너무도 빨리 가서 탈이었다. 마주 앉아서 하고 싶은 이야기의 삼분의 일도 하기 전에 잘 때가 되고 넉넉히 자지도 못하였는데 아침이 되고— 말하자면 아직껏은 하루가 열두 시인 줄 알았더니 여편네를 맞은 뒤에는 하루가 너덧 시밖에 못 되는 듯하였다.

그 어떤 날 하형은 제 새 안해에게 생활 방침의 플랜을 의논하여 보았다.

"서로 이렇게 살림이랍쇼 시작은 하였지만 어떻게 지낼까."

사실 딱한 문제였다. 혼잣살림에도 부족하던 녹(祿)이었다. 두 사람의 입에 풀칠을 하기는 염도[64]

---

63) 되는가
64) 염두도

낼 수가 없었다. 살림은 시작은 하였지만 이것이 가장 긴급한 문제였다.

그런데 안해는 그 문제에는 그다지 관심치 않는 듯하였다.

"어떻게 되겠지요."

이것이 안해의 대답이었다.

"그것은 자네가 모르는 말일세. 어떻게 되겠느냐 말이야."

"생각해 보세요. 제가 오기 전에도 나리는 굶지야 않으셨겠지요. 저도 나리께 오기 전에도 굶고 지내지는 않았어요. 굶지 않던 사람 두 사람이 모여서 왜 굶게 되겠읍니까."

이치로 따져 보자면 딴은 그렇기도 하다. 굶지 않던 사람끼리인지라 두 사람이 되었다고 갑자기 굶어질 까닭이 없다. 그러나 생활의 문제가 그렇듯 단순하게 해결될 것이 아니다.

하형은 그래도 의아한 얼굴을 하였다. 그때에 그의 안해는 얼굴에 미소를 넘쳐 가지고 하형의 얼굴을 바라보면서 말하였다.

"왜 그리 잔 걱정이 많으세요. 나리께서는 나리 할 일만 넉넉히 당해 나가세요. 집안 다스리기는 여인의 할 일이니 그저 가만 두고 조시기만 하세요. 제가 본시 나리께 허락한 것은 호강을 하자고 한 바도 이니요 나리를 보매 녹록한 분이 아니로서 장래 한 번 고함치실 날이 계시겠기에 그것을 보고 온 것이니까 호강을 원치 않아요. 나리 힘 자라시는껏 벌어주시면 저는 제 힘 자라는껏 공궤를 하겠사오니 아무 다른 염려마세요,"

그리고 거기 대하여 하형이 다시 무슨 말을 하여 할 때에 안해는 딴 말을 꺼내어 하형의 말을 막아 버렸다.

그 뒤에도 가끔 하형이 살림살이에 대하여 걱정을 하려면 안해는 다른 말을 꺼내어서 그 말을 무시하여 버리고 하였다.

그러나 하형은 내심 민망하였다. 자기도 번히 아는 바다. 자기의 녹봉이란 지극히 박한 것이었다. 그것으로 자기 혼자서는 죽이라도 혹은 끊여 먹을 수 있었거니와 지금 식구가 둘이 되었으니 앞길이 난망하였다. 그래서 나오는 녹봉은 조금도 건드리지 않고 그대로 갖다 안해에게 맡기고 하였다.

그런데 결과는 의외였다. 혼자서도 겨우 먹던 녹봉이라 지금 두 사람에서 먹자면 그야말로 삼순구식을 하려니 하였더니 의외로 삼순구식은커녕 이전 혼자 살 때보다 나날이 생활은 풍족하여졌다.

하형이 안해를 맞은 지 일 년쯤 뒤에는 그 집에 들어서 보면 수백 석 추수도 하는 집안같이 환하고 깨끗하고 그 음식 범절이며 의복에 이르기까지 남에게 축잡힐65) 곳이 없었다.

의외의 일이었다. 그러나 대범한 무사의 하형이라 그다지 캐어묻지도 않았다. 어쩌다가 물어볼지라도 안해는 미소만 할 뿐이지 대답치 않았다.

"남자 대장부가 가내의 그런 소소한 일을 마음에 두어서 무얼 합니까."

이러고는 빙긋이 웃을 뿐이었다.

---

65) 책잡힐

그러나 어떤 때 하형은 드디어 제 안해의 요술을 발견하였다.

번에 들어갔던 날 갑자기 무슨 일이 생겨서 제 집으로 돌아와 보매 그때 마침 그 안해는 무슨 바단옷을 짓고 있다가 하형이 오는 바람에 황황히 감추어 버렸다.

그 또 어떤 날은 무슨 낯선 빨래를 많이 하도 있다가 하형이 오는 바람에 얼른 감출 수도 없고 민망하여 삥삥 도는 것을 보았다.

안해는 삯바느질과 삯빨래를 하는 것이었다. 그것도 하형이 보면 미안하여 할까 보아서 하형이 번 드는 날을 택하여 하는 것이었다.

하형은 눈물겨워졌다.

내말을 알았다. 자기의 녹봉뿐으로 두 식구의 입에 풀칠조가 힘들 것이다.

그런 박한 녹봉을 가지고 그래도 남부럽지 않게 지내 온 것은 전혀 안해의 삯일 덕분이다. 그러나 삯일 하는 것을 남편이 알면 미안하게 생각할까 봐 보아서 남편이 없는 날을 택하여 하는 것이었다.

이 정성— 목석이 아닌 이상에 어찌 눈물 없이 볼 것인가.

하형은 모든 일을 다 알고도 그냥 모른 체 하였다. 모는 체 하는 것이 한해에게 대란 대접이었다. 동시에 또한 안해에게 대한 호의였다.

이것을 안 뒤부터는 어떤 일이 생겨서 갑자기 집에 들어올 일이 생겨도 대문 밖에서 일부러 크게 기침 몇 번을 하고 행전이 풀어지는 체하고 다시 매고 한참을 어름거려서 안해가 치울 것을 다 치우기를 기다려서야 비로소 제집에 들어오 하였다.

이러니만치 하형이 안해에게 대한 정성은 지극하였다. 가세가 반한하매 재정적으로는 호의를 나타내지 못하나마 온갖 일에 안해에게 지극하였다.

집안은 언제든 봄날과 같았다.

그의 동관들은 하형이 너무도 안해에게 충실한 것을 비웃느라고 '처시하(妻侍下)'라고 놀려대는 일이 있었으되 하형은 오히려 더욱 처신하지 못한 점을 한하였다.

이러한 꿈과 같은 즐거움 가운데서 세월은 흐로

고66) 또 흘렀다.

하형의 임기(任期)가 다하였다.

임기가 다하여 돌아가게 되었으되 하형은 별다른
생각을 하지 않았다.

자기와 같은 빈번한 미관(微官)이 이제 새삼스럽게
다시 장가들 것도 아니요 명색은 비록 소실이라 하나
지그미의 이 안해가 자기의 일생의 유일의 안해로
여기었다. 그리고 임기가 끝나서 고향으로 돌아갈지
라도 함께 가리라고 생각하였다.

그러나 거기 대하여 안해가 반대를 하였다. 이 반대
야말로 하형에게는 의외였다.

"왜 고향으로 돌아가세요?"

안해의 말은 이것이었다.

"그러면 어쩌나?"

"전도가 양양한 남아가 왜 일생을 초야에 묻혀서
무의하게 보내세요."

---

66) 흐르고

"그럼 어떻게 하나"

"서울로 가세요."

"여보게. 그건 자네 모르는 말일세. 자네가 아무리 세상에 밝다기로서니 그런 일이야 어떻게 알겠나. 자네도 아다시피 적빈한 사람이야. 서울은 친척 친지 한 사람도 없어. 서울이란 비용도 무척 걸리는 곳이야. 게다가 하루이틀 새에 어떻게 될 바가 못 되고 수년간을 대가에 청탁하고 권문에 뇌물하고 한 뒤에야 약간 승차가 되는 법이야. 그러니 그야 어떻게 생각인들 하겠나. 이것저것 할 것 없이 고향 평산에 가서 몸이 튼튼하니 농사나 짓고 있노라면 일평생 굶기야 하겠나. 그래서 그만 고향으로 가려는 것일세."

안해는 대답지 않았다. 머리를 숙이고 묵묵히 무엇을 생각하는 듯하였다.

그 날 하형이 밖에 나갔다가 들어오매 안해는 혼자서 울고 있다가 하형이 들어오는 바람에 얼른 눈물을 씻고 일어나 앉았다.

하형은 못 본 체하였다.

안해는 한참을 돌아앉아서 눈 부은 것을 다 삭인

뒤에야 하형의 편으로 향하였다.

"여보세요."

"응."

"저것 보세요."

안해가 가리키는 발치 쪽에는 꽤 커다란 더미가 있고 그것을 보자기로 덮어 두었다.

"무엔가."

"가서 보세요."

하형은 가서 보자기를 들었다.

하형은 깜짝 놀랐다. 탁 그 자리에 주저앉았다. 손발, 전신이 와들와들 떨렸다.

보자기 아래는 돈─ 돈도 짐작컨대 육칠백 냥의 큰돈이 있는 것이다.

"이게 뭐인가."

"여보세요. 용서해 주세요. 그 새 수년간을 나리께 몰래 한 일이 있읍니다.

"…"

"삯바느질, 삯빨래, 부부는 일신이라 감추는 것이 도리가 아니지만 그래도 부끄러워서 차마 바른대로 여쭙지 못하고 몰래 했읍니다. 용서해 주세요. 이것은 하형도 이미 아는 일이다."

"게서 푼푼히 버는 돈으로 의식에 보태고 남는 것은 변놓이67)까지 하여 모은 것이 진합태산(塵合泰山)으로 육백여 냥이 되었읍니다. 그것을 가지고 서울로 가세요."

무슨 말을 하랴. 하형의 눈에서는 눈물만 좔좔 쏟아졌다.

"서울로 가서 입신(立身)을 하세요. 뵙건대 참란된 말씀이나 녹록지68) 않으신 분으로 왜 일생을 초야에 묻혀서 보내리까. 이름을 천하에 날리세요."

하형은 한참 눈물만 흘리다가 비로소 입을 열었다―.

"무엇이라 할 말이 없네. 그러면 어서 상경할 준비를 하게."

"나리 혼자서 상경하세요."

"그게 무슨 말인가."

"이유를 아뢰리다. 첫째로는 제가 따라가면 구사

---

67) '변놀이'의 잘못.
68) 녹록지

(求仕)에 방해가 되겠삽고 둘째로는 나리 아직 미장가 전에 친첩이 있다면 출세에 방해되게 삽고 셋째로는 서울이 예와 달라서 낯선 곳에서 갑자기 품팔이가 마음대로 될 듯싶지도 않은데 두 사람이서 앉아서 먹자면 육백 냥이라도 부족이 쉽겠으니까 나리 혼자 올라가셔서 잘 공부하시고 장래 영달 하세요. 저는 여기서 나리 출세를 기자리겠읍니다."

말마다 이치 있는 말에 더 우길 바이없었다.

"그러면—."

"십 년 한하고 공부하시면 금석인들 가히 뚫으리다. 어서 성공하세요."

그 이별하던 가련한 정경을 여기 적어서 무엇하랴. 그것은 독자 여러분의 상상에 맡기기로 하고— 하형은 안해를 시골에 남겨 두고 큰 뜻을 품고 혼자서 서울로 올라갔다.

시골에 혼자 남은 안해.

세상이 무너진 듯 일월이 없어진 듯 눈앞이 캄캄아호69) 막막하였다.

하형의 인물을 보매 잘하면 장래 크게는 되겠지만

크게 될 날까지 홀로 기다리기가 딱하기 끝이 없었다.

이전에는 그렇듯 빨리 가던 세월이 웬일인지 갑자기 무한 길어졌다. 밤이 길면 낮이 짧고 낮일 길면 밤이 짧은 것이 하늘이 정한 이치어늘 하형을 보낸 뒤에 여인에게는 무한히 긴 낮과 무한히 긴 밤이 교체될 뿐이었다.

서울로 따라가고 싶기도 하였다. 그러나 장래 출세에 방해가 될 일을 생각하면 그도 못하고 그냥 기다리자니 간장이 녹는 듯— 괴롭기 한이 없었다.

그러한 중에 하형에게서는 연달아 기별이 왔다. 연달아 오는 기별은 모두 한결같이 보고 싶고 그립다는 말뿐이었다.

낭군을 서울로 보내기는 하였다. 크게 성공합시다. 제 마음을 죽이고 따라가지도 않았다. 그러나 상경한 남편이 만날 자기를 이렇듯 그리워면70) 심로(心勞) 때문에 병이나 나지 않아을까.71) 병이 안 난다고 할

---

69) 캄캄하고
70) 그리워하면
71) 않을까?

지라도 공부에는 정녕코 방해가 될 것이다.

그러면 자기도 서울로 올라가랴.

그러나 올라갈지라도 출세에는 정녕코 방해가 될 것이다.

그러면 어찌하나.

이도 못하고 저도 못할 처지에서 여인은 마음으로 발을 굴렀다.

이렇게 얼마를 지내다가 이 영일한 여인은 드디어 한 가지의 꾀를 내었다.

어떤 늙은 영리(營吏)에게 소실로 들어가시로[72] 한 것이었다.

―본시 천한 태생이오며 더욱이 약한 여자의 몸으로 태어나고 그 위에 고독하여 의지할 곳이 없사오매 선들을 위하여 수절할 바이 없어서 팔자를 고치었으니 하해 같으신 마음으로 널리 용서하시고 장래 귀히 되셔서 현철하신 부인을 맞으셔서 길이길이 행복되게 지내옵소서.

---

72) 들어가시기로

이러한 한 장의 편지를 서울로 던지고 다른 남편을 구하여 갔다.

　가기 전날 울었다. 밤이 새도록 땅을 두드리며 통곡하였다. 팔자가 기박하여 서로 마음에 있으면서도 남편을 배반치 않을 수 없는 제 운명을 저주하였다.

　남편은 얼마나 자기를 욕하랴. 더러운 계집이라고 밉게 여기랴. 그러나 이것도 남편에게 대한 자기의 정성이었다.

　마음씨 고운 사람은 하늘이 돌보셨다.

　이 여인의 새 남편도 아주 마음 착한 사람이었다. 비록 소실이라 하나 큰댁은 없이 홀로 지내던 사람이라 집안을 온통 소실에 맡겼다. 그리고 그 집안도 부자라 할 수는 없었지만 먹고 지내기에는 부족이 없을 만하였다.

　여인은 그 집의 주부로 들어앉으면서 즉시로 그 집의 재산을 조사하여 따로이 기록하여 두었다. 그리고 치산(治産)에 능한 이 여인은 역시 그 집도 또한 남의 집으로 여기지 않고 정성과 힘을 다하여 다스렸다.

그의 늙은 남편은 이 안해를 맞은 뒤에 가산이 나날이 풍부하여 가는데 경이의 눈을 던지지 않을 수가 없었다. 이전에는 단지 그다지 군색치나 않게 지낼 만하던 재산이 새 안해를 맞은 뒤부터는 부쩍부쩍 늘어 갔다.

전토가 늘고 집이 늘고 세간이살이[73]가 늘고, 보기에 놀랄 만치 늘어가는 것이었다.

이렇듯 치산에 힘쓰는 한편으로는 안해는 남편에게 청하여 아중(衙中)에서 관보(官報)를 좀 얻어 오라 하여 늘 관보를 보기를 게을리지[74] 않았다.

세월은 흐로고[75] 흘러서 여인이 새 남편을 맞은 지 칠 년이 지났다.

그 어떤 날 여인은 드디어 목적하였던 바를 관보에서 발견한 것이었다.

관보에는 선전관 우하형(宣傳官 禹夏亨)이 부정(副正)으로 승차하여 관서 모군(某郡)으로 내려온다 하

---

73) 세간살이
74) 게을리하지
75) 흐르고

며 그 날짜까지 뚜렷이 기재되어 있어었다.[76]

여인은 읽던 관보를 내려뜨렸다. 여인의 눈에서는 눈물이 샘솟듯 솟았다.

종내 성공하셨구나. 녹록치 않은 분이라고 보았던 내 눈동자에도 틀림이 없어거니와[77] 칠 년이 지난 지금 다시 이곳서 멀지 않은 곳으로 내려오시는구나.

춘풍추우 칠 개 성상, 몸은 표면상 비록 다른 이에게 의탁하고 있었으나 하루 한때인들 잊어 본 때가 있었으랴. 오늘의 이 영화를 보기 위하여 마음에 없는 이와 칠년간을 함께 살지 않았던가.

자기는 이미 더러운 몸이니 다시 이 더러운 몸을 그이에게 의탁할 염치도 없고 생각도 없거니와 인제는 이 집안에서는 더 살기가 싫었다. 그이로 하여금 자기를 잊어버리게 할 방편으로 여기 시집을 왔던 것이매 그이가 성공하신 지금은 그냥 여기서 살 필요도 없었다.

품팔이 하여선들[78] 이 한 입이야 풀칠을 못하랴.

---

76) 있었다.
77) 없거니와

그이 성공하신 지금에는 마음에 없는 안해 놀음은 그만두고 조용히 어떤 산골을 찾아가서 안온한 일생을 보내며 그이의 더욱 큰 성공이나 축원하자.

그 날 저녁 여인은 제 늙은 남편이 돌아오기를 기다려서 집안의 재산 목록을 그의 앞에 내어 놓았다.

"이보세요. 제가 이 집에 올 때는 이 집 재산이 얼마얼마였는데 지금은 얼마얼마로서 칠 년간을 한 너덧 곱이 되었읍니다."

남편은 이것을 단지 한낱 자랑으로 여겼다.

"용하이. 우리 동관들한테도 늘 말하는 배지만 자네 같은 사람은 다시 없어. 한 가지 흠이 자식 없는 것뿐일세."

"여보세요. 오늘 이렇게 목록을 내놓는 것은 칭찬 듣고 싶어서 하는 노릇이 아니야요. 오늘이야 말씀하거니와 저는 인젠 이 댁을 나가겠읍니다. 나가는 사람이 이 댁에 들어와서 칠 년간을 치산을 하다가 한 푼이라도 손해가 있으면 어지 마음이 편하겠읍니까.

---

78) 하여서인들

지금 제가 들어올 때보다 사오 배가 되었으니 나갈지
라도 부끄럼이 없읍니다."

남편이 이 의외 말에 깜짝 놀랐다.

"그게 무슨 말인가."

거기 대하여 여인은 비로소 자기의 심경을 말하였
다. 칠 년 전 우하형을 서울로 보낸 뒤부터 오늘까지
의 심경을 말하고 겸하여 지금의 우하형이 태수가
되어 근읍(近邑)으로 내려오게 되었으니 인제는 절도
사(節度使)도 눈앞에 이리이요 대장도 또한 못 바랄
바이 아니니 이는 훌륭한 성공이라 자기의 숙망(宿
望)이 이루었으니 마음에 없는 남의 집 치산은 인젠
하기가 싫으며 그 앞에 칠 년간을 신임하고 사랑하여
주신 것은 감사하기 그지없다고 사례를 하였다. 그리
고 자기의 계획으로 그의 훌륭한 위엄이나 한 번 가
서 뵙고 이 더러운 몸이나마 용납해 주신다면 이는
더할 바 없는 만족이요, 그렇지 못하면 어느 조용한
임자라도 찾아가서 선전관이 대장으로 승차하기나
축원하면서 여생을 보내겠다고 하였다.

늙은 남편도 안해의 이 정성에 감복하였다. 이러한

훌륭한 여인을 다 시구할 가망은 없었으되 그 정성에 감복하여 겸하여 그 마음은 도저히 꺾지 못할 것임을 알고 드디어 승낙하였다.

이리하여 배반하는 안해와 배반 당하는 늙은 남편은 그래도 마음에 불만이 없이 서로 장래를 축복하면서 깨끗이 헤어졌다.

태수(太守)로 부임한 우하형은 칠 년 전까지 이 근읍에서 동거하던 안해를 잊었다.

물론 기억까지 사라진 바는 아니었었지만 자기를 배반하고 다른 사람에게 시집간 여인이라 알뜰히 생각나는바가 아니었다. 배반당한 당시에는 분하고 억울하여 홧김에 술도 먹도 난폭한 생활고 하였지만 이 모든 것이 모두 자기의 지위가 미약한 탓이라 하고 그 뒤부터는 구사의 길을 잘 다듬어서 본시 녹록치 않던 위인이 드디어 오늘날 이 지위에까지 이른 것이었다.

그 새에 장가도 들었다. 들어서 자식도 낳았다. 그러다가 불행히 상배(喪配)를 하자 태수(太守)로 제수

되었으므로 미처 새로 장가도 못 들고 부임을 하였던 것이었다.

부임한 이튿날 하형이 동헌에 좌정해 있을 때에 웬 백성 하나이 무슨 송사할 일이 있다고 한다. 하형이 뜰 아래 불러들이매 그 백성은 비밀히 직소할 일이 있으니 당에 오르겠다는 것이었다.

무슨 일인지는 모르나 부임한 이튿날 생긴 사건이라 좌우간 불러올렸다.

백성은 올라왔다. 올라와서 꿇어 엎드렸다. 눈물이 좔좔 흐르는 모양이었다. 엎드려 있는지라 얼굴은 보이지 않았지만 측면으로 약간 보이는 그 뺨.

이우 태수는 몇 번 눈을 섬벅섬벅 하였다. 무슨 기억을 일으키려는 듯하였다.

드디어 기억이 소생하였다. 그 측면으로 보이는 뺨— 그것은 지금으로부터 십여 년 전 이 근읍 어떤 강변에서 본 일이 있는 어떤 처녀의 뺨과 흡사하였다.

태수는 화닥닥 달려들었다. 백성의 머리를 추켜들었다. 들고 보니 비록 칠 년 새에 얼마간 변하기는 하였지만 틀림없는 옛날의 자기의 안해였다.

"이게 ―누군가!"

"영감!"

태수는 황황히 전 안해를 붙들어 가지고 내아로 들어갔다.

서로 마주 앉아서 펼쳐 놓는 그 회포.

무사 우아형의 눈에서도 한 없이 눈물이 흘렀다. 자기의 성공을 바라는 정성으로 칠 년간을 마음에 없는 시집살이를 하던 그 정경이며 그 성성이며 그 심려(深慮)에 비교적 마음이 단순한 무사 기질(氣質)의 하형성은 목을 놓아서 통곡하였다.

더러운 몸? 아아 그것이 과연 더럽힌 몸일까? 비록 다른 남편을 섬기는 하였다. 하지만 자기의 성공을 위하여 마음에 없이 다른 남편을 섬긴 것이 과연 더러운 몸일까.

"오늘날의 이 성공이 모두 우리 조상의 덕으로 알았더니 지금 보니 전혀 자네 덕이로세. 더 할 말 없네."

태수는 자식들을 불렀다. 그리고 한미하던 시대의 일을 다 말하고 그때의 내조하던 공을 말한 뒤에 내아에 거처하게 하고 가정을 온통 들어서 여인에게 맡겼다.

×

그 뒤에 하형은 차차 승차를 하여 위가 절도사에까지 이르렀다.

여기까지 이르는 데는 내조의 힘이 매우 큰 것은 거듭 말할 필요도 없다.

하형은 다시 장가를 안 들었다. 소실의 은공을 잊지 못하여 그 시대의 제도상 소실을 정실로 승차는 못 시켰지만 대우와 권한에 있어서 정부인과 차별이 없었다.

그리고 또 여인의 사람됨이 그만한 만치 출신은 한미하다 하나 치가(治家)에 있어서 하인배들에게까지도 손가락질을 한 번 받아 보지 않을뿐더러 주인 영감의 지휘보다 소실의 지휘가 더욱 권위가 있었다.

자식들도 서로모 대접하지 않았다. 계모 같지도 않았다. 친모나 다름없이 대접하였고 또한 은위(恩威)가 친모나 다른 데가 없었다.

×

　이리하여 하형은 자기의 역량과 내조의 힘을 아울러서 위는 절도사까지 이르고 나이가 칠십이 지나서 부귀를 극진히 누리다가 세상을 떠났다.

×

　인제 더 무엇을 바라랴.
　한 개 비자(婢)의 자식으로 아장(亞將)의 안해까지 되어 부와 귀와 권을 마음껏 누리고 나이도 이미 회갑이 가까워으니[79] 인젠 더 바랄 것이 없었다.
　영감의 성복(成服)날 안해는 적자(嫡子)들을 앞에 불렀다.
　"망극한 가운데 앞뒤 순서는 가릴 수 없손마는 내가 시골 천한 집 태생으로 선영감의 덕택으로 일생을 부긔[80]와 영화로 지냈으니 더 무엇을 바라겠소. 내가

---

79) 가까웠으니
80) 부귀

그 새 가정을 맡아서 보살핀 것은 영감님께서는 국록 지신으로 집안을 보살필 여가가 없으시고 상주(喪酒) 님들도 유소하세서 마음에 없고 권한에도 없는 일을 했거니와 지금 상주들도 연만(年滿)하시고 착한 가실 (家室)들도 계시니까 늙은 내가 무슨 용훼를 하겠소. 오늘부터 상주께서 이 댁을 맡아 주시오."

그리고 울면서 사양하는 상주의 말을 듣지 않고 상 주 내외에게 정당을 내어 맡겼다.

그리고 자기는 후당—후당 가운데서도 가장 초라 하고 항용 쓰지 않던 침침한 방으로 들어가 숨었다.

×

그로부터 수일 그는 일체 문밖에 나오지 않았다. 끼니때마다 하인들이 음식상을 가져오면 안에 들여 놓으리라고 하는 뿐 얼굴을 보이지 않았다.

어둑침침한 방이라 안이 똑똑히 보이지도 않아서 하인들은 지시하는 대로 할 뿐이었다. 하인들이거나 자식들이거나 막론하고 그 방에서는 들어오기를 엄

금하였다.

그런지라 그 방 안에서는 무얼 하고 있는지 아무도 알지 못하였다.

애통하여 하는 그 심경은 누구든 짐작하는 배라 참견하는 것이 도로혀 예의가 아니라 하여 하라는 대로만 하였다.

이리하여 얼마를 지나서 드디어 장례날이 이르렀다.

이날 상주는 서모의 거처하는 방 앞에 가서 서모를 불러보았다.

"서모님. 서모님."

대답이 없었다. 그래서 좀 더 큰 소리로 불러보았다. 그래도 대답이 없으므로 문을 열고 보았다.

문을 열었으나 어둑침침한 방 안이라 잘 보이지 않으므로 기침을 한 번하고 들어가 보았다.

상주는 거기서 무엇을 발견하였다.

서모마저 시체가 되어 있는 것이었다.

한 알의 밥, 한 모금의 물도 넘기지 않고 단식을 하여서 남편의 뒤를 따라간 것이었다. 언제 세상을 떠났는지도 아는 사람이 없다.

일문이 모여서 의논을 한 결과 서모를 소실로 대접
치 않고 부인의 예를 갖추어서 그의 남편의 주검과
함께 발인을 하였다.

이리하여 평산 대로변에 그 두 주검은 지금껏 의
좋게 나란히 하여 앉아서 행인들을 굽어보고 있는
것이다.

(『월간 야담』, 1935.11)

논개의 환생[81]

투신편[82]

　진주성(晉州城)은 함락되었다.

　임진란 때에 판관 김시민(判官 金時敏)이 겨우 순천의 적은 군사로 십만 왜병을 물리친 만치 튼튼하던 이 진주성도 함락이 되었다.

　이번에는 지키는 군사가 육만이 넘었다. 목사 서원례(牧使 徐元禮)와 창의사 김천일(倡義使 金千鎰)이 육만의 군사를 거느리고 왜병이 오기를 기다리고 있었다. 그리고 그들은 마음 놓고 있었다. 이전에 수천

---

81) 論介의 還生
82) 投身篇

의 약졸로도 능히 십만의 적병을 물리쳤거늘 하물며 이번에는 그 때보다 수십 곱이 되는 군사가 아니냐. 이 군사로 적병을 못 물리칠 까닭이 없다. 넉넉한 군사 넉넉한 양식 어디로 보든지 진주성뿐은 함락될 듯싶지 않았다.

진주목사 서원례의 애첩 논개가 대담히도 군정(軍政)에 주둥이를 디밀83) 때에 모든 장사들은 요망한 계집의 참람된 말이라고 당장에 베려 하였다.

—전에는 군사가 적었으므로 군사는 장수를 알고 장수는 군사를 사랑해서 능히 수천의 군사로도 십만 대군을 물리쳤거니와 지금은 그때와는 다르옵니다. 장수의 한 마디의 호령이 전군에 퍼질 그때와 지금과를 같이 생각해서는 안 되옵니다. 육만의 군사는 지금 누가 자기네의 장인지를 모르고 장수는 또한 어느 것이 자기의 부하인지 모르는 통일 없는 이 군사로써 정예한 왜병을 막으려는 것은 당치않은 말씀이외다. 화류계에 자라난 무식한 계집애—

---

83) 디밀다: '들이밀다'의 준말

무엇을 알리까만 통일 안 된 군심뿐은 넉넉히 볼 수가 있읍니다.

명랑한 눈을 저품 없이 치뜨고 모여 앉은 장성들을 둘러보며 이렇게 말하는 논개의 어조에는 능히 꺾기 어려운 열성이 있었다.

그러나 마음이 교하게 된 장성들의 귀에 이러한 소소한 계집의 말이 들어갈 리가 만무하였다.

창의사 김천일이 논개의 당돌한 반대를 제일 괘씸하게 보았다. 그리고 당장에 군사를 시키어서 논개를 내어다가 베려 하였다.

진주목 서원례의 애첩이라는 명색만 없었던들 논개는 거기서 원통한 죽음을 할 뻔하였다. 서원례의 애첩이라는 명색이 있었기에 다른 장수들이 새에 나서서 김천일의 노염을 말려서 겨우 죽음을 면하게 하였다. 그리고 그 대신 논개를 진주성 밖으로 내어 쫓기로 하였다.

논개는 진주성에서 쫓기어났다. 쫓기어날 때에 논개는 마지막으로 한 번 다시 자기의 남편─자기를 극진히 사랑해 주던 서원례에게 눈을 던졌다.

마지막 작별이외다. ―다시 살 길이 없는 이 성 안에 상공을 그냥 두고 떠나는 소첩의 마음은 오죽하리이까. 다만 용감히 싸우소서. 싸우고 또 싸워서 나라를 위해서 목숨을 바치소서. 소첩도 또한 나라를 위해서는 결코 목숨을 아끼지 않으리다. 나라를 위해서 바친 두 개의 혼이 가까운 장래에 저승에서 다시 만날 기약을 즐기면서 소첩은 떠납니다.

눈물어린 눈으로써 서원례를 바라보면서 논개는 자기가 나고 자라고 자기의 부모, 조상이 나고 자란 진주성을 뒤로 성문 밖으로 나섰다.

왜병은 이르렀다.

싸움은 시작되었다.

그러나 그 결과는 논개가 예단한 바와 마찬가지였다. 통일 없는 군사는 제각기 제멋대로 놀았다. 어느 것이 자기의 군사인지 모르는 장수들은 제각기 함부로 호령을 하였다. 그 틈으로 왜병은 성을 넘고 성문을 열고 마치 해일과 같이 진주성 안으로 몰려들어왔다.

서원례, 김천일, 그 밖 모든 장수들은 모두 한 번 시원히 싸워 보지도 못하고 이름 없는 왜졸에게 도살을 당하였다.

　─이리하여 진주성은 마침내 함락을 한 것이었었다.

　그것은 국외자의 눈으로 보자면 장관일는지 모르지만 당사자의 눈으로 보자면 가슴이 찢어지는 듯한 일이었다.

　진주성은 염염히 불탔다. 일찌기[84] 진주성을 쫓겨나서 성 밖 어떤 친척(농사짓는)의 집에 숨어 있던 논개는 새빨갛게 물든 하늘 아래서 불붙는 진주성을 바라보았다. 궁시($弓矢$)의 소리도 얼마 나지 않고 싸움도 그다지 계속되지 않고 함락되어 버린 듯한 진주성─며칠 전까지도 번화함을 자랑하던 진주성─그 진주성은 지금 불타고 있다. 겨우 목숨만 피하여 도망하여 온 사람의 말을 묻건대 성 안의 문무관은 한 사람도 남기지 않고 모두 적병에게 도살을 당하였다

---

84) 일찍이

한다. 그러면 논개 자기의 남편 되는 서원례도 당연히 전사를 하였을 것이다. 저 타오르는 불길 아래서 거두지 못한 시신은 지금 한 줌의 재로 변하였겠지, 자기를 낳고 기르고 닦달시켜 준 부모, 사랑하던 동생 모두 지금은 한 줌의 재로 변하였겠지, 이러한 일을 생각할 때에 논개는 그때에 자기의 충간을 듣지 않아서 지금 이 지경을 만든 장성들을 원망하기보다도 나라의 파산이라는 커다란 비극에 마음을 떨기보다도 단지 당면의 원수인 왜장과 왜병이 미웠다. 간을 꺼내어 씹어도 시원하지 않을이만치 미웠다.

망연히 뜰에 서서 멀리 불타는 진주성을 바라보는 논개의 눈에는 비분의 눈물이 한없이 한없이 흘렀다. 호담하달 수는 없지만 말이 없고 점잖던 제 남편 서원례며 자기의 늙은 부모며 동생들이 잔악한 적병에게 밟히어 죽을 때의 광경을 눈에 그려 볼 때는 논개는 치가 떨려서 견딜 수가 없었다.

이리하여 논개의 마음에는 그들에게 대한 적개심이 맹렬히 불타올랐다.

이튿날 논개의 모양은 적진 근처에 나타났다. 기름 머리에 입선 연지로 장식하고 가장 화려한 옷으로 몸을 꾸민 논개의 자태는 비록 여자라도 반할 만하였다. 불탄 성 안의 어지러이 널려 있는 시신들—혹은 목이 잘리고 혹은 팔이며 다리가 잘린—을 일일이 검분하여 사랑하는 남편이나 부모형제를 찾아보려다가 이루지 못하고 쓰라린 마음을 깊이 감추고 논개는 적진 근처에 배회하고 있었다.

가등청정의 부장 모곡촌육조(毛谷村六助)가 무슨 볼 일이 있어서 나왔다가 논개와 딱 마주쳤다.

논개는 육조를 보았다. 순간 노염과 원한의 날카로운 표정이 논개의 눈에 흐르려 하였다. 그러나 논개는 꾹 참았다. 육조와 딱 마주쳐서 눈을 크게 떴던 논개가 그 눈을 고요히 감았다가 다시 뜰 때는 논개의 눈에는 쇠라도 능히 녹일 만한 애교가 있었다.

논개와 만났지만 그냥 발을 옮기려던 육조는 이 미혹하는 괴상한 눈에 그만 옮기려던 발을 멈추었다. 그리고 뚫어질 듯이 논개를 보았다.

쏘는 듯한 육조의 눈을 만나서도 논개는 움직이지

않았다. 그리고 한참을 마주 육조를 바라보았다. 마지막 일별을 그의 가슴으로 발까지 천천히 옮긴 뒤에 머리를 다소곳이 숙이며 그곳서 발을 떼려 하였다. 그러나 논개가 몸을 돌이키기 전에 육조가 논개를 불렀다. 일본 말이라 무슨 뜻인지는 분명히 알 수 없으되 부르는 소리는 분명하였다. 논개는 돌이키려던 몸을 도로 육조에게 향하였다.

"××××××"

논개의 알아듣지 못할 말이 다시 육조의 입에서 나왔다. 논개는 미소하였다. 그리고 모르겠다는 뜻으로 머리를 가로 저었다.

육조는 허리를 만졌다. 허리에서 야다떼85)를 꺼내었다. 가슴에서 종이를 꺼내었다. 그리고 논개에게 가까이 왔다.

"네 이름은?"

육조는 한문글자로 종이에 이렇게 썼다. 논개는 종이와 붓을 받았다.

---

85) やだて: 붓, 벼루를 갖춘 휴대용 필기구

"진주관기 논개."

이리하여 필담(筆談)은 시작되었다.

"나이는?"

"열다섯 이상 스물다섯 이하 장군의 마음대로 생각하시오."

"나를 누구로 생각하느냐?"

"누구신지는 모르지만 왜국 명장으로 생각하오."

"어째서?"

"명장의 기품이 나타나 보이오."

"내 진으로 잠시 들어가 쉴까."

"진중은 여자의 들어갈 곳이 아닌 줄 아오."

"너의 집으로 갈까?"

"우리 집에는 왜군을 원수로 아는 양친이 계시오."

"그럼 어디서 좀 이야기할 기회가 없을까?"

"……"

"내일(칠월 이십일) 촉석루에서 연회가 있는데 그 날 와서 연회의 흥이라도 도와주겠느냐?"

논개는 육조의 얼굴을 쳐다보았다. 나아오려 나아오려 하는 독한 눈찌를 억지로 감추고 흐르는 애교로

써 육조의 얼굴을 바라보는 논개의 마음은 찢어지는
듯하였다.

한참을 육조의 얼굴을 바라보던 논개는 가겠다는
뜻으로 머리를 가볍게 숙이었다. 그런 뒤에 육조와
작별을 하였다.

육조와 작별하고 돌아보고 돌아보고 하였다. 육조
는 그 자리에 못 박힌 듯이 뻣뻣이 서서 가는 논개를
바래주고 있었다.

이리하여 논개와 육조는 초대면을 하였다.

"신슈."
이것은 진주라는 뜻이 분명하였다.
촉석루의 전승축하연─술은 어지간히 돌았다. 일
본 장수의 입에서는 연하여 '신슈'라는 말이 나왔다.
그리고는 지금도 타오르느라고 검은 연기를 하늘로
뿜는 진주성을 가리키고는 유쾌한 듯이 웃고 하였다.
"놋게!"
"네?"
"고뭉고."

논개야 거문고를 뜯어라 하는 말이었다. 무(武)를 자랑하는 장수들의 몸에서는 땀내가 났다. 기생들의 몸에서 나는 향내는 그 땀내를 더욱 역하게 하였다. 술내도 꽤 났다.

여름날 낮이었다. 아래로 흐르는 장강의 물 소리가 찰락찰락 들리었다. 반사광은 촉석루 위에까지 반짝이었다. 그 가운데서 두주(斗酒)를 자랑하는 장수들이 덤비어 대었다. 한풀 죽은 관기들은 몸과 마음을 떨면서 술붓기 노래하기에 여념이 없었다.

다만 논개뿐은 흐르는 애교로써 장수들을 대접하고 있었다.

"놓게. 수리 모고라."

논개는 사양하지 않고 받아먹었다.

"놓게. 노래[86] 헤라!"

논개는 서슴지 않고 노래를 불렀다.

"놓게. 추미 쳐라."

논개는 주저하지 않고 춤을 추었다.

---

86) 노래

그 가운데서도 어제 잠시 진 밖에서 본 때문에 논개에게 잔뜩 반한 육조는 잠시를 논개의 곁을 떠나지를 않았다.

"우리 농게. 우리 농게."

진중에서 한 번 마음껏 몸도 못 씻은 때문에 덜미고 또 덜민 구레나룻의 얼굴을 논개의 가까이 갖다가 대고는 무엇이라 알지 못할 소리로 얼리고 하였다.

확! 확! 땀내와 구린내가 코로 몰리어 들어오는 것을 미소로써 받아 넘기기는 과연 힘들었다. 그러나 논개는 그것을 모두 참았다. 그리고 기회만 엿보고 있었다. 가슴에는 비수가 있었다. 독약도 준비하였다. 어느 것 한 가지를 쓸 기회가 이르기만 기다리며 모든 자기의 감정과 표정을 죽이고 있었다.

그러나 어려서부터 무로써 아직껏 닦달한 일본 장수의 몸에는 틈이 없었다. 조금만 행동이라도 할 기회가 없었다.

어떤 때 어떤 무장이 논개의 앞에 와 앉았다. 등은 논개에게 향하여졌다.

논개는 사면을 살피어보았다. 모두 술에 정신이 빼

앗기어서 이편은 주의하는 사람도 없었다. 논개의 눈은 날카로워졌다. 논개는 가슴을 두드렸다. 그리고 저고리 자락 안에 있는 칼의 자루를 잡으려 하였다. 그러나 논개의 이상한 숨소리에 일본 장수는 휙 돌아앉았다. 뚫어져라 하고 논개의 얼굴을 보는 그 장수의 눈을 웃음으로 속이기는 논개도 힘들었다.

억지로 웃음을 좀 흘려 보고는 그래도 제 얼굴에서 떠나지 않는 그 장수에게 향하여 애교의 손짓을 한 번 한 뒤에

"왜 이리 보세요? 그럼 난 저리로 갈 테야."
하고는 그 자리를 피하였다.

그 자리를 떠난 논개는 층계를 내려서 촉석루 아래로 내려왔다. 그리고 누각을 한 번 휘돌아서 강 언덕으로 돌아왔다.

물에서 누각까지 그 새에는 약 두 발 가량 거리의 바위가 있었다. 논개는 그 바위에 가 섰다. 그리고 물을 내려다보았다. 물은 역시 찰싹찰싹 소리를 내며 아래로 흐른다. 진주성을 돌아보았다. 진주성은 역시

검은 연기를 내며 타고 있었다. 누각을 쳐다보았다. 누각 위에서는 역시 가무와 술에 정신이 없었다. 이 모양을 이리저리 살필 동안 논개의 눈에서는 다시 피가 솟는 듯하였다.

"논개야. 너는 지금—."

그것은 돌아가신 서 목사의 음성이었다. 논개는 펄떡 놀랐다. 어찌할까 어찌하여야 할까. 강물은 역시 찰싹찰싹 소리를 내며 흐른다. 진주성은 역시 지금도 타고 있다.

논개는 천천히 누각을 향하여 돌아섰다.

"농개."

쳐다보니 육조가 난간에 나와 섰다. 나아오려는 눈물을 다시 걷고 논개는 빙긋이 웃었다.

육조는 누각에서 내려다보았다. 논개는 누각 위의 육조를 쳐다보았다. 흐르는 애교는 다시 논개의 얼굴을 장식하였다. 누각의 위와 누각의 아래—두 사람의 눈은 한참을 서로 마주 보고 있었다.

육조가 손을 들었다. 그리고 논개를 올라오라고 손짓을 하였다. 그러나 논개는 머리를 가로 저었다. 그런 뒤에 육조를 내려오라고 눈짓을 하였다. 육조는 손가락으로 아래를 가리켰다. 논개는 머리를 끄덕이었다.

"여기가 조용하외다."

논개의 눈은 이렇게 말하였다.

육조의 모양이 난간에서 사라졌다. 비틀거리는 발소리가 저편에서 났다.

발소리는 가까이 왔다. 그러나 논개는 모르는 듯이 가만 서 있었다. 지금 그의 마음은 극도로 흥분되었다… 어떤 재간으로든지 지금 이 흥분된 감정을 안면에 아니 나타내기는 힘들었다. 머리를 푹 수그린 채 논개는 마치 꽂아 세운 듯이 그곳에 서 있었다.

"농개."

육조의 목소리가 논개의 곧 뒤에서 났다. 커다란 손이 논개의 두 눈을 덮었다. 구레나룻의 더러운 얼굴이 차차 접근되는 것도 짐작되었다.

논개는 홱 돌아섰다. 양손을 들어서, 육조의 목에 감았다. 그리고 두어 걸음 물러섰다. 육조는 이 논개의 정열(?)에 아무 의심도 품지 않고 덜레덜레 논개에게 끌려갔다. 그들이 선 곳은 바위의 끝, 한 발만 그릇하면 물에 떨어질 곳이었다.

논개는 육조의 목에 감은 팔을 차차 당기었다. 육조의 머리가 차차 논개의 얼굴을 향하여 가까이 왔다. 논개는 눈을 힘 있게 감았다. 그리고 육조의 머리를 더욱 가까이 끄을어당겼다.[87]

육조의 입에서 나는 술 내음새를 논개는 맡았다. 씩씩이는 숨소리를 들었다. 육조의 구레나룻이 보드러운 자기의 얼굴을 스치는 것도 알았다. 이리하여 육조의 마음이 철을 잃게 된 것을 안 뒤에 논개는 와락 육조의 목을 나꾸어[88] 채었다. 동시에 논개의 발은 힘 있게 육조의 다리를 찼다.

다음 순간 두 몸뚱이는 (지금 의암(義岩)이라 일컫는) 그 바위 위에서 사라졌다.

바위 아래서 흐르던 강물에는 커다란 파문이 하나 생겨서 차차 차차 넓어갔다.

___

87) 끌어당겼다.
88) 낚아

이리하여 아까운 나이에 논개는 이 세상을 떠났다.

이 세상을 떠난 논개의 혼은 곧 천상(天上)으로 올라갔다. 그러나 논개의 재세중의 행록(行錄)을 뒤적이어 본 문지기는 논개를 위하여 문을 열어 주지 않았다.

"너는 사람을 죽인 계집이다. 지부로 가거라."

이리하여 논개는 거기서 쫓겨났다.

거기서 쫓겨난 논개는 이번은 지부로 갔다. 그러나 지부에서도 또한 논개를 받지를 않았다.

"낭랑은 의를 위해서 목숨을 바치신 이―왜 천상으로 가시지 않고 이곳으로 오셨읍니까? 이곳은 고약하고 나쁜 인종만 벌하는 곳―낭랑 같은 존귀한 분은 도저히 들일 수가 없소이다."

지부의 문지기의 말은 이것이었다.

―이리하여 천당과 지부에 그 갈 곳을 잃어버린 논개의 혼은 유명계에서 정처 없이 흐늘흐늘 헤매고 있었다.

환생편[89]

유명계 거기는 빛이—없었다. 그렇다고 온전히 어둡지도 않았다. 어두컴컴, 퍼러둥둥, 지극히 미약한 푸른빛이 유명계를 지배하고 있었다. 어디서부터 오는지는 모를 빛이었지만 컴컴하니 사면을 골고루 비추이고 있었다.

그러한 가운데를 많은 유령이 흐느적거리며 헤매고 있었다. 극락과 지부—그 가운데 갈 곳을 잃어버린 많은 유령들은 지향 없이 너울너울 떠돌아다니고 있었다. 그리고 언제 요행히 인간 세계에 다시 환생할 기회를 기두르고[90] 있었다. 많은 제왕, 많은 장수, 많은 병졸, 많은 옥사장이, 많은 선생. 많은 웃어른— 사람은 많이 학대하였지만 그 동기가 결코 나쁜 데서 나오지 않은 사람들이 모두 극락에 갔다가는 '사람을 죽이거나 학대하였다는 죄'로 쫓기어 나고 지부로 갔다가도 '의'라는 그물에 걸리어서 못 들어가고 하릴

없이 이 유명계에서 헤매는 것이었다.

"상제여. 다시 인간 세계에 환생케 해줍시사. 내세에 지부로 간다 할지라도 아무 탓도 안 하겠읍니다. 이 펴러둥둥한 유명계는 딱 싫습니다. —비록 칼산지옥이라도 좋으니, 이곳서만 면케 해줍시사."

사면에서 이런 비통한 부르짖음이 들렸다. 땅에 내려앉지도 못하고 그렇다고 어디 매달려 있지도 않은 이 유령들은, 발 짚을 곳을 구하며 흐느적거리고 떠돌아다니고 있었다.

논개도 그 가운데 한 사람이 되었다.

처음 한동안은 유명계도 자미가 괜찮았다. 우글우글하는 많은 유령들이 서로 남의 존재는 알지도 못하는 듯이 무관심히 씽씽 지나가는 그 무간섭주의가 자미스러웠다.[91] 거기는 남의 일을 참견하려는 사람(?)이 없었다. 휙 하니 지나가다가 서로 마주칠지라도 그냥 좀 빗서서 갈 뿐 말썽을 부리는 사람(?)이

---

91) 재미스러웠다.

없었다. 이런 무관심이 온갖 남의 일을 간섭하고야마는 인간 세계에서 갓 온 논개에게는 유쾌하였다.

그러나 일 년이 지나고 십 년이 지나고 백 년이 지날 동안 차차 이 무관심이 너무도 쓸쓸하였다. 누구와 마주치면 한 마디의 꾸중이라도 듣고 싶었다. 좀 더 나가서는 따귀 한 대라도 얻어맞고 싶었다. 공복의 노곤한 맛도 다시 한 번 맛보고 싶었다. 성욕이라는 것은 느끼지 않은 유명계였지만 굳센 팔에 한 번 붙안겨 보고 싶은 욕망도 꽤 강렬히 일어났다. 병고의 쓰린 맛도 다시 한 번 맛보고 싶었다. 졸음 오는 눈을 부비어 가면서 밤 깊도록 바느질도 다시 한 번 하여보고 싶었다. 말하자면 인간 세계에 살 때의 가장 쓰리고 괴롭던 일일지라도 다시 한 번 (다만 한 번뿐이라도) 맛보고 싶었다.

더구나 유명계에 살 동안 차차 가장 참기 힘들도록 역하여진 것은 끝없는 비행이었다.

"날개가 있으면."

새와 같이 날아 보고 싶다는 것이 사람의 세상의 가장 커다란 욕망의 하나였지만 유명계의 끝없는 비행에는 과연 진저리가 났다. 꿋꿋한 대지(大地)—걸음걸음마다 그 반향이 머리에까지 울리도록 굳고 든든한 대지—거기 다만 한 발이라도 짚어 보고 싶었다. 아무리 상하 동서남북으로 헤맬지라도(유령들과 마주치는 밖에는) 한 군데도 몸에 닿는 곳이 없는 이 유명계는 인젠 한없이 진저리가 났다.

"옥황상제께 비옵니다. 죄 없는 소녀올시다. 인간 세계에 환생케 해줍소서. 그렇지 않으면 이곳서 온전히 죽여 줍소서. 이곳은 딱 싫습니다. 캄캄한 어두움, 그렇지 않으면 밝은 빛을 보게 해줍소서. 저도 유령이거니와 만나는 유령들이 차차 무서워 옵니다. 이 유령들이 보이지 않는 곳으로—어떤 곳이든지 저를 보내 줍소서. 비옵니다."

유명계에 들어간 지 백 년쯤 뒤부터는 논개도 늘 이렇게 빌었다.

유명계를 면케 하여달라는 기원—이러한 가운데서 제이백년도 어언간 지났다. 제삼백년도 또한 어언간 지났다.

어두컴컴한 유명계를 지향 없이 헤매면서, 논개의 혼은 상제께 빌고 또 빌었다. 어떻게든 유명계만 면케 하여달라고, 이전 인간 세계에 있을 때에 부르던 노래의 청으로써 잠시도 쉬지 않고 빌었다. 빌고 또 빌고 또 빌었다.

이러한 기원 가운데서 논개의 혼은 유명계에서 삼백유여 년을 보냈다.

어떤 날 역시 퍼러둥둥한 가운데를 지향 없이 헤매면서 인간 세계에 환생케 해달라고 육자배기 청으로 기원을 드리고 있던 논개의 혼은. 문득 무슨 강대한 힘에 빨리어서, 어딘지 모를 곳으로 끌리어갔다.

펄떡 정신을 차리고 보니, 그는 옥황상제의 어전에서 있던 것이었다.

논개의 혼은 황급히 꿇어 엎디었다. 그리고 상제의 어전에서 다시 억지를 써 보려 하였다. 그러나 논개의 혼이 입을 열기 전에, 상제가 먼저 입을 열었다.

"너지? 만날 야ー o 양, 인간 세계에 환생케 해달라고 조르는 계집애는?"

"네, 저올시다. 저는 정유년 왜란—."

일장의 설명을 하려고 차부를 댈 때에 상제가 눈을 부릅뜨며 논개의 말을 막았다—.

"시끄러워—여러 말 말아! 이즈음 네 소리에 귀가 아파서 못 견디겠다. 밤에 잠도—."

"네, 제가 너무도—."

"입을 봉해라. 그렇게 환생하고 싶으면 왜 죽었느냐 말이다. 계집이란 참—."

"그것이— 아뢰겠읍니다. 그것—."

"시끄럽대두 그냥? 이보, 태백성(太白星)."

상제는 오른편에 있는 태백성을 돌아보았다.

"이 계집애를 인간 세계에다 내다버리라고 좀 그래 주. 만날 양양 조르는 소리에 귀찮아 못 견디겠소."

이리하여 정유년에 촉석루에서 남강에 몸을 던진 이래 삼백유여 년을 유명계에서 헤매던 논개는 다시 이십세기의 조선땅에 환생하게가 되었다.

태백성에게 끌리어가서, 논개는 일장의 훈화를 들

었다. 조야(粗野)한 옥황상제와 달리 태백성은 저으기 온화하였다. 그는 늙은 머리를 연하여 끄덕이며, 논개에게 향하여 여러 가지의 훈화를 하였다.

"네가 유명계에 삼백여 년을 있을 동안 인간 세계도 퍽 변했을 줄 짐작은 하겠지?"

"네. 제가 살아 있는 십 년간에도 형언할 수 없도록 변했으니깐요."

"그럴 테지. 상투가 없어졌다."

논개는 놀랐다.

"네? 그럼 땋아 늘이었읍니까?"

"아니 깎았다."

"—중같이?"

"응."

"그러고도—."

유야장이 있읍니까고 물으려다가 논개는 입을 닫치었다. 탕건 뒤에서 커다란 상투가 춤을 추던 당년의 유야장들을 생각할 때에 중같이 머리를 반반히 깎은 지금의 유야장은 살풍경키가 짝이 없을 것같이 생각되었다. 중 같은 인물들이 술잔을 들고 노래를

하는 광경을 머리에 그려 보고 논개의 혼은 뜻하지
않고 미소하였다.

"일본 말을 할 줄 알아얀다.[92]"

"저도 몇 마디는 압니다."

"어디?"

"진주는 신슈."

"또?"

"거문고는 고뭉고, 술은 슈리, 먹어라는 모고라―
다 비슷비슷합디다."

이번에는 태백성이 놀랐다―.

"너 일본 말은 언제 배웠느냐?"

"촉석루에서 뺐읍니다."

"일본 노래도 할 줄 알아얀다."

"그것도 한 마디는 합니다."

"어디?"

"벤세이 슈꾸슈꾸, 요루 가와오 와따루."[93]

---

92) 알아야 한다.

93) 鞭聲肅肅夜川을 渡る: 말 모는 소리는 끝나고 채찍소리만 휙휙 내며 밤중에
강을 건넘

"그것 한 마디뿐이냐?"

"네."

"사께와 나미다까[94]는 모르지?"

"네? 사끼마? 뭐예요?"

"와따시노 고꼬로와 호가라까요[95]도 모르지?"

"네? 뭐요?"

"그럴 게야. 한동안은 땀을 빼리라. 좌우간―."

논개의 혼이 이제 갈 곳은 어떤 기생의 시체였다. 술을 과히 먹고 어저께 심장마비로 죽은 어떤 기생(이름은 이패연이)의 몸집을 쓰고 살아나야 할 것이었다. 패연이는 영남 태생으로 가야금에 능하고 가무, 서화, 다 능하며, 일본 말 일본 소리도 꽤 하던 기생이었다. 삼백여 년 전에 촉석루에서 떨어져서, 그 뒤 삼백여 년 간을 유명계에서 헤매던 논개의 혼은, 이십세기의 한 모던[96] 기생의 몸집을 쓰고 다시 살아나야 할 것이었다.

---

94) 酒は涙か: 술은 눈물이냐. 일본의 가장 오래되고 많이 불린 유행가의 일절

95) 私の心は朗らかよ: 나의 마음은 즐거워. 일본 유행가의 일절

96) 모든

지금의 인간 세계에 대한 지식의 개념을 태백성은 찬찬히 논개에게 알으켜 주었다. 관기가 없어지고 기생 권번이란 것이 생겼다는 점이며, 권번에 대한 상세한 설명도 들었다. 사인교, 가마 모두 없어지고 자동차 인력거, 전차, 기차, 더구나 비행기라는 별별 탈 것들이 사람의 세상을 횡행한다는 이야기도 들었다.

　　궐련이라는 담배가 있다는 것이며. 시계라는 물건이 있다는 것이며, 일본인, 양인, 청인이 모두 조선에도 우글우글한다는 것이며, 좌우간, 삼백육여 년 간에 변한 인간 세계에 대하여 태백노성이 아는 것은 논개에게 알으켜 주었다.

　　"네 갈 곳은 진주가 아니고, 서울 그리고, 네가 피어나면, 네 윈편 발치에 앉은 사람은 네 어머니, 그 다음에 앉은 사내아이는 네 오라비, 그 다음은 네 동생, 그리고 네 머리 곁에 앉은 '양복'이라는 시꺼먼 옷을 입은 사람은 네 서방, 그 밖에는 모두 친구, 친척, 웃사람, 그만치 알고, 자, 네 소원인 인간 세계로 돌아가라."

　　이리하여, 논개는 다시 패연이라 하는 기생의 껍질

을 뒤집어쓰고, 삼백여 년 전에 작별하였던 '사람의 세상'에 다시 살아났다.

패연이의 방—

발치에는 패연이의 어머니가 눈을 악말갖게[97] 뜨고 앉아 있었다. 그 다음에는 패연이의 오라비동생이 눈이 꺼벅꺼벅 앉아 있었다. 또 그 다음에는 패연이의 동생 패주(역시 기생)가 눈이 똥똥 부어서 앉아 있었다. 패연이의 애부, 어떤 관청 관리, 양복장이는, 혼자서 화툿장을 채며 있었다. 몇몇 친척 노파들이 웃목에서 한담을 하고 있었다.

"꿈 같구료. 어제 낮까지도 성성하던 애가 이게 웬일이오?"

"참, 이 승님도 쇠운에 들웅기어, 사망신고는 했읍니꺼?"

"돈도 참 잘도 벌더니. 이 형님도 인전[98] 한 팔 꺾이었지. 패주도 그만하면 얌전은 하지만. 제 형에게야

97) 악말갖다: '몹시 말갖다'의 순우리말
98) 이제는

비길 수나 있겠다구."

"주사가 알끈하시겠군."

"그게야 다시 말할 것도 있겠소?"

"패연이한테 그저께 돈 이십 전을 취해 줬는데, 죽은 사람한테 그런 걸 받겠소? 난 받을 생각도 안해요."

"아이구, 이 많은 세간을 놓고 죽기가 얼마나 알끈했을까?"

"자, 또 천자나 읽지, 청진동 형님, 목 채시오."

패연이의 죽음을 앞에 놓고, 뭇 노파들은 순서 없이 지껄이고 있었다. 화툿장을 채는 소리가 들리었다. 주머니를 뒤적이어 동전을 꺼내는 소리도 들렸다. 약이다. 오광이다. 홍단이다. 이 전이다. 십삼 전이다. 욱적 지껄이고들 있었다.

그때였다. 아직껏, 뚱뚱 부은 눈으로, 제 언니의 죽음만 바라보고 있던 패주가, 갑자기 괴상한 부르짖음을 내었다.

"아아아악."

그리고, 단걸음으로 뛰어서 노파들의 화투 하는 복판 가운데 펄석 주저앉았다.

화투와 투전으로 왁작하던 방 안은 갑자기 조용하여졌다. 화툿목, 동전닢을 모두 손빨리 무릎 아래로 몰아넣었다. 그런 뒤에는 앉았던 방향을 모두 고치었다. 패주의 부르짖음을 경관의 임검으로 오해한 그들은, 자기네가 화투를 하고 있던 그 형적을 감추고자 한 것이었다.

그러나 패주의 부르짖음은 멎지 않았다. 가따가나 커다란 눈을 더 크게 (눈알이 쏟아질 듯이) 뜨고, 그냥 밑구녕으로 담을 뚫으며, 손가락으로 아랫목을 가리키며, 부르짖음을 계속하고 있었다.

노파들은 패주의 손가락을 따라서 아랫목을 바라보았다. 동시에 그들의 머리칼은 모두 빳빳이 일섰다.[99]

"나무아미타불."
"나무아미타불."

---

99) 일어섰다.

염불을 외는 노파도 있었다.

아랫목—. 아직 입관치 않은 패연의 몸을 덮어 두었던 이불의 한편 모퉁이가 조금씩 들먹거렸다. 손이 놓였음직한 데, 무릎이 놓였음직한 데가 조금씩 움직였다. 머리가 있음직한 데는 한 번 커다랗게 들썩 하였다.

"아아아악!"

"나무아미타불."

방 안의 사람들은 어느덧 (자기네도 모르는 틈에) 모두 웃목에 모였다. 모두들 웃목 담벽에 딱 붙었다. 그러고도 부족하여 밑으로는 벽을 더 뚫었다.

이러한 가운데서, 시체를 덮은 이불은 더욱 급히 더욱 크게 움직이었다.

하—얀 뱅어와 같은 손가락이, 이불 밖으로 조금 나왔다. 그 손가락은 잠시 이불 밖에서 쥐었다 폈다 하다가 이불자락을 잡았다. 그리고 한 번 기지개를 하듯이 펴면서 이불을 약간 벗기었다. 동시에 검은 머리털과, 하얀 이마의 일부분까지 이불 밖으로 나왔다. 세상이 꺼질 듯한 기다란 숨소리도 한 마디

들렸다.

패연이는 다시 살아났다.

심장마비로 죽은 지 열 시간 만에, 그는 다시 죽음에서 살아났다.

처음에는 다만 끝없는 공포로써 패연이의 이불의 움직임을 바라보고 있던 친척이며 이웃 노파들이 겨우 정신을 수습하고 불을 땐다, 몸을 주무른다, 의사를 부른다 하는 동안, 패연이는 온전히 살아났다.

달려온 의사는 패연이의 손목을 잡을 뿐 눈이 퀭하니, 맥볼 것도 잊고, 이 기적을 바라보고 있었다. 열 시간 전에는 패연이는 분명히 죽었다. 자기가 쓴 사망진단서는 한 푼의 에누리도 없는 것으로서, 패연이는 분명히 심장마비로 죽었던 것이었다. 그렇거늘 지금 패연이는 다시 살아났다. 의학상, 아무 점으로 보아도 지금의 패연이를 시신으로 볼 수가 없다. 여기, 의학을 무시하는 가장 기괴한 이적이 실현된 것이었다. 맥을 보느라고 패연이의 손목은 잡았지만, 이 기괴한 일 때문에 얼이 빠진 의사는 맥은 헤지도 않고 퀭하니 패연이의 얼굴만 바라보고 있었다.

"가사(假死)."

의사는 마침내 이런 단안을 내렸다. 이런 단안 이외에는 내릴 도리가 없었다. 아까의 죽음은 전정한 죽음이 아니요, 가사 상태였으며, 지금, 그 가사 상태에서 원상에 다시 회복된 것이라, 의사는 이렇게 단정하였다.

그는 미리 받아먹은 사망진단서의 값을 벌충키 위하여, 패연이의 팔에, 강심제의 주사를 한 대 놓고, 복약으로서 강심제와 소화제와 레모네이드를 처방한 뒤에, 혼자서 마음으로 머리를 연하여 기울이며 돌아갔다.

"인제 치료만 잘하면 완전히 다시 살아날 수 있겠소. 좌우간 참 다행한 일이오. 얼마나 기쁘시겠소."

이러한 애교와 영업을 겸한 인사를 남기고서….

이리하여 삼백여 년 전에. 진주 촉석루에서 왜장 모곡촌육조의 몸을 쓸어안고 남강에 몸을 던져서 죽은 논개는, 그로부터 삼백여 년 뒤, 이십세기의 요란하고 번잡한 세상에, 경성 다방골 어떤 집에, 한 모던 기생으로 환생하였다. 나이는 스물하나, 키는 후리후리 크고, 흰 살결과 광채 나고 큰 두 눈과 비교적 좁고도 애교가 늘 흐르는 입과, 뺨의 네 군데의 우물과 기다란 눈썹과 풍부한 성량의 주인 이패연의 몸집을 쓰고, 논개는 이 눈이 뒤집힐 듯한 세상에 뛰쳐나온 것이었다.

재세편[100]

논개는 패연이가 되었다.

환생한 논개—.
변하여 패연이—.
이중의 성격, 이중의 이성, 이중의 사상, 이중의 눈을 가진 기이한 사람의 이중의 생활은 여기 시작되었다.

---

100) 在世篇

오전은, 논개 오후는 패연이—. 밤잠을 푹 자고 난 이튿날 아침의 이 기생은, 영락없는 논개였다. 그 마음, 그 사조, 그 기억력, 그 성격, 어느 것이든 삼백여 년 전 모곡촌육조와 남강에 몸을 던지기 전의 논개였다.

그러나 그 시대착오의 논개가 오정쯤 피곤한 낮잠을 푹 자고 다시 깰 때는 삼십이년도의 쾌활하고도 모던인 패연이로 변하는 것이었다.

논개는 패연이를 놀랐다. 패연이는 논개를 놀랐다. 한 몸집을 쓴 두 가지의 성격은 오전과 오후에 서로 번갈아가며 놀랐다.

처음 이삼 일 동안을 그는 그냥 누워 있었다. 죽음에서 다시 살아난 패연이라 하여 친척들도 그만치 대접하여 주었다. 그동안부터 오전의 패연이는 연하여 놀라고 놀랐고 하였다. 모든 현대의 문명이 그에게는 경이였다. 변하였으리라. 변하였으리라. 온갖 것이 놀랄 만치 변하였으리라. 이렇게 미리부터 든든히 마음먹고 다시 피어난 그였지만 이 너무도 변함에는 놀라지 않으려야 놀라지 않을 수가 도저히 없었다. 아직도 논개의 기억만 새롭게 가지고 패연이의 기억은 도무지 못 가진 그는 연하여 놀라고 놀라고 하였다.

약을 넣은 투명되는 병, 머리맡에 걸려 있는 커다란 (놀랄 만치 똑똑한) 거울, 화장하는 약품을 넣었다는 아름다운 그릇들, 시계라는 오묘한 기계, 천하고 천하여져서 행랑아범의 이빨에까지 붙은 황금, 양복이라 하는 옷—변한 풍속, 변한 제도, 변한 습관, 변한 문화, 이런 것들을 처음 볼 때마다 놀라지 않으려고 굳게 마음먹고 있던 패연이였지만 놀라지 않을 수가 도저히 없었다.

그러나 낮잠을 한잠 푹 자고 난 뒤의 패연이는 온전히 다른 사람으로 변하고 하였다.

오전에 자기가 경이로써 바라보았던 그 기억을 오히려 경이로써 회상하는 그였다.

패연이는 시계를 들어 본다. 오전에는 그렇듯 오묘하고 기이하여 보이던 그 기계—그러나 그것은 아무 기이도 없었다. 이치까지는 모르지만 가장 작은 바늘이 한 바퀴 돌면 한 분이요 큰 바늘이 한 바퀴 돌면

한 시간이며, 중침이 한 바퀴 돌면 한나절—그리고 그 돌아가는 것은 태엽을 감아주기 때문에라 하는 일을 잘 아는 패연이에게는 오전에 그 기계를 들고 경이의 눈으로 들여다보고 있던 자기가 오히려 경이였다.

나를 버리고 가신 님은 십리를 못가서 발병이나.

시계를 들고 번번히 누워서 콧노래를 하며 오전의 자기를 경멸하고 경멸하고 하였다. 지금은 어린애들일지라도 돌아보지도 않는 병(물분을 넣었던 빈병)을 들고, 그것이 너무도 아름답고 신기하여 요리조리 돌려보던 오전의 자기를 회상하여 보고는 스스로 부끄러워서 얼굴을 붉히고 하였다. 그리고 그 창피한 짓을 하고 있을 동안에 누가 자기를 본 사람이나 없나 하고 스스로 혀를 채고 하였다.

밤잠을 잔다. 오전이 된다.

그때 깨어나는 패연이는 온전히 다른 사람이 되고 하였다. 몇 시간의 밤잠은 그로 하여금 삼백여 년의 기간을 무시하고 옛날의 아름답고 겸손한 품성과 성격을 가진 의기 논개로 만들어 놓는 것이었다.

그는 현대의 놀랄 만한 문명에 경이의 눈을 던지는 동시에, 또한 변하고 변한 습관에 경이와 부끄러움을 느끼지 않을 수가 없었다.

오후에 자기의 병을 위로하러 찾아온 손님들에게 긴상에게는 오른손을, 이상101)에게는 왼손을 잡히우고, 머리는 박상102)의 무릎에 놓고 발로는 최상103)을 꾹꾹 찌르며 웃고 지껄이던 자기를 회상하고는 그 너무도 파렴치하고 너무도 뻔뻔스러움에 놀라고 하였다. 이런 짓은 삼백 년 전에는 색주가라도 하지 않는 짓이었다.

일찌기 논개를 인간 세계로 돌려보낼 때에 태백성은 논개에게

"지금 세상은 남녀가 평등이라."

하는 말을 하였다. 혹은 자기의 그 행동이 거기서 나온 바인지는 알 수 없다. 평등이므로 사내들 앞에서

---

101) 이 선생
102) 박 선생
103) 최 선생

도 자빠누워서104) 발버둥이를 치고 있었는지도 알수 없다. 그러나 잘 생각하여 보면 그 행동은 더욱 자기의 지위와 처지를 낮추 한 데 지나지 못하였다.

오후의 기억은 어느 것이든 오전에 생각해 보면 숙스럽고 뻔뻔스러웠다.

생각한 일, 행한 일, 모두가 얼굴 붉힐 만한 창피한 짓이었다.

그러나 또한 낮잠을 한 번 자고 오후가 되기만 하면 오전의 일이 부끄럽기가 한이 없었다. 유성기의 앞에서 너무도 신기하여 '어디 사람이 숨어 있지나 않은가'고 유성기 속을 이리저리 살피던 그 꼴은 생각만 하여도 부끄러웠다.

뿐만 아니라 그 사상에 있어서도 오전에는 그만치 숙스럽고105) 뻔뻔스런 행동이라고 스스로 얼굴을 붉히던 그 행동이 조금도 부자연하지를 않았다. 기생이란 웃음을 파는 직업―그것이 정당한 직업이요 직업의 필요상 행한 수단인 이상에 거기 무슨 뻔뻔스럽다

---

104) 자빠지고 누워서
105) 쑥스럽고

고 스스로 얼굴 붉힐 일이 존재할 까닭이 없다. 먹기를 위하여서 남의 애들을 가르치는 교사라는 직업이나 먹기를 위여서 남의 사내들을 얼러대는 기생이라는 직업이나 다 마찬가지로 정당한 직업인 이상에는 교사가 남의 애들에게 웃기 싫은 웃음을 웃는 것이나 기생이 남의 사내들에게 피우기 싫은 아양을 피우는 것이나 다 일반일 것이다.

그것을 숙스럽다 뻔뻔하다고 비웃는 것은 너무도 시대를 모르는 일이다. 오전의 자기는 너무도 도학적이다.

―이리하여 오전과 오후에 각각 딴 사람같이 달라지는 기괴한 생활이 거듭되었다.

패연이는 오전에 오전의 자기를 비판하여 보았다. 거기는 아무 불합리한 일도 없었다. 어제 오후에도 그같이 어리석다고 비웃던 생각이며 행동이 조금도 불합리하다고 별스러운 점이 없었다.

오후에는 또한 오후의 일을 비판하여 보았다. 그것 또한 오전의 일과 마찬가지로 너무도 합리적이요 너무도 당연한 일이었다.

오전의 일은 어디까지든 오전에는 정당하였고 또한 (그와 정반대인) 오후의 일이 오후에 생각하면 어디까지든 정당하였다.

오전에는 오전의 흠을 알 수가 없었다. 오후에는 오후의 흠을 알 수가 없었다.

여사여사하니 오후의 생각은 잘못된 생각이라고 분명히 비판하던 그 이론의 가장 자세한 곳까지도 오후에도 넉넉히 생각은 있지만 오전에는 그렇듯 정당하던 이론조차 오후에는 한낱 억설이나 궤변으로밖에는 보이지 않았다.

오후의 일은 또 오전에 그와 같이 보였다.

요컨대 낮잠 전에 자기와 낮잠 뒤의 자기의 새에는 도저히 서로 이해할 수가 없는 크고 또 큰 구렁텅이가 있었다.

여기서 패연이는 어떻게든 자기를 한 가지로 통일을 하여보려고 정하였다.

비록 그의 이성이며 성격은 그와 반대되는 때가 있

다 하지만 겉으로라도 가식할 통일된 패연이를 만들어 보려 하였다.

오후의 자기를 오전의 자기로서 고칠까. 오전의 자기를 오후의 자기로 고칠까.

오전에 생각하면 자기를 오전의 모양으로 통일하여야만 좋을 것 같았다.

그러나 오후에 생각하면 오후의 자기가 옳은 듯하였다.

이리하여 오전과 오후 그 어느 모양으로 자기를 통일할까고 얼마 생각한 뒤에 패연이는 마침내 오후의 자기로써 표준을 삼기로 결심하였다.

오후에 생각하면 오후가 좋을 것 같고 오전에 생각하면 오전이 좋을 것 같아서 좋고 나쁜 데 대한 판단은 얻을 수가 없으되 현대 이십세기에 살아 나아가는 이상에는 지금 풍속이며 습관에 어울리는 오후의 자기같이 통일하는 편이 좋을 듯싶었다.

이리하여 점잖고 무게 있고 의있던[106] 오전의 패연

---

106) 의미 있던

이의 위에도 얕고 가벼운 현대의 도금을 씌운 뒤에 이 기괴한 인격과 성격의 소유자 이패연이는 드디어 경성 화류계에 다시 발을 들여놓게가 되었다.

패연이는 두 달 동안을 휴업을 하였다. 그리고 두 달이 지난 뒤에 다시 불리게가 되었다.

경성 화류계에서의 패연이의 성가(聲價)—그것은 정평이 있는 것이었다.

근대적의 커다란 움직이는 눈과 볼의 네 개의 우물과 후리후리한 키와 좁다란 입의 주인이며 풍부한 성량(聲量)으로 육자배기를 냅다 뽑으면서도 수심가도 제법 꺾어 넘기며 샤미셍의 조자도 웬만치 짐작하고 유행 노래도 웨이트레스(女給[여급])에게 지지 않도록 하는 모던 기생 이패연이는 화류계에서는 얻지 못할 든든한 자리를 잡고 있던 것이었다.

죽음에서 다시 살아난 뒤 불리기 시작한 한동안 패연이는 놀랍게 잘 팔렸다. 점심때가 지나면 인력거꾼이 표지를 들고 패연이의 집 대문을 두드렸다. 자정이 썩 지나서야 피곤한 몸을 인력거에 싣고 다시 제 집으로 돌아오고 하였다.

"패연 아씨. 노름이오."

"오─라잇."

"명월관이오."

"OK."

술로써 쓰린 심사 삭여나 볼까
다시는 안보려던 그이건마는

밤마다 웬일인가 철없는 꿈에
애끊는 이마음은 지향도 없이!

술로써 타는 가슴 잊어나 볼까
한옛적 인연 끊는 그이건마는

무시로 지나간꿈 다시 더듬는
애타는 이마음을 둘곳은 어디?

유성기의 레코드로써 수입된 이 유행 노래를 코로
흥얼거리며 요리집으로 가며 혹은 요리집에서 돌아

올 때마다 패연이는 이 온 장안을 눈 아래 코 아래 턱 아래로 보았다. 나발바지, 칠피구두, 가짜 '스네이크우드'의 지팡이, 도금 시계줄, 양대모 안경, 돈을 다하고 재간을 다하여 몸을 장식하고 종로의 거리를 헴쳐다니는[107] 모든 모던 보이들을 인력거에서 굽어볼 때마다 패연이의 이쁘장스런 코는 바룩거리고 하였다. 세상의 온 사내들의 몸치장이 모두 패연이 자기의 환심을 사고자 하는 데서 나온 것같이 보였다. 근엄한 얼굴로 가게 철궤 앞에 앉아서 십 전, 일 원, 십 원, 물건을 파는 가게 주인들도 모두 패연이 자기를 위하여 돈을 버는 듯싶었다.

죽음에서 다시 살아난 패연이를 온갖 계급 사람들이 모두 불렀다. 미리부터 패연이를 알던 손님들은 무론 한 번씩 불렀다. 모르던 손님들도 죽었다 다시 산 사람이라고 패연이를 불렀다. 에보나이트 안경 안에서 허연 눈썹을 검벅거리던 대학 교수들도 '기적을 실지로 본다'는 핑계로 패연이를 불렀다. 교사의 행

---

107) 헤엄쳐 다니는

한 일의 좋지 못한 방면은 반드시 본받는 학생들도 패연이를 불렀다. 예수교의 장로들도 '죽음에 비밀을 듣고서' 패연이를 불렀다. 중들도 예수교인과 같은 핑계로 패연이를 불렀다. 종교가, 학생, 교수, 실업가, 배우, 부랑자, 가지각색의 계급의 사람이 패연이를 보려 하였다.

죽음에서 다시 살아난 패연이를 불러보지 않는 사람은 여인들과 돈 없는 사람뿐이었다.

오후의 패연이는 득의의 절정이었다. 눈 아래 코 아래 턱 아래 아니 오히려 발 아래 온 세상이 꿇어 있는 듯하였다.

그러나 거기 반하여 오전의 패연이는 늘 고민 때문에 가슴이 찢어지는 듯하였다. 오후의 패연이가 기뻐하면 기뻐하느니만치 오전의 패연이에게는 더욱 가슴이 아팠다.

"굳 나잇!"

인력거꾼에게까지 인사를 가볍게 던지고 제 방으로 돌아와서 곤한 잠을 자고 난 이튿날은 눈을 뜨기도 전부터 먼저 혀를 채고 하였다. 어젯저녁의 일이 무서운 고통과 함께 그에게 회상되는 것이었다.

　도금 시계줄과, 십팔금 시계줄과, 이십이금 시계줄을 찬 세 사람에게 각각 그 시계줄의 중량의 비례로써 애교를 부어준 자기의 행동이 오전의 패연이에게는 아프기가 짝이 없었다.

　인격보다 돈으로 취하였다. 같이 돈이 많은 사람이면 학식보다 얼굴을 취하였다. 반반한 얼굴에 크림이나 칠하고 머리는 참기름으로 광을 낸 이십 세 전후의 소년, 유행 노래는 제일 먼저 부를 줄 알고 서로 말을 할 때는 일본 말을 사용하며 영화감독의 이름은 모르지만 여배우의 이름은 다 암송하고, 친구를 찾을 때는 성대(聖帶)를 놀리기보다도 휘파람을 불며 잉크 마른 만년필과 분홍빛 손수건을 양복 웃주머니에 넣고 마장 때문에 손가락에는 굳은살이 박힌 이런 소년 혹은 청년은 경우에 의지하여는 돈 문제를 집어 제치고까지 패연이 쪽에서 달겨드는 때가 있었다. 그런 소년 혹은 청년의 담배는 바지 주머니에는 마코를 넣은 해태갑이 있고, 저고리 주머니에는 진정한 해태가 들어 있어서 장소에 따라서 담배가 두 군데서 나오는 것도 패연이는 모르는 바가 아니었다. 그의 맨 새빨간 새 넥타이는 겨울옷을 전당잡아서 그 돈으로 산 것을 짐작 못하는 바도 아니었다. 그런 것을 모두 짐작하면서도 그런 청년이나 소년을 만날 때는 패연이는 금전 문제를 초월하여 호의를 보이는 것이었다. 내일 오전만 되면 이 일이 반드시 후회가 나고 가슴 아프려니 생각하면서도 요리집에서 마음에 드는 사람을 보면 자진하여 이끌고 어두운 방으로 찾아가는 패연이였다.

"패연이의 서방은 삼만이천 사람."

어떤 계산 아래서 삼만이천이라는 숫자가 나왔는지는 모르지만 이런 평판을 듣느니만치 패연이는 정 많은 사람이었다. '돈'은 무론 패연이의 서방 될 자격을 주고 가장 긴한 열쇠였다. '세력'도 패연이의 서방이 될 만하였다. 얼굴 반반한 것도 패연이의 서방이 될 만하였다. 유행 창가 한 마디를 잘하는 것도 서방 될 만하였다. 제 집 서방, 여관 서방, 요리집 서방, 절간 서방, 자동차 서방, 벌판 서방, 순간순간의 감정으로써 되는 대로 집어 센 패연이의 서방은 스스로도 손으로 꼽기가 힘들었다. 이런 정 많은 자기를 생각할 때는 오전의 패연이는 어이없어서 스스로 웃을 때도 있었다.

오전에는 패연이는 할 수 있는 대로 나가다니지를 않았다. 사람도 만나기를 피하였다.

오전의 심경으로 생각하건대 오후의 자기는 천박스럽기가 짝이 없지만 그 천박스러운 자기로는 명기 이패연이라는 이름을 듣는 것을 보면 지금 세상의 기생은 마땅히 그리하여야만 되는 듯하였다. 그러면 자기로 하여금 오후의 자기를 이해시키어야 할 것이요 이해하기까지는 시대착오의 자기를 뭇사람 앞에 내놓지 않아야만 할 것이다. 시대착오의 오전의 자기가 섣불리 등장을 하였다가 어떤 기괴한 연극을 하는지 알지 못하겠으므로 패연이는 그 전에는 할 수 있는껏 사람을 피하였다. 그리고 오후의 자기를 천박스럽다고 비웃는 '오전의 자기'에게 하루바삐 '오후의 자기'를 이해시키려고 노력하였다.

그러는 동안에 기괴한 일이 생겨나서, 패연이의 삶에 커다란 틈을 낳아놓았다.

어떤 날 아침 곤한 잠을 깬 패연이는 자기의 자리 한편에서 웬 소년 하나를 발견하였다.

"?"

처음 경험하는 일은 아니었지만 패연이는 펄떡 정신을 차리어 옷을 주워 입었다. 그리고 몰래 빠져나와서 자기의 아우의 방으로 건너갔다. 그런 일이 있을 때마다 아우의 방을 임시 피난처로 쓰던 것이었다.

그러나 아우의 방문을 조금 열었던 패연이는 얼굴이 새빨갛게 피어 황급히 다시 문을 닫았다. 동생의 베개에도 웬 머리가 둘이 마주 놓여 있었다.

동시에 어젯밤의 기억이 불둑 패연이의 머리에 솟아올랐다. 패연이의 서방은 전라도 어떤 부자의 아들이었다. 벼 오백 석을 몰래 팔아 가지고 서울로 뛰쳐올라온 것이었다. 동생의 서방은 자기의 서방의 병정이었다.

소년대장은 문상(文樣)108)이었다. 병정은 긴상이

었다. 한 주일 동안을 계약하고 오백 원이란 돈으로 패연이는 OK를 부른 것이었다. 긴상은 덧붙이었다. 패주에게의 '와리마에'[109]는 오백 원 가운데서 나가지 않으면 안 될 것이었다.

패연이는 잠시 주저하였다. 어머니의 방을 건너다보았다. 거기도 웬 손님이 와 있었다. 여기서 좀 더 주저하던 패연이는 하릴없이 제 방으로 다시 와서 가만히 문을 열고 들어섰다.

아랫목에서 버석 하는 소리가 났다. 곁눈으로 보매 소년이 깨나는 모양이었다. 패연이를 그리워 아랫목으로 향하고 누워 있던 소년의 머리가 이편으로 조금 돌아왔다. 동시에 눈도 희미하니 띄었다.

패연이는 눈을 꺽 감았다. 자기의 감정을 씹어 죽였다. 다시 패연이가 눈을 뜰 때는 얼굴에뿐은 온화한 감정이 나타나 있었다.

"좀 더 주무시지요?"

오후의 패연이 같으면 '모 오메자메[110]?'

108) 문 선생

109) わりまえ: 몫

하면서 귀여운 듯이 소년의 엉덩이라도 두드려 줄 것이었다.

소년은 수저운111) 듯이 빙긋 웃었다. 그리고 손을 이불 밖으로 내어서 제 내복을 끌어다가 이불 속에서 입기 시작하였다.

저 소년이 이제 제 고향으로 돌아가면 어머니한테 혹은 손뼉볼기라도 맞을 테지. 그때 소년은 엉엉 소리쳐 울기도 쉬우렷다. 무지하고 잔혹한 짓이로다. 사기로다. 뒤를 따라서 이어 나는 이런 도학적 생각을 씹어 죽여 가면서 패연이는 귀여운 듯한 눈으로(이불 속에서 내복을 입는) 소년을 내려다보고 있었다.

"패연 씨. 몇 시요?"

"열시 이십분."

이때에 패연이는 옛날 유아랑들이 무척이도 그리웠다. 커다란 상투를 베개 한편에 눕히고 자릿속에서 시를 흥얼거리며 해장할 아침임을 호령하던 옛날 오입장이들이 그립고 그리웠다.

---

110) もうおめざめ: 벌써 깨었구나
111) 수줍은

"문 주사 나리, 미츠꼬시나 가 보십시다."

문상, 긴상, 패연이의 형제, 이렇게 네 사람이 조반을 끝낸 뒤에 긴상이 이런 의논을 꺼냈다. 그런 뒤에 패연이와 패주에게 향하여 눈을 껌뻑 하였다.

'미츠꼬시 가서 잘 따내게.'

이런 뜻이었다.

패연이는 쓴웃음을 웃었다. 패주는 미소하였다.

패연이는 미츠꼬시 가기를 반대하였다. 다시 살아난 뒤에는 아직 미츠꼬시를 가 본 일이 없는지라 '오전의 패연이'는 미츠꼬시에 대한 명확한 관념을 머리에 일으킬 수가 없었다. 그러나 이상히도 마음이 무거운 지금의 심경으로 그런 곳에 갔다가는 어떤 희활극을 일으킬지 알 수가 없으므로 패연이는 가기를 반대하였다.

그러나 패연이의 이 반대가 성립될 까닭이 없었다. 봉(鳳)을 문 기생이 미츠꼬시행을 거절한다는 일은 다른 사람에게 있어서는 상상도 못할 일이었다. 병정 긴상과 동생 패주는 이것을 패연이의 사양으로 여겼다. 더구나 자기네는 자기네끼리의 플랜을 가지고 있

는 긴상과 패주는 사랑하는 패연이를 부랴부랴 채근
을 하여 화장을 시켰다.

"뽕-ㅇ."

택시의 소리가 들렸다.

긴상이 화닥닥 문밖으로 뛰어나갔다. 그리고 문상
의 구두를 먼지를 털어서 가지런히 놓았다.

"저, 택시 왔는데 어서 갑시다. 날도 좋기도 하다."

"패연 씨, 가십시다. 패주 씨도."

소년도 부끄러운 듯이 이렇게 말하며 뒤를 따라서
일어섰다.

택시에 오른 뒤에 긴상은 패연이의 귀에 대고,

"다이아 반지나 하나 따내게."

이렇게 소군거렸다. 그러나 패연이는 불쾌한 듯이
휙 머리를 돌이킬 뿐이었다.

미츠꼬시.

향그럽다기보다 오히려 역한 내음새였다. 문안에
쑥 들어서자 패연이는 눈살을 찌푸렸다. 이 내음새에
첫 공격을 받은 패연이가 눈을 들어서 둘러볼 때에

그의 얼굴은 울상이 되어 버렸다.

근대적 장식? 온갖 신기한 물건? 눈을 현혹케 하는 장신구? 그런 모든 것을 의식하기 전에 패연이의 마음을 놀라게 한 것은 수없는 색다른 옷을 입은 인종이었다.

(…생략…)112)

"패연이 이 치마감 어때?"

긴상의 목소리였다. 보매 패연이의 앞에는 남빛 하부따에113) 한 필이 놓여 있었다. 패연이는 기계적으로 하부따에를 만져 보았다. 그리고 머리를 가로 저었다.

"집에 하부따에 치마는 스물일곱 벌이 있어요."

"또 한 벌 하지."

"싫어요."

긴상이 와짝 입을 패연이의 귀에 가까이 하였다.

---

112) 27행 생략
113) 羽二重: 얇고 고운 명주

"손해 없는 일, 스물여덟 벌로 하게나."

패연이는 눈을 들었다. 긴상과 패연이의 눈의 상거는 두 치가 되지 못하였다. 잠시를 아무 표정도 없는 눈으로 긴상의 눈을 바라보는 패연이는 다시 눈을 내려뜨고 말았다.

거기서 긴상은 하릴없이 패주에게만 치마 한 감을 끊어 주었다. 돈은 문상의 주머니에서 나왔다.

"패연이."

또 긴상의 소리다. 보니 양산 진열장 앞에 왔다.

"이것 어떤가?"

"양산도 많아요."

"그게야 벌써 작년 것, 금년 유행 것을 사야지."

"싫어요."

패연이 이것 어떤가. 패연이 이것 어떤가? 문상의 돈으로 패연이를 사주면 무엇이 기쁜지, 긴상은 어떤가를 연발하였다. 그 매번을 가볍게 거절하였지만 패연이의 마음에는 긴상에 대한 염오의 정이 가속도로 늘어갔다.

그들은 보석전 앞에 섰다.

"패연이 어떤가."

긴상은 반지 하나를 골라 쥐었다.

"열일곱 개 있어요."

"다이알세."

"다이아도 여섯 개나 있어요."

삼백칠십 원의 정가표가 긴상의 손바닥 안에서 나부끼었다.

"일곱 개로 채우게나."

"그건 일곱 개씩 해서 뭘 합니까?"

긴상의 입이 또 패연이의 귀에 가까이 왔다.

"패연이. 오늘 왜 그러나. 이런 판에 따내지 어째 따내겠나."

패연이는 머리를 휙 들었다. 너무도 귀찮았다. 참고 참은 노염이 드디어 폭발한 것이었다.

"여보. 당신은 문 주사에게 손해를 입히면 무에 유쾌하오? 당신 돈 있으면 당신이나 패주에게 사주구료."

그리고는 문씨에게로 돌아섰다.

"문 주사. 우리끼리 먼저 가십시다. 난 머리가 너무도 아파서 못 견디겠어요. 패주 너는 천천히 오거라."

이리하여 패연이는 문씨를 이끌고 미츠꼬시에서 나왔다.

"여보 문 주사."

어떤 조용한 절간의 외딴 방. 말하는 사람은 패연이. 머리를 폭 숙이고 손톱으로 바닥을 긁으며 듣고 있는 사람은 문씨.

"김씨와는 어떻게 알게 되었읍니까?"

"…"

패연이는 눈을 들어서 문씨를 보았다. 머리를 폭 수그리고 어려운 듯이 앉아 있는 이 소년은 패연이에게는 사랑스러운 동생으로 보였다. 패연이의 한 마디 한 마디의 말에 문씨는 얼굴이 빨갛게 되며 대답도 못하고 있었다.

"시골서 떠나실 때 얼마나—돈을 얼마나 가지고 떠나셨어요?"

"삼천오백칠십이 원 십이 전."

"지금 얼마 남았어요?"

"이천칠백오십."

문씨는 셈을 하려고 지갑을 꺼냈다.

"그만하면 알겠어요. 그러면 한 팔백여 원 쓰셨군요. 내 팔백 원을 취해드릴께 고향으로 내려가세요. 그리고 아무 말씀 마시고 아버님께 돌아가세요. 너무 이르외다. 사오 년, 오륙 년 더 계시다가 오입을 하세요. 그리구 내 한턱 할 테니 술이나 잡수세요."

패연이는 술을 먹었다. 얼굴이 발갛게 되어 미안한 듯이 거북한 듯이 옹그리고 앉았던 문씨에게는 그다지 권하지도 않으며 혼자서 연하여 술잔을 들었다. 환생한 이래 쌓이고 쌓인 울분을 여기서 한꺼번에 술로 하소연하는 것이었다.

이날의 이 사건은 패연이로 하여금 그 날 낮잠을 잊게 하였다.

낮잠을 못 잔 패연이.

비록 오후가 되어서 '오후의 패연'이라 하나, 그 심경은 '오전의 패연' 올라가서는 삼백여 년 전에 남강에 몸을 던져 죽은 논개였다.

술이 깨지 못한 채 패연이는 저녁에 놀음에 불렸다. 논개의 심경을 가진 '명월관엣 패연이'.

눈앞에 흩어져 있는 온갖 비속된 일을 아직 술에 취한 패연이는 겨운 듯이 바라보고 있었다. 손님이 무슨 말을 하여도 기생의 직업상 하릴없이 대답은 하지만 귀찮은 표정을 나타내기를 결코 주저치 않았다. 발간 넥타이에 미지로 머리를 재운 손님이 패연이의 가까이 와서 무엇이 어떻다고 생글거릴 때는 패연이는 노골적으로 귀찮은 듯이 눈을 흘기고 딴 곳으로 자리를 옮기기까지 하였다.

주석의 취흥이 꽤 돌아가서 기생들에게 노래를 명할 때에 패연이는 추야장의 시조 한 마디를 뽑아내었다. 삼백여 년 전 진주의 일대 명기로 이름 높던 논개의 부르는 시조였다. 만약 이 좌석에 진정한 오입장이114)가 있었더면115) 무릎을 두드리며 경탄하지 않으면 안 될 시조였다. 불행한 좌석. 거기는 오입장이

---

114) 오입쟁이
115) 있었더라면

가 없었다. 시조를 들을 줄 아는 기생도 없었다.

"아유, 듣기 싫어. 상가 난 집 같다. 곡은 왜 해?"

"집어치워라."

"아 꼬랴 꼬랴."116)

이러한 '야지(野次: 야유)' 아래서 부르던 시조를 중단한 뒤의 패연이의 마음은 울분으로 말미암아 터질 듯하였다.

"그럼 일본 노래를 해요?"

"그럼. 우리 패연이지. 사께와 나미다까 다메이끼까117)가 자 나온다."

술기운으로 패연이는 일본노래를 부르마 하였다. 그러나 아직 두 가지의 인격이 잘 섞이지 않은 패연이는 일본 노래를 몰랐다. '사께와 나미다까' '와다시노 고꼬로와 호가라까요' '아이시떼죠 다이네'118) 몇 가지의 가사와 곡조의 개념뿐이 머리에 오락가락할 따름이었다.

---

116) こりゃこりゃ: 일인의 노래에 흥겨울 때 가볍게 장단을 맞추며 내는 소리

117) 酒は涙か溜息か: 술은 눈물이냐 한숨이냐

118) 愛―て頂戴ね: 사랑해 주세요

여기서 흥분된 눈을 사면으로 두르고 있던 패연이는 드디어 맹연히 일어섰다. 삼백 년 전 논개의 시대에 촉석루에서 배운 시를 여기서 읊으려 한 것이었다.

패연이는 손님의 지팡이를 힘 있게 양손으로 잡았다. 다음 순간 패연이의 입에서는 '노래'가 나왔다.

"벤세이 슈꾸슈꾸, 요루 가와오 와다루우. 아까스끼니미루—"119)

검무를 끝낸 뒤에 아연히 쳐다보고 있는 손님들에게 일별을 던지고 패연이는 그냥 그 방을 벗어나서 제 집으로 돌아갔다.

그 날의 사건은 이리하여 끝났다. 손님들은 그 날의 그 일을 패연이의 주정이라 하여 일소에 붙이고 말았다. 그러나 패연이에게 있어서는 그 날의 그 일이 간단한 사건이 못 되었다.

오전과 오후. —밤잠과 낮잠.

---

119) 鞭聲肅肅夜川を渡る. 曉に見る…: 말 모는 소리는 끝나고 채찍소리만 휙휙 내며 조용히 밤에 내를 건넌다. 새벽에 보는…

이리하여 정확히 교체되던 두 가지의 인격과 두 가지의 이성은 이날을 기회로 범벅이 되고 말았다.

　오전에는 무론 이전의 '오전의 패연이'와 다름이 없었다. 그러나 오후의 패연이는 간단한 '이전의 오후의 패연이'가 아니었다. 오전의 패연이의 영분이 오후에까지 침범하였다. 비록 낮잠을 잔다 할지라도 낮잠 뒤에 패연이에게도 '오전의 패연이'의 성격과 이성이 무시로 출몰을 하는 것이었다. 한창 멋이 들어서 무릎을 두드리며 모던 풍(風)을 발휘하다가도 한번 하품을 한 뒤에는 시치미를 뚝 떼고 엄숙히 앉는 것이었다. 그리고 그 뒤부터는 시대착오의 광태를 한바탕 연출하는 것이었다.

　이리하여 패연이는 점점 논개에 가까워 갔다. 논개를 패연화(化)하여 오려고 한동안 애썼지만 그 결과는 오히려 패연이가 논개화(化)하여 간 것이었다. 그리고 무시로 출몰하고 서로 충돌하고 서로 역정내는 두 가지의 인격 때문에 패연이의 행동은 제삼자로 보자면 차차 발광되는 듯하였다.

"저 애도 차차 이상해 가."

"죽었다 나더니 아마 혼이 바뀐 게야."

사실 혼이 바뀐 것이었다. 혼 바뀐 패연이. 몸 바뀐 논개. 이 괴물의 발자취를 작자는 적어 보려 하는 것이다. (미완)

論介[논개]의 還生[환생], 중단하는 까닭

　본지에 싣던 「논개의 환생」은 미완(未完)인 채로 끊어 버리기로 작정하였다.

　본시 「논개의 환생」은 정유년 왜란에 촉석루에서 왜장을 쓸어안고 남강에 몸을 던진 논개를 1932년도에 경성에 환생케 하여 그 환생한 논개로 하여금 지금의 조선의 정경을 보고 비판케 하려 하던 것이다. 본지 유월호까지는 원 플랜에 의지하여 썼다. 그러나 칠월로 제3회에 이르면서부터 작자는 하릴없이 원안을 내어버리기로 하였다. 지금의 조선에 앉아서는, 원안대로는 비록 쓴다 할지라도 도저히 활자화(活字化)할 수는 없겠으므로…. 뿐만 아니라, 그 원안의 대략조차 지금 독자에게 말할 자유가 없느니만치 부자유한 처지이다. 말하자면 의기 논개의 눈에 비친 지금의 조선은 독자 제위가 각각 당신네의 마음뿐으로 상상할 수는 있지만, 글로써 발포할 수는 도저히 없을 것임은 독자도 짐작 못하실 것이 아니겠다. 여기서 작자는 원안을 버리고, 지금의 이 제도(制度) 아래서도 넉넉히 활자화할 수 있을 만한 피상적 관찰을 논개를 통하여 시험해 보려 했던 것이다. 칠월 팔월호에 실은 것이, 즉 그것이다. 그러나 정력을 부었던 원안을 내어버린 작자의 붓은, 이미 정열이 식었다. 쓰려도 쓰려도,[120] 작자의 붓은 움직이기를 거부하였다. 작자의 머리는 새로 플롯을 세우기를 저어하였다. 이리하여, 원안을 포기한 작자는 무엇을 써야 할지 알지 못하면서 되는대로 붓을 놀리던 것이다. 지금 작자는 그 무책임한 붓을 내던지기로 결심하였다. 읽으시던 독자 제위와 실어 주시던 편집인에게는 죄송하나, 책임 없는 붓을 그냥 놀리기는 사실 질중이 난다. 장차, 「논개의 환생」을 중지함과 동시에, 본지 칠월 팔월 두 달의 계속까지 아울러 취소한다. 그리고 그 '환생' 서편에 계속될 새로운 '재세편'을 언제 쓸 기회가 이르기를 기두르면서[121] 이 사죄의 붓을 놓는다. (작자)

(『동광(東光)』, 1932.5~8)

---

120) 쓰려고 해도 쓰려고 해도,
121) 기다리면서

김동인

(金東仁, 1900~1951)

소설 작가, 문학평론가, 시인, 언론인.

본관은 전주(全州)이며 호는 금동(琴童), 금동인(琴童仁)이며, 필명으로 춘사(春士), 만덕(萬德), 시어딤을 썼다.

평안남도 평양 출생.

1919년의 2.8 독립선언과 3.1 만세운동에 참여하였으나 이후 소설, 작품 활동에만 전념하였고, 일제강점기 후반에는 친일 전향 의혹이 있다. 해방 후에는 이광수를 제명하려는 문단과 갈등을 빚다가 1946년 우파 문인들을 규합하여 전조선문필가협회를 결성하였다. 생애 후반에는 불면증, 우울증, 중풍 등에 시달리다가 한국전쟁 중 죽었다. 평론과 풍자에 능하였으며 한때 문인은 글만 써야 된다는 신념을 갖기도 하였다. 일제강점기부터 나타난 자유연애와 여성해방운동을 반대, 비판하기도 하였다. 현대적인 문체의 단편소설을 발표하여 한국 근대문학의 선구자로 꼽힌다.

1907~1912년 개신교 학교인 숭덕소학교

1912년 개신교 계통의 숭실학교에 입학

1913년 숭실학교 중퇴

1914년 일본에 유학하여 도쿄학원 중학부에 입학

1915년 도쿄학원의 폐쇄로 메이지학원 중학부 2학년에 편입

1917년 아버지의 사망으로 일시 귀국 많은 재산을 상속받음. 메이지
      학원 중퇴

1917년 9월 일본으로 재유학, 일본 도쿄의 미술학교인 가와바타화숙
      에 입학하여 서양화가인 후지시마 다케지의 문하생이 됨

1918년 12월 이광수·최팔용·신익희 등과 함께 2.8 독립선언을 준비함

1919년 2월 일본 도쿄에서 주요한을 발행인으로 한국 최초의 순문
      예동인지 『창조』를 창간, 단편소설 「약한 자의 슬픔」을 발
      표하며 등단함

1919년 2월 일본 도쿄 히비야 공원에서 재일본동경조선유학생학우
      회 독립선언 행사에 참여하여 체포되어 하루 만에 풀려남

1919년 3월 5일 귀국한 후 26일 동생 김동평이 사용할 3.1 만세운

동 격문을 기초해 준 일로 체포되어 구속되었다가 6월 26일 집행유예로 풀려남

1919년 「마음이 옅은 자여」, 1921년 「배따라기」, 「목숨」 등을 발표하면서 예술지상주의를 표방함

1923년 첫 창작집 『목숨』(시어딤 창작집, 창조사) 발간

1924년 8월 동인지 『영대』를 창간, 1925년 1월까지 발간함

1925년 「명문」, 「감자」, 「시골 황서방」 등 자연주의 작품 발표

1929년 「근대소설고」 발표(춘원 이광수의 계몽주의문학과에 대립되는 예술주의문학관을 바탕)

1930년 「광염소나타」, 「광화사」 등의 유미주의 단편 발표

1930년 9월~1931년 11월 동아일보에 첫 장편소설 「젊은 그들」을 연재하였으며, 1933년 「운현궁의 봄」, 1935년 「왕부의 낙조」, 1941년 「대수양」 등은 연재한 대표적인 작품임

1932년 7월 문인친목단체 조선문필가협회 발기인, 위원 및 사업부 책임자를 역임. 동아일보 기자

1933년 4월 조선일보에 입사 조선일보 기자 겸 학예부장으로 약 40여 일 동안 재직

1934년 이광수에 대한 최초의 작가론 「춘원연구」 발표

1935년 월간잡지 『야담』을 인수하여 1935년 12월부터 1937년 6

월까지 발간

1937년 수양동우회 사건으로 구속되었다가 풀려난 뒤 전향의혹을
받음

1942년 일본 천황에 대한 불경죄로 두 번째 옥살이

1946년 1월 전조선문필가협회 결성을 주선하는 한편, 일제 말기에
벌어진 문학인의 친일행위 등을 그린 「반역자」(1946), 「만
국인기」(1947), 「속 망국인기」(1948) 등의 단편을 발표

1951년 1월 5일 서울 성동구 하왕십리동 자택에서 사망

1955년 사상계사에서 그의 문학적 업적을 기려 동인문학상을 제정

도쿄 유학시절 이광수·안재홍·신익희 등과 친구로 지낸 김동인. 1919
년 창간된 『창조』를 중심으로 순문학과 예술지상주의를 내세웠으며,
한국어에서 본래 발달하지 않았던 3인칭 대명사를 처음으로 쓰기 시
작한 게 김동인이다.

김동인은 평소 이상주의에 깊은 공감을 가지고 있었으나 파리강화회
의에 김규식 등 한국인 대표단이 내쳐졌다는 소식을 듣고 상심하여
회의적이고 냉소적으로 변했다고 전한다.

1920년대부터 가세가 몰락하면서 대중소설에 손을 대기 시작했다.

신여성의 자유연애에 부정적인 태도를 표출했던 김동인은 신여성 문사 김명순을 모델로 삼은 『김연실전』에서 주인공 연실을 "연애를 좀 더 알기 위해 엘렌 케이며 구리야가와 박사의 저서도 숙독"했지만, 결국 "남녀 간의 교섭은 연애요, 연애의 현실적 표현은 성교"라는 관념을 가진 음탕한 여자, 정조관념에는 전연 불감증인 더러운 여자로 묘사한다. 이러한 부정적인 언급은 김명순 개인을 넘어 자유연애와 자유 결혼을 여성해방의 방편으로 여겼던 신여성들과 지식인들 전반을 겨냥한 것이었으며, 나아가 김명순을 남편 많은 처녀, 혹은 과부 처녀라고 조롱하기도 하였다.

그는 풍자와 조롱을 잘 하였고, 동료 문인이나 언론인들, 취재 기자들과도 종종 시비를 붙기도 했다고 전한다. 그중 단편소설 「발가락이 닮았다」는 염상섭을 빗댄 작품이라고 하여 설전이 오가기도 했다고 전한다. 당대 문단을 주도했던 이 두 사람의 설전은 무려 15년 동안이나 계속 되었다고 한다.

김동인의 친일행적: 김동인의 친일행적은 일제강점기 말기 중일전쟁 이후부터다. 1939년 2월 조선총독부 학무국 사회교육과를 찾아가 문단사절을 조직해 중국 화북지방에 주둔한 황군을 위문할 것을 제안했다. 그 제안이 받아들여져 3월 위문사(문단사절)를 선출하는 선거에

서 뽑혔으며, 4월 15일부터 5월 13일까지 북지황군 위문 문단사절로 활동하여 중국 전선에 일본군 위문을 다녀와 이를 기록으로 남겼다. 이후 조선총독부의 외곽단체인 조선문인협회에 발기인으로 참여했으며, 1941년 11월 조선문인협회가 주최한 내선작가간담회에 출석하여 발언하였고, 1941년 12월 경성방송국에 출연하여 시국적 작품을 낭독했다. 1943년 4월 조선총독부의 지시하에 조선문인협회, 조선하이쿠협회, 조선센류협회, 국민시가연맹 등 4단체가 통합하여 조선문인보국회로 출범하자, 6월 15일부터 소설희곡부회 상담역을 맡았다. 또한 총독부 기관지 매일신보에 내선일체와 황민화를 선전, 선동하는 글을 많이 남겼다. 1944년 1월 20일에 조선인 학병이 첫 입영하게 되자, 1월 19일부터 1월 28일에 걸쳐 매일신보에 「반도민중의 황민화: 징병제 실시 수감」의 제목으로 학병권유를 연재하기도 하였다. 이밖에도 김동인은 친일소설이나 산문 등을 여러 편 남겼다. 1945년 광복 이후 8월 17일 임화와 김남천이 주도하는 중앙문화건설협의회 발족회에서 이광수 제명을 반대하였으며, 해방 직후 이광수에 대한 단죄 분위기가 나타나자 이광수를 변호하는 몇 안 되는 문인 중 한 사람이기도 했다. 김동인은 말년에 사업에 실패하고 불면증에 시달렸다고 한다. 수면제에 의존해 살다가 수면제에 대한 박사가 되었다고 한다. 이후 중풍으로 쓰러졌다 반신불수가 되어 1951년 1월

생을 마감하였다.

**2002년 발표된 친일문학인 42인 명단과 2008년 민족문제연구소
가 선정한 친일인명사전 수록예정자 명단 문학 부문에 포함되었다.
친일반민족행위진상규명위원회가 발표한 친일반민족행위 704인
명단에도 포함되었다.

**1955년 『사상계』가 김동인의 이름을 딴 동인문학상을 제정하여
1956년 시상을 시작했다. 이후 동인문학상은 1956년부터 1967년
까지는 사상계사, 1979년부터 1985년까지는 동서문화사, 1987년
부터는 조선일보사가 주관하여 매년 시상되고 있다.

큰글한국문학선집: 김동인 작품선집

논개의 환생

© 글로벌콘텐츠, 2016

1판 1쇄 인쇄_2016년 09월 01일
1판 1쇄 발행_2016년 09월 10일

지은이_김동인
엮은이_글로벌콘텐츠 편집부
펴낸이_홍정표

펴낸곳_글로벌콘텐츠
　　　　등　록_제25100-2008-24호
　　　　이메일_edit@gcbook.co.kr

공급처_(주)글로벌콘텐츠출판그룹
　　　　기획·마케팅_노경민　　편집_송은주　　디자인_김미미　　경영지원_이아리
　　　　주소_서울특별시 강동구 천중로 196 정일빌딩 401호
　　　　전화_02-488-3280　　팩스_02-488-3281
　　　　홈페이지_www.gcbook.co.kr

값 35,000원
ISBN 979-11-5852-121-9 03810